不負相思

2

風文創 379

藍嵐 著

目錄

第三十四章

到了下午，流言蜚語已很多，大戶人家每日都有人出來辦事，多數都會聽到一些。何緒陽這日在衙門，就見同僚的臉色有些古怪，後來聽隨從一說，他的臉色立時沈了下來。

沒想到秦淑君受了上回教訓絲毫不曾悔改，還變本加厲，知道他在盯著她，倒是精通如何隱瞞了。

等放班時，他起身回到家中，直闖正堂。

「秦淑君，我看妳不如自首吧！」

何夫人挑起眉。「你什麼意思？」

「派人刺殺姜大老爺，難道不是妳做的？」

何夫人眯起眼眸道：「此事可沒有證據，你莫血口噴人！」

何緒陽冷笑起來，見她現在還狡辯，只覺滑稽，淡淡道：「妳莫非還不知？如今妳雇的人已被抓，不只大理寺，連刑部也參與其中，妳還逃得了不成？」

他一聽了這事，便差人去調查，結果大為詫異。

只是件尋常的案子，陣勢卻不小，饒是他再聰明，也一時猜不到怎麼回事，只知道秦淑君這回必定是凶多吉少了。

可何夫人無動於衷。「與我無關。」甚至質問何緒陽。「你不是派人盯著我嗎？難道不知道之！」

「妳自然是有好法子瞞著！」何緒陽冷冷道：「妳執迷不悟，最後丟的是自己的命，好自為

我並未做這事？」

他本是來告誡，可秦淑君不聽又奈何。

這樣也罷，他這休書也不用送出去了，讓她自食惡果。

何緒陽大踏步走了。

何夫人擰起眉，問身邊劉嬤嬤。「姜大老爺當真被人刺殺？」

劉嬤嬤有些詫異。說實話，她頭一個聽到這消息也懷疑是自家夫人，畢竟上回派人去對付姜蕙便是出自她手，而自己一無所覺，可現在夫人竟然疑惑，難道真不是她？

劉嬤嬤起先不敢提，這時才回道：「是，外頭都在傳呢。」

何夫人咬了咬嘴唇。她是派人盯著姜蕙，可也在等最好的時機，把姜蕙置於死地！

那姜濟達，她卻不曾想要用這種法子。

畢竟一而再、再而三的，總會讓人懷疑到身上，她沒有那麼笨。

可如今，何緒陽卻認定是她做的了。

何夫人心裡起了些恐慌，與劉嬤嬤道：「妳派人去查查，到底怎麼回事。」

正說著，就聽外頭一陣吵鬧，門猛地被人推開，幾個衙役同時走進來，為首之人道：「還請何夫人跟我們去大理寺一趟。」

何夫人板著臉。「你們私闖官宅，可知何罪？」

「咱們是奉命來請何夫人的。」那人冷聲道。「還請何夫人配合，不然莫怪我等動粗。」

何夫人一驚，腦中不由得回想起在宋州的事情，那回她竭力抵抗，他們硬是拉了自己去衙門。她挺了挺身子，沈聲道：「你們是奉哪位大人之命，我又犯了何罪？」

「奉金大人、楊大人之命，至於何夫人您，犯的乃是雇人行凶之罪。」

何夫人身子一搖，差點坐下來。她以手撐住桌面，吸口氣道：「你們定是弄錯了！」

「錯沒錯，還請何夫人去了再說。」

何緒陽此時也立在門口。「事情到了這一步，夫人還是從了吧，莫弄得難看。」但到底他還是秦淑君的丈夫，與那幾個衙役道：「還請好生對待，本官感激不盡。」

何夫人一口啐在地上，昂頭走了出去。

她就不信，她沒做的事情還能硬扣在自己頭上！

誰料她剛出來，那幾個衙役在她房裡一陣翻找，也不知從哪兒得了什麼，放入袖中，又走出來。

何夫人驚道：「你們做什麼？」

「奉命而為罷了。」衙役不說，領著她走了。

宮裡，乾西二所大院。

何遠端上一盤香梨，回稟道：「何夫人已被押至衙門。」

穆戎唔了一聲，拿起銀叉插了塊梨放進嘴裡。

何遠道：「何夫人這回進了衙門，定是出不來，也再無機會作惡。」

「百足之蟲，至死不僵，還是砍頭了事。」穆戎每回聽何遠稟告姜蕙的事，總是要先提起何夫人的人。前段時間，何夫人竟然想辦法買到毒藥，他如何能忍？他能保護得了她一時，未必就沒有疏忽的時候。

故而先前就想把何夫人處置了百了，省得到了姜蕙嫁他時，又出什麼變故，是以近段時間，何夫人在何時何地、做什麼，他都查得一清二楚。

現在是該收網的時候，要劫匪交代如何與何夫人接觸，一點也不難。

「今次人證物證俱在，可秦家只怕不會旁觀，你且派人去看看。」穆戎吩咐。

一刀下去，務必乾淨，他不喜歡拖泥帶水，何夫人這次必定得死。

何遠應了一聲。

穆戎又問：「姜大老爺傷不重吧？」

何遠道：「不重，有大夫同行的。」要做得逼真，自然得使些苦肉計。

穆戎道：「後事你處理下，該得的撫恤不能少。」

何遠領命走了。

等到他一盤香梨吃完，抬起眼，看到兩個宮女正在園子裡，一個坐著盪鞦韆，一個採了幾朵花放在鼻尖嗅，二人都穿了極其鮮豔的裙衫，遠遠看去，秀色可餐，只都看著別處，好似不知道他在書房。

穆戎把銀叉放下來，淡淡一笑。

這等伎倆他看多了。父皇那些妃子最愛做這些，母后為此與那些女人鬥了一輩子，真是膩味得很了。

要不是看在父皇一片心意，他也不想留下來。

女人就像那華麗的外袍，每人總得有一件穿在身上，可多了，不一定是好事。

他站起來，從書房走出去。兩位宮女看見，驚喜得想要過去，可他不等她們，徑直出了院門。

卻說何夫人被帶到衙門，只見堂上坐了兩位大人，一個是大理寺的金大人，一個是刑部的楊大人，只覺又羞又恨，因為那楊大人她還見過，當初是同堂歡笑，如今她是待審犯人。

何夫人差點咬碎一口牙齒。

「不知兩位大人可有證據抓我於此？」她不放棄自己的自尊。「假使是誣陷，我定是要告到皇上那兒的！」

金大人把驚堂木一拍。「把劫匪帶上來。」

何夫人看過去，那人並不認識。

金大人還未再說話，劫匪卻叫起來，瞪著何夫人道：「大人、大人，便是她指使草民去殺姜大老爺的！這狠心的婦人不只如此，還殺了我幾個朋友，我是命大，不曾喝那碗茶，原是放了毒的，只等咱們事情辦成，毒發身亡，真是好狠的心！」

原先三個賊匪被抓，剛入衙門沒多久，其中兩個就毒發身亡。

何夫人目瞪口呆，不知道他在說什麼。

金大人看向衙役。「可曾找到毒？」

「找到了。」衙役上前，把袖中之物拿出來，卻是一支玉瓶。

何夫人面色一變，渾身如墮入冰窖一般。

這毒藥是她暗地裡吩咐下人買的，便是劉嬤嬤都不知，他們怎會發現？她此時只覺力氣盡失。

就在這時，威遠侯趕來了，連同兒子秦少淮。

兩位大人連忙上來見過。

「不知你們抓我女兒做甚？」威遠侯老當益壯，說起話來聲如洪鐘。

楊大人正色道：「事關謀命案，還請侯爺見諒。」

「見諒？」威遠侯大怒。「你們誣陷本侯女兒，還要我見諒？膽子不小，還敢直接拉人至衙門！什麼案子，需得你們兩個來審理？不過是搶劫藥材罷了。」

金大人面色和善。「侯爺，此事涉及姜大人，皇上很是重視，故而才派下官與楊大人一起審理。」

上回姜濟顯與皇帝一道打獵，皇帝對他印象不錯，今日他大哥出門被打，皇帝也不知哪兒聽來的，很快就下令叫他們嚴加審訊，不得徇私。這不，他們一點都不敢耽擱，飯都沒吃便審理了。

聽了這話，威遠侯臉色更沈。原來還驚動到皇帝了，倒不知是誰透露的消息？

他看向何夫人，眸中怒意一閃。

上回何緒陽已經把宋州一事告知他，他也狠狠教訓了女兒一通，誰知道她竟然還來惹事。

秦少淮向來囂張慣了的，高聲道：「那又如何？我姊姊總是被冤枉的，你若識相，快把我姊姊放了，不然我定是──」

「給我閉嘴！」威遠侯厲聲道。「站後面去。」

秦少淮還是怕自己的父親，只得不甘願地退後一步。

威遠侯沈聲道：「那本侯且聽聽你們如何審案。」

他們把皇帝抬了出來，他如何阻止？

眼見父親無奈地屈服，何夫人滿心失望，也滿心恐懼。這輩子，她從來都沒有過這種感覺，如此無助，因此事太突然，她絲毫沒有準備，好像被人玩弄於股掌一般軟弱……

她忽地看向威遠侯。「父親，定是姜家設計陷害我！」

定是姜家，不然還會有誰呢？

金大人詢問：「何夫人，妳這番話可有證據？」

何夫人道：「他們什麼事情做不出來？」

公堂之上，都講證據，何夫人這般胡說，可沒有人理會。他們繼續審問賊匪，賊匪說得一清二楚，在何處與何夫人見面、拿了多少銀子，兩位大人抓何府下人一問，那日何夫人果然是去京城的光明寺。

何夫人大急。「我不過去上香罷了，難道還不成？」

「那銀票又如何說？他們手裡拿的正是妳秦淑君在大成錢莊的銀票。」

何夫人聲音都忍不住抖了。「那日被人偷去……」確實是被人偷去，當時她還審問下人，可不曾尋到那二百兩銀子，她原是要拿去當香油錢的，後來還使人回去取。「不信你可問我府中下人。」

楊大人厲聲道：「哪有如此多巧合？妳不過是為掩人耳目！妳一與賊匪勾結行刺，二且毒殺人命，毒與從妳房中尋來的一樣。秦淑君，本官勸妳如實交代，不然莫怪本官動刑！」

何夫人一下子癱軟在地上。

威遠侯深深嘆了口氣，雖心痛女兒，可也恨這女兒，依今日這些證據，件件都是指向她的，根本無從抵賴；人證有，物證也有，便是請整個越國最好的訟師，都不可能打贏。

他站起來，最後看女兒一眼，一下好似老了好幾歲。

「父親、父親，您救救我……」何夫人趴在地上，抬頭看著威遠侯。

秦少淮哭了，拉住父親。「父親，您要不救姊姊，她可就……」

那是必死無疑的。

「凡事都有因果，少淮，你也長大了，該知道，自己做的事，將來只能自己承擔。」威遠侯說完，再不停留地走了，便當沒有生過這個女兒。

身後，傳來何夫人撕心裂肺的哭聲。

消息傳到姜家，眾人都有些發懵。

白。

除了姜濟顯、姜蕙，他們不曾想到幕後主凶會是何夫人，而梁氏跟姜辭也是知道結果時才明白。

老太太連連搖頭。「這何夫人當真是瘋魔了，怎地與咱們家有這般大仇？如今倒好，賠進去一條命。想當初，我初見她，真沒想到會有這一日。」

何夫人已被定罪，三日後處斬，那是板上釘釘的事情，絕不可能挽回的。

胡氏呸的一聲。「也是活該，心竟然那麼黑，幸好被抓到了，不然指不定哪日還要加害老爺！」

眾人各有各的想法，姜蕙卻很欣慰，也很快意。

原本這輩子，何夫人就是她最痛恨的敵人，也是她千方百計想要剷除的，如今終於要死了，她如何不高興？恨不得叫人立刻上酒來，狠狠喝個痛快呢！

只是心裡也有些疑惑，因姜濟達被傷到、何夫人落網定罪，才將將一日，簡直是勢如破竹，她難免奇怪。畢竟何夫人陷害他們一家時，手段狠毒還不露痕跡，可是個心思細膩的人。

便是金荷那次，雖然金荷反戈也無法將何夫人扳倒，別說她還有娘家人。

秦家再如何，應該也不至於看著她死吧？

可見幕後有人操縱了一切，所以證據如此充足，讓何夫人連拖延的時間都沒有。

她眉頭一挑。難不成是穆戎？也只有他了，不然誰有那麼大的本事。

只是如此一來，自己不是又欠他一份人情？上回是吃飯喝酒，這回呢？她忽然有些頭疼。

耳邊只聽老爺子道：「無論何夫人如何歹毒，總是伏法了，也沒再欠著咱們家。何大人為人不錯，兩位姑娘也常往來的，以後遇到，這事莫在他們面前提。」意思是兩家不要為此生怨。

眾人都道是。

老太太也心軟，嘆息一聲。「何夫人一死，那何家兩位姑娘才慘呢，怕是難以嫁到好人家。」

這件事，秦家、何家興許受的影響不大，可何夫人是主母，兩位姑娘是記在她名下長大的，試問這樣的母親教出來的孩子，旁人又怎會一點不質疑？心裡總有些芥蒂的。

胡氏暗地裡幸災樂禍，這何夫人平常心高氣傲，看不起人，現在落得這個境地，兩個姑娘還不如她們家的姑娘了。她說道：「娘，那也是命，強求不來的，只要不挑三揀四，依何家的家世也不會太難。」

說是這麼說，可本來何家有的是本事挑三揀四。

胡如蘭心有戚戚焉，嘆口氣道：「可見咱們姑娘多可憐了，全都依仗娘家。」

母親不好，女兒也得受牽連。

她要是當初能託生個好人家，早就可以嫁姜辭了，如今呢？便是近水樓臺，她也不敢上去親近月亮，也不知將來自己會嫁個什麼樣的人家呢……

她只覺這一生很難過得如意。

一個人的心裡已經裝了別人，還怎麼裝得下其他人？

姜瓊生性大剌剌，卻不覺有什麼。「又不是非得嫁個富貴人家，我原先沒想過，現在想想，還不如在鄠縣，我尋個地主小哥兒，咱們就種種地，養養牛羊挺好的，總比大門都不能出的好。」

姜瑜一聽這話，眼睛都瞪大了。「阿瓊，妳說什麼啊？沒羞沒臊的，妳嫁人還早呢！」

「想想也不行啊？」姜瓊撇撇嘴。「我明年也十二了。」

這兩姊妹真是完全不一樣的性子，姜蕙伸手摸摸姜瓊的腦袋。「妳想得倒是美，不過二嬸能同意嗎？」

姜瓊立時就嘆氣了。

姜蕙又笑。其實姜瓊說的生活，她也挺嚮往的，可她不比她們，自她重生，背負的東西就太多了，她也有自己想要的，可比起家人的安危，似乎什麼都算不上。

她這幾年一直活在對何夫人的仇恨中、對失去家人的恐懼中，直到現在，何夫人也要從世上消失了，她總算放下心裡一塊石頭。

可還有個衛鈴蘭呢！

姜家興許也還要面對新的危機，命運從來不曾有讓她真正放鬆的時候。

姜蕙微微呼出一口氣，假使有那一日，她定要好好睡上幾天幾夜，再醒來時，什麼都不去想，只安心挑個好相公，將來給他生孩子，好好把孩子養大。

假使有這一日……

她想著，嘴角挑了挑。應是會有的，人生不如意十之八九，可也有如意的十之一二呢！

三日後，何夫人被砍頭，威遠侯沒有出面，最後是秦少淮斂屍的。

一個人死了，不管大奸還是大惡，總是煙消雲散。

梁氏高興不起來，甚至心裡有些說不出的沈痛。假使何家從來沒有出現過她，這一切就不會發生了，也不會有這一切……她突然想去光明寺進香。

姜蕙知道她在想什麼，當下陪了一起去。

第三十五章

路上，二人不知說什麼，姜蕙牽著母親的手，發現她的手涼涼的，好似這初冬的天。好一會兒，梁氏才嘆口氣。「阿蕙，這段時間難為妳了。」

姜蕙道：「阿娘，妳也不用再想了，何夫人今日得此惡果，興許有娘的原因，可她若真能明辨是非，也不會害了自己。」

母親是得了何緒陽的寵愛，可何夫人卻全怪在母親身上，實在是有失偏頗。她要真厲害，頭一個該整治何緒陽，或者也可掉頭走開，眼不見為淨，非得要這麼折磨自己也折磨別人，何苦呢？

梁氏搖搖頭。「有時人在其中，未必如此理智。罷了，此事已了，是對是錯，興許也不重要。」

姜蕙頷首。「阿娘說了是，咱們以後好好過日子，往事都不要想了。」

梁氏伸手輕撫她的頭髮。「為娘命好，有妳這樣一個女兒。」

這話說得姜蕙想哭，她點點頭。「沒有阿娘，也沒有女兒。」

母女兩個相視一笑。

很快便到廟中，梁氏捐了五十兩香油錢，給何夫人點了長生香，希望她在另一頭可以得到平靜。二人之間二十年糾葛，終於到終點，她也能真正跟往事告別了。

姜蕙等在外面，看著裡頭的菩薩，暗道：天上若真有神佛，為何世間總不是善有善報，惡有惡報呢？只是在寬慰自己吧，才能信這些。

金桂上來悄聲道：「三殿下在呢，姑娘看左邊。」

姜蕙側過頭，果然見穆戎立在不遠處。

仍是如同往昔，穿著一身紫袍，長身鶴立，分外引人注目。

穆戎見她看來，朝前方一條小路走去。

姜蕙知道他有話說，想了想，與金桂道：「妳跟銀桂說陪我去茅廁，一會兒阿娘來了，叫她稍等。」

金桂會意，跟銀桂傳話。

二人就朝穆戎那方向走了。

小路盡頭是一處木屋，也不知誰住的，甚是簡陋，屋前有片地，種了好些菜蔬。

穆戎立在屋前，推開門道：「進來。」

姜蕙道：「不在外面——」

不等她說完，他拉住她胳膊就扯了進去，隨即把門一關。

金桂立在外頭，心跳個不止。

姜蕙才入屋，就伸手把嘴捂住了，瞪著穆戎道：「你有話就快說，別想……輕薄我。」

看她渾身戒備，穆戎挑眉道：「就憑妳的力氣，捂著有用？」

她一隻玉手遮住了半張臉，剩一雙眼眸，越發顯得嫵媚動人，引男人起了興致。穆戎伸手蓋在她眼睛上。「再者，這樣才好一些，不然本王親哪裡不好親？」
姜蕙眼前立時一片漆黑，感覺到他手掌的溫度，臉上忍不住有些熱，說道：「那咱們一起放開，好好說話，行不行？」
穆戎道：「好，妳先放。」
姜蕙道：「你先放。」
穆戎輕聲一笑。「罷了。」
他放開手，有些不捨地退後一步，姜蕙這也才拿開手。
「明日母后會宣妳入宮，本王此次來，是為提醒妳。」穆戎言歸正傳。
這話一出，姜蕙整個人都有點懵了，問道：「叫我入宮做甚？」
「陪永寧說說話。」
姜蕙道：「我又不認識永寧公主。」
「其實是為給本王挑個好妻子。」
姜蕙閉了嘴，過了會兒問：「只有我嗎？」
「好像還有幾位姑娘。」
姜蕙一下子又找到希望了，只是面上不曾表現出來，正色道：「謝謝殿下提醒。」
穆戎把她的反應都看在眼裡，淡淡道：「妳最好老老實實，別使什麼花招，明日打扮端莊些，走路莫扭來扭去，還有這頭髮……」說著忽然取出一幅圖遞給她。「就照這樣，明白嗎？」
姜蕙瞅一眼，萬分震驚。這畫裡畫的是從頭到腳的打扮，一清二楚，而且這人也是她，看上去很有大家閨秀的風範又不乏妍麗。

她目光又落在穆戎臉上。什麼時候，他竟然會做這種事了？

穆戎被她看得不自在，把畫一抖道：「拿著。」

姜蕙接過來，撇撇嘴道：「殿下既然看我如此不順眼，怎麼就非得娶我呢？」

她那麼聰明，哪裡不知穆戎的意思，但順著他，又憋氣得很。

見她眼眸橫斜，小嘴一努，滿是俏皮，穆戎忍不住就想伸手捏捏她的臉，但又怕她跟貓兒似的跳起來，手指在袖中動了兩下，道：「別想拿話刺本王，明兒好好照著做便是。」

姜蕙咬了咬嘴唇，心想，不照著做又如何？

穆戎看著有些惱火。為娶她，他花了多少心思，怕她掩不住的風流讓母后不喜，怕她不注意走路，露出嫵媚身段，怕她胡亂說話遭到母后討厭，故而才畫這麼一幅畫，也不知自己怎地要遭這個罪，偏偏她還不肯聽話。

穆戎冷聲道：「妳要露出一點不好，別怪本王求母后納為妳側妃。本王已待妳情至意盡，妳好自為之！」他拿捏她的法子多得是。

這招果然有用，姜蕙神情都嚴肅了一些，知道他不是說說，而是真會那麼做。

那……假使自己說做王妃也不肯？她打量穆戎一眼，很快就打了退堂鼓。

依照他的性格，定會拿姜家來威脅自己，她怎麼敢冒這個險？

別說什麼喜歡不喜歡他之類的鬼話了，他定是不愛聽的，他只知道自己喜不喜歡，他要不要得到。

她深深吸了一口氣。

到這地步，大概真是逃不了了，明日就要去見皇后了呢。

她臉上露出幾分自嘲的笑。總比上輩子好多了，從奴婢一躍成為王妃，天下多少姑娘願意，她為何不肯？別說穆戎以後還會是皇帝，若她沒有猜錯的話，自己將來興許是皇后？

如此好事，她哭著說不要，又哭給誰看？誰也不能從穆戎手裡把她救出來。

那麼，側妃、王妃，選哪一個？天下最笨的人都知道怎麼選。

姜蕙嘴角挑了挑，笑道：「殿下吩咐，小女子自會聽從，不就是照著打扮嗎？容易得很。」

她拿起畫又仔細瞅瞅，忽地問：「這畫可是殿下親手畫的？」

穆戎板著臉。「妳管這麼多。」

姜蕙輕聲一笑，帶著幾分揶揄。「若是殿下畫的，功夫還真不錯。」

很相像，就好像對著她畫一般。

只是畫中人神情有些刻板，大概是為了讓她學著。

她沈下臉，嘴唇抿得緊緊的，眼神在這一刻也收斂了靈動，好似平淡的湖面，一下子變了個人。

「殿下，小女子這樣，您還滿意嗎？」

穆戎忍不住笑了。第一次看見她調皮的樣子。

「有些刻意了。」他認真評價。

「哦？那我回去再練練。」姜蕙把畫像捲起來。「耽擱久了，怕母親擔心，小女子先走了。」

她伸手去推門，忽地想起一件事，手頓了頓，回頭問：「何夫人的事，可是殿下做的？」

穆戎沒有否認。「是，妳可滿意？」

姜蕙一怔，笑道：「滿意極了，謝謝殿下。」

絲毫沒有什麼同情，果斷無情到極點，骨子裡，她可能跟自己是同一類人。

穆戎看著她道：「光說一句謝謝可不夠……」他把她拉過來擁在懷裡，嘴唇覆上去，重重一吻。

姜蕙推他。「我還要見阿娘的——」

後面的話被他吃了進去。

木屋裡，只聽到令人心跳的吮吸聲，他的手慢慢滑到她胸口，因隔著夾襖，太過厚實，他有些懊惱，一邊親著她，一邊四處尋找入口。姜蕙一把抓住他的手，長長的指甲刮過他手背，穆戎吃痛，猛地抬起頭來。

姜蕙這才得以喘口氣，瞅一眼穆戎，見他俊臉發紅，暗想，這人怎麼跟沒碰過女人似的，猴急呢！跟上輩子當真像兩個人。

印象裡，他是從不會如此的，可這問題她也不好問。

穆戎也意識到自己失態，只是現在渾身難受，恨不得在這兒就把她辦了，又後悔不該去親她，火一被點著了，要熄滅可難得很，早該熬一熬等到成親的。

姜蕙拿帕子擦嘴，一邊從荷包裡取了口脂出來，埋怨道：「一會兒阿娘得說我亂跑了。還有這口脂，抹得好好的，若沒了，阿娘指不定要發現，這兒也沒鏡子……」

她聲音嬌嬌柔柔的，好像與人撒嬌。

穆戎不由得就道：「本王給妳抹。」

姜蕙一呆，他已經拿走口脂，學她剛才的樣子，抹了一些在手指上，點在她嘴唇。動作很輕柔，也很認真，可抹了會兒，忽地道：「忘了剛才什麼樣子了，這是要薄些還厚些？」

「薄些。」她道。

他便少抹一點。

豈料姜蕙忽地又道：「還是厚些吧。」

穆戎皺了皺眉，像是有些不快，但還是聽從了，又從頭抹了點。

好不容易弄完，他很高興，欣賞道：「本王抹得也不錯。」

姜蕙一眼不眨地看著他。要說穆戎給她抹口脂這種事，在上輩子簡直想都不敢想，可現在，他那麼有耐心……她看著他，有些不敢相信。

興許，不該把他當成那個穆戎？這輩子的穆戎，對她沒有以前那樣無情。

他大概對自己是有幾分真心的，所以才會花心思畫那幅畫，希望皇后喜歡她，他便能娶自己為王妃。他還願意為她解決了何夫人，之前在宋州，也救過自己。

一旦沒有那麼多的怨氣，她竟然找到一些他的好處來。

見她盯著自己看，穆戎挑眉道：「怎麼，總算知道本王英俊了？」

姜蕙噗地笑出聲，躬身告辭。

穆戎立在身後，眼看她蓮步輕移，一步三搖的妖媚狀，忍不住喝道：「好好走路！」

姜蕙嚇一跳，金桂也是，伸手撫在胸口。

稍後，姜蕙立直身子，僵硬地走了。

梁氏等了許久，已經叫銀桂去找，眼見姜蕙過來，急道：「哎呀，阿蕙，妳去哪兒了？」

「茅廁人挺多的，我等了會兒。」姜蕙胡亂扯謊，笑道：「阿娘事情辦好了？咱們回家？」

梁氏倒是不急。「難得來了，妳去求個籤。上回在寶塔寺求的籤弄丟了，我看阿瑜求的籤挺準的，妳祖母與二嬸都說呢，幸好不曾在宋州結親，京城挑選的餘地可大了。雖然為娘不求妳大富大貴，可也希望是樁好姻緣。」

姜蕙心想，明兒指不定就定了，只怕家中人都會大吃一驚。

不過也沒有反對，她隨梁氏進去求籤，拿著籤筒搖了一下，裡面掉出一支籤，只見上頭寫：

「紅日當天照，光輝遍四方，西川人著錦，紅紫滿長春。」

旁邊沙彌瞧一眼，恭喜道：「好籤啊，上上籤！」

梁氏大喜，拿著就去解籤。

解籤人聽說問姻緣，笑道：「自有貴人扶之，好姻緣定成。」

梁氏忙拿了錢給對方，高高興興領著姜蕙回去了。

到了家裡，還與姜濟達說了，夫婦兩個都很欣慰。

等到第二日，這高興去了一大半。

竟然有黃門來宣口諭，命姜蕙去宮裡，轎子都準備好了。

眾人都吃了一驚。

老太太叫人拿辛苦錢給黃門，一邊笑咪咪問道：「倒不知叫咱們阿蕙去宮裡做甚呢？」

黃門得了錢，也爽快。「娘娘見永寧公主無人作伴，甚是冷清，故而請了幾位姑娘去宮中陪著說話的，到了下午也就放回來了，老太太莫擔心。」

老太太鬆了口氣。

姜蕙屋裡只留金桂一人，正幫姜蕙對著畫像打扮。

好不容易尋到差不多顏色樣式的裙衫，姜蕙又開始梳頭，梳了個很正經的小平髻，頭上首飾也沒戴幾個，左邊插一支雲鳳紋金簪，右邊戴一支金花簪，這就完成。

等她走到正堂，見慣她原先裝扮的人都瞪大了眼睛。

小姑娘一下子長大了，竟然有幾分姜瑜的派頭。

黃門也偷偷瞅她一眼，驚為天人，難怪會被請入宮，這模樣，便是給皇上做妃子都不差的。他態度一下恭敬了不少，這位姑娘指不定就是王妃，誰敢怠慢？

老太太拉著她的手叮囑幾句，姜蕙認真聽著，笑道：「孫女兒會注意的。」

胡氏這會兒心裡頭酸不溜丟，不知道怎麼形容。要說去宮裡陪公主，怎麼也該是她大女兒姜瑜啊，怎地就輪到姜蕙？她滿心的不明白。

而梁氏卻為姜蕙擔心，畢竟是皇宮，誰也不知道什麼樣。

因黃門還等著，想必皇后也等著的，眾人也不敢說太久，姜蕙與他們告別一番，這就隨黃門去了外頭的轎子。

這事太突然，等到她走了，家裡人還議論紛紛，但不是休沐日，姜濟顯、姜辭幾個都不在，他們對宮中的事情又摸不著邊，老爺子著急，派人去告訴姜濟顯。

而姜蕙這時已經到達皇宮門口了。

她從車裡出來，一眼就看到高高的宮牆。

幾位宮女過來領路，似她這等身分是不夠資格再坐轎子了，得一路行到殿內。

姜蕙笑問道：「幾位姊姊，辛苦妳們了，我可是最後一個來的？」

她嘴甜，態度又好，宮人笑道：「還差一位余姑娘呢。」

「喔，不知永寧公主幾歲？我初來京城，絲毫不知。」

宮人道：「公主今年十三。」

正當說著，前頭幾人過來，宮人輕聲提醒。「是太子妃娘娘，快些行禮。」

第三十六章

姜蕙忙跟著她們一道行禮。

太子妃聲音溫和，問起她是誰，宮人回答：「是姜家的二姑娘。」

太子妃道：「那是要去坤寧宮了，便與我一同去吧，已有兩位姑娘等著了。」

宮人聽聞，自覺地往後退去，姜蕙跟在太子妃身後。

太子妃回頭笑道：「莫拘束，低著頭，我也不知妳長何樣。」

姜蕙抬起頭來。

太子妃見到一張光彩照人的臉，微微驚訝，但又恍然大悟。難怪太子說穆戎迷上這二姑娘，非得娶她做妻子，這等容貌也確實罕見，倒是與皇上寵愛的麗嬪有幾分相像。

那麗嬪是魏國人，當初魏國降服，進貢了不少美人兒，麗嬪是最美的一個，如今皇上還常去她那兒，幸好為人聰明，不曾興風作浪，母后也不與她為難。

不過這姜蕙較之麗嬪，更有越國人的柔美，故而顯得更出色。

她這般打量姜蕙，姜蕙卻不曾回望。

因她一早知道太子妃的樣子，上輩子，穆戎帶她回京，她見過一面，那是標準的大家閨秀，又有些俏麗，也是百裡挑一的樣貌。

她垂著頭，看起來有些緊張。

太子妃心想，第一次來宮裡的姑娘多半是這樣的，好心寬慰道：「只是去拜見下皇后娘娘，跟平日一般便是，皇后娘娘寬厚仁和，妳莫害怕。」

姜蕙低聲謝過太子妃提醒。

到了坤寧宮，二人將將走入儀門，前頭有人銀鈴般的一笑。「瑤姊姊，妳怎地與姜二姑娘一道來了？」

姜蕙對這聲音再熟悉不過，知道是衛鈴蘭，手在袖中握成了拳。

果然是陰魂不散。想必穆戎千算萬算，絕沒有想到衛鈴蘭會阻攔這件事吧？

也是，他如何知？興許跟上輩子一樣，仍然以為衛鈴蘭是那個他從小認識的單純姑娘呢！

她嘴角挑了挑，低頭間，眸中閃過寒意。

太子妃驚訝。「鈴蘭怎麼在呢？」

「我來看姨祖母的，順便看看皇后娘娘，誰料今日請了好些姑娘來，永寧知道定是高興得很了，可以陪她一起玩。」衛鈴蘭說著，看向姜蕙，上下打量一眼，面色有些發沈。

因姜蕙這身打扮確實慎重，一點也不像她以前見過的樣子。

剛才遠遠看見，她走路竟也變了，一步一步很是端正，絲毫沒了那些嫵媚氣，真是花了心思了！

可她倒要看看，姜蕙如何嫁給穆戎！

她親切地道：「姜二姑娘，快些過來吧。」

三人一同走入殿內，向皇后請安。

皇后是四十來歲的婦人，一張滿月臉，生得極為富貴，擺擺手道：「都坐著吧！」聲音剛起，宮人立時就設了錦杌。

太子妃笑道：「聽說還有一位余姑娘未到？」

「不能來了，前兩日就得了風寒，怕過給永寧，剛剛她老父在宮外遞了條子。」皇后語氣淡淡。她派人核實，確實是生病，倒不是今日突發，想來也沒人有膽子欺瞞。

太子妃道：「可惜了，聽聞余姑娘寫得一手好字，我原還想看看。」

皇后笑起來。「又不是沒機會，再者，這兒幾位姑娘，哪個不是有女夫子教的？」

太子妃笑道：「那倒是。」

皇后又命人上茶。

姜蕙端起茶來喝時，耳邊聽太子妃問起旁的姑娘，女夫子都教些什麼；輪到她時，她放下茶道：「琴棋書畫都教一些，不過入京來，請的女夫子還會教一些四書五經。」

太子妃誇讚。「那女夫子倒是好學問。」

皇后見姜蕙說話時，深深看了她一眼。

昨日，太子專程提起這件事，說穆戎傾慕這姜二姑娘，故而連皇上送去的兩位宮人都沒有碰，言下之意是希望她成全這樁好事。

今日見這姜蕙，倒真是生得漂亮，自己兒子將將情竇初開便喜歡上她，也難怪忘不了。

衛鈴蘭突然好奇地問姜蕙。「二姑娘，妳這膚色如此白皙，可不像咱們越國人呢！」

這是多數人都有的疑問，可衛鈴蘭絕不是安好心。亡國奴婢的女兒，怎麼可能嫁給皇子？

眾人都看向姜蕙。

姜蕙微微一笑。「小女子這膚色像了母親，從小到大，無人不問起，母親說興許是曾祖母傳下來的。當年越國魏國曾一度停戰，兩國交好，在隴西邊界，不只通商，也有通婚的，小女子的曾祖母大概便是魏國人。如今魏國已降服，皇上不僅不曾擄掠百姓，且還派官員前往魏地扶持經濟，眾人無不感恩戴德，皇上對魏人一視同仁，不曾看低，如此寬厚相待，實乃百姓之福。」

她一番話說得滴水不露。

衛鈴蘭咬了咬嘴，倒是再不能說一句魏國人的不好了，不然便是瞧不起，可皇上都沒有如此，她如何能？

皇后聽了，暗暗點頭。

這小姑娘倒是聰明，皇上在處置魏國時，當年朝中官員分成了兩派，一派想全數殲滅魏國人，一派則想保留，慢慢納入越國。皇上雖然不太理朝政，可他是個心軟的人，後來聽從劉大人的意見，重整魏國。

如今魏國其實也是越國的了，不該還提什麼魏國、越國。

姜蕙說完，好像突然發現自己說得太多，忙低聲道：「剛才一時忘形，還請娘娘與太子妃見諒。」

她臉兒有幾分紅，像鮮嫩的蘋果，露出了小女兒的憨態。

皇后見了，少不得想到沈寄柔。沈寄柔就是有些憨厚的直率。

眼前這姜姑娘倒有一些相像，可又比沈寄柔有大家閨秀的端莊，還會說話。

皇后心裡有數。她知穆戎的眼光高，故而便是沈寄柔、衛鈴蘭這樣的姑娘，都一直不曾喜歡上，不然早該主動提了，如今看上姜蕙，想來是因為真心。

見她面色柔和，衛鈴蘭心中氣得翻江倒海，怕姜蕙太突出，轉而與另外兩位姑娘說話。

可惜這李姑娘性子膽小，說個話畏畏縮縮，教人不喜。

林姑娘不錯，只這容貌與姜蕙一比，一個天上一個地下。

天下誰人不愛美？便是女人，都是喜歡漂亮的，且皇后年紀又大了，不存在什麼嫉妒心，看姑娘，也是依婆婆看兒媳的眼光，今日姜蕙打扮得體，便是妝容都是精心描畫的，美是美，卻美得不刺眼，看著賞心悅目。

衛鈴蘭暗自著惱，一時竟找不到法子對付姜蕙，又不能太過刻意，她還得保持自己的風度。

姜蕙暗地裡快意極了。

她知道衛鈴蘭很想嫁給穆戎，如今看她得皇后喜歡，心裡定是像被針扎了一樣難受。

誰讓穆戎只想娶她呢，衛鈴蘭上輩子得逞，這回是怎麼也成不了的。

皇后說了一會兒，便讓她們去永寧公主那兒，太子妃也一起。

永寧公主今年十三，正是天真爛漫的時候，見到三位姑娘，開懷得很，立時拉著她們去盪鞦韆，幸好今日陽光不錯，不然冬日冷得很，不知有多難受了。

姜蕙走在後面，只是看著她們玩。

乾西二所裡，何遠見穆戎連換了好幾卷書，沒有一卷看得進去的，便知他是擔心姜蕙，當下有些好笑，輕聲道：「殿下不如出去走走？」

穆戎立時站了起來。

自從她入宮後，他就心神不寧，生怕她做不好。

畢竟那是他的母后，假使姜蕙得不到母后喜歡，作為兒子，總是有些棘手。

雖然原本他可以直接去求父皇，父皇疼他，沒什麼不會應允，可內心裡，他仍希望姜蕙得到母后的認同，這樣她嫁進來更是名正言順。就是不知她可做到了？

何遠道：「聽說在園子裡溜鞦韆。」

穆戎唔了一聲，走了幾步又停下來。

他這樣太心急，萬一被母后知道，連這半刻都忍不住，只當姜蕙是什麼狐狸精呢，這也不好。

他又轉身走了回去。

何遠看他反反覆覆的，嘴角抽了抽。這回真不知自家主子在想什麼了。

陪永寧公主一會兒，後來又寫字畫畫，眼見時辰差不多，宮人才領她們回去。姜蕙坐著轎子，走沒多久，突然見轎子停下來，她透過車窗看到是在一處小巷子，正要問轎夫，卻見門簾被掀開，穆戎坐了進來。

這轎子極狹窄，兩個人立時貼在一起。

姜蕙對他的舉動早已不驚訝。他此番來，定是問結果。

誰料他一坐好，只捧著自己的臉看，那麼近，姜蕙的臉忍不住有些發燒，微微垂下眼簾。

「不錯。」好一會兒，他滿意地吐出兩個字。

弄得好像她是為他完成什麼任務。姜蕙沒好氣地道：「哪裡不錯？要不是我機靈，今日興許都完了。」

穆戎眯起眼眸。「出何事了？」

「是那個衛鈴蘭，她早先就不喜歡我，今日來，定是故意阻撓，想說我是亡國奴的種。」姜蕙一邊說，一邊盯著穆戎，想看看他的反應，他要是袒護衛鈴蘭，她以後嫁了他，只會看他更不順眼。

穆戎倒是奇怪。「她為何與妳作對？」

姜蕙微微顰眉。莫非他不知道衛鈴蘭喜歡他？

也有這個可能，衛鈴蘭心機深沈，不會輕易表露出來；再者，她為人驕傲，不會一開始就主動向穆戎示愛，至多引他注意罷了。

可早晚，她耐不住，還不知道會使出什麼法子呢！

她正色道：「要說確鑿的證據，我拿不出，只是一種直覺。當初入京前，她與她二嬸來宋州拜見，我便覺奇怪。到了京城，她又請我與幾位姊妹去衛家作客，那日的事，殿下必是知道的。」

穆戎道：「那日妳彈了琴。」

姜蕙驚訝。「你怎知？你很早就來了？」

「我和衛公子與妳們一牆之隔罷了。」當日聽到衛鈴蘭彈琴，隨後一曲意境迥異，因為他知姜蕙在，很快就猜到是她。

他笑一笑。「妳琴彈得不錯，改日彈與本王聽。」

姜蕙道：「殿下想聽，小女子自不吝嗇。說起來，那日沈姑娘也在，後來沈姑娘出事，聽說衛鈴蘭就在旁邊。可要說容貌，要比身段，都是她更為出色，我不明白賊匪為何要劫掠沈姑娘？我私下對她起了疑心，又知沈姑娘原本是要嫁給殿下的……」

她頓一頓。「而今日也一樣，皇后娘娘為殿下選妻，衛鈴蘭又出現在此，還故意使我難堪，兩樁事聯想起來，不難猜出她的目的。」

依穆戎的聰明，聽了她說這些，如何猜不到？

「妳是說，她想嫁本王？」所以才害沈寄柔又阻攔她？

姜蕙點頭。「是，故而我若是嫁與殿下，衛鈴蘭此生都會與我為敵。殿下，」她直視著他。「您可信我？」

她分外認真，眸中也含著渴求。

穆戎思忖一會兒，道：「妳說得甚有道理，本王信妳。」

姜蕙一下瞪大了眼睛。他居然那麼快就相信她了。

可上輩子，她在他面前擔憂自己的將來，提到衛鈴蘭時，他什麼表情都沒有，好像還嫌棄她挑事。可現在，她沒說幾句呢，他就信了。

姜蕙心花怒放，憋在心裡、從來不曾出過的氣好像一下子都順了。

穆戎沒見過她這樣高興，只看她眉飛色舞，心情也很好。

「妳沒什麼事，本王這就回宮了。」他伸手輕撫一下她的臉蛋，收了手下轎。怕自己沒忍住親她，最後又弄得難過。

姜蕙在身後道：「殿下。」

他回過頭，姜蕙甜甜道：「今日謝謝您了。」

聲音好像釀了蜜一般，聽得穆戎心裡也甜起來，暗想，奇怪，他原先救過她，她都不曾對自己有什麼好臉色；如今倒好，他絲毫不費力氣說一句相信，竟換得如此回報，好像一下子對自己親切許多。

穆戎想不明白，衝她笑笑，走了。

姜蕙坐轎子回去。

一到家，就聽下人大呼小叫地回稟進去，她到了二門，梁氏跟姜濟達甚至都迎了上來。

梁氏道：「妳在宮裡可曾有什麼？只見了永寧公主？」

「還見到皇后娘娘與太子妃了。」

梁氏心道：那姜濟顯猜得興許真不錯，這回指不定是給三殿下選妻。可怎麼會看上自己女兒呢？說起來，姜瑜比起姜蕙，才是最合適的，再者她也不想女兒嫁入那麼複雜的皇家。

姜濟達也不知是喜是憂。

幾人到了上房，眾人看姜蕙的目光都跟以前不同。

胡氏的牙都酸了，不過她想了很久，總算有些明白為何會選姜蕙。想必在宋州時，那三皇子見過姜蕙，被她美色迷住，不然這事說不通。

至於老爺子、老太太，只知道高興。不管是姜瑜跟姜蕙，哪個能當王妃，對姜家都是好事，只是也不好挑開來說，因為也可能選不上的。

姜蕙也不說破，還是跟往常一樣，反正她能不能嫁，都是看穆戎。

卻說穆戎回宮後，第一件事就是問何遠。「你去查查，衛二姑娘是不是今日來宮裡了？現在可還在？」

何遠領命，轉身去了。

第三十七章

而這時，衛鈴蘭正在慈心宮。她直覺姜蕙興許要得逞，想了又想，決定去求見皇太后。因姜蕙這事實在出乎意料，才來京城多久，竟然能讓穆戎想盡法子娶她！這人當真是不容小覷，比上輩子可厲害多了，也不知她在宋州給穆戎灌了多少迷魂湯！

可惜自己失了先機，只以為沈寄柔是威脅，還是個不怎麼樣的威脅，卻不知還有一個姜蕙藏在暗處，如今已是遲了……

她走入慈心宮後，與皇太后道：「今日請的姜二姑娘，剛才在娘娘面前，我不方便說，她好似差點做了秦少淮的側室，何夫人恨她勾引自己弟弟，這才與姜家結了仇的。」

何夫人的事情，京都皆知，皇太后有些驚訝。「竟有此事？」

「是啊，不過姜二姑娘今日打扮都與往日不同，像是花了很多心思。」衛鈴蘭有些心急。「姨祖母，您可得提醒下娘娘。」

皇太后眉頭皺了皺，看衛鈴蘭一眼，慢慢道：「鈴蘭，這些年，妳的心思，我不是不知。」

衛鈴蘭一怔，臉忽地紅了。

「可妳不能嫁給戎兒。」

衛鈴蘭心裡一跳，頗是傷痛，坦言道：「姨祖母，您既然知我心思，為何不肯成全？您不是一直很喜歡我嗎？」

「那要是罷了妳父親的官，妳可願意？」皇太后詢問。

衛鈴蘭呆住了，半晌後，咬牙道：「我的事也不能連累父親。」

衛家毀了，她還有何依仗？

皇太后暗暗搖頭。她這是為保衛家，也是保皇家安寧，這傻姑娘看不明白。若穆戎娶了衛鈴蘭，將來太子登基，有如此大的威脅，怎不拿衛家開刀？且衛家的人也不是那麼老實，皇太后豈會不清楚？到時衛鈴蘭嫁給穆戎，說不定要引發什麼紛爭，畢竟皇上最疼穆戎。是以一早知道衛鈴蘭的心思，她也從來當作不知。可這丫頭如今忍不住了，她便想出口提醒幾句。

衛鈴蘭默默垂淚。上輩子也是如此，皇太后不准，後來沈寄柔死了，太子也死了，才肯讓她嫁給穆戎。難道這輩子，也只能等到那日嗎？

可這輩子，他娶的是姜蕙，一切都不一樣了。姜蕙可不像沈寄柔那麼好騙，隨便挑撥兩句就敢拿自己的命冒險，姜蕙絕不會的……早知道還不如不要對付沈寄柔了。

衛鈴蘭忽然又有些後悔，但轉念一想，便是不對付沈寄柔，只怕穆戎仍會想辦法娶姜蕙。她怎麼就能得到穆戎的喜歡呢？這輩子是，上輩子也是，雖然是個奴婢，卻占盡他所有的寵愛，府裡那些側室，聽聞穆戎後來也不碰了，且聽說她要贖身，怎麼都不肯，還不是為留著她嗎？就怕她得了自由離開王府。

衛鈴蘭越想越是惱火，只覺胸口有團火在燒著，偏偏自己卻被衛家拖累，進，進不得；退，退不得。她的眼淚一串串落下來，哭得極其傷心。

皇太后伸手拍拍她後背。「天下難道就沒有好男兒了?鈴蘭，妳莫執著，姨祖母定會給妳挑個好夫婿的。」

衛鈴蘭擦擦眼睛。「謝謝姨祖母好意，是孫女兒失態了。」哭泣永遠都不能解決麻煩。她站起來，告辭走了。

路上遇到太子，太子見她眼睛紅腫，驚道：「鈴蘭怎哭了?誰欺負妳，我去教訓他。」

衛鈴蘭忍不住悄聲嘆口氣。要是穆戎跟太子一樣該多好?那她一點煩惱都沒有了。若是穆戎鐵了心娶自己，便是皇太后不肯，他也定有法子的。可惜，他不是太子。

衛鈴蘭輕聲道：「無甚，剛才有小蟲飛進眼睛，弄得疼了。」

她生得瘦弱，迎風欲折一般，太子真想把她拉到懷裡，給她揉揉眼睛。他溫聲道：「要不要看看御醫，眼睛是很寶貴的，千萬不能受損。」

「不用，已經好了。」衛鈴蘭叮囑身邊丫鬟。「明兒好好準備，請了姜二姑娘來府中玩，上回都沒怎麼盡興。」

太子聽了笑道：「妳與姜二姑娘認識?倒是巧了。」

「早前就認識，我倒真喜歡她，那麼漂亮的一個人，有誰不喜歡?有魏人血脈，比麗嬪娘娘還要好看。」衛鈴蘭笑道：「我長這麼大，沒見過這樣的姑娘。」

太子卻不受誘惑，笑道：「這世上還有比妳生得美的?孤可不信。」

衛鈴蘭紅了臉。要是太子是個急色鬼，興許看上姜蕙，弄了去做側室倒好；便是不成，兄弟為此反目，只怕皇后也不喜得很，偏生他一顆心竟全在自己身上!

她也不知是該高興還是惱恨。

太子見她羞怯，也不好一直與她這般說話，只是最近常見她，越發喜歡她，有些控制不住。他勉強退後一步，道：「時辰也晚了，妳快些回去，不然天黑了路不好走。」

衛鈴蘭朝他盈盈一拜，告辭走了。

不遠處，一個小黃門看著，眼見二人都離開了，轉過身，急匆匆往東宮而去。

冬日漸冷，太子妃進了屋裡也不想出來，捧著熱呼呼的手爐，欣賞書畫。過了一會兒，與季嬤嬤道：「剛才在永寧那兒，三位姑娘都寫了字，沒想到姜二姑娘的字也寫得不錯，我看母后定是會同意了。」

姜蕙的身分是差一些，不過好在姜家地主出身，甚是清白，二老爺又是立了大功的。

季嬤嬤笑道：「三殿下好事要近了。」

太子妃道：「應是。」可不知為何，她心裡隱隱有種不安，又難以描述。

她只覺姜蕙嫁給穆戎，雖然於他、姜家幫助不大，可姜蕙卻像是不好對付的角色……

不知他們成親後，會不會還留在京城？

外頭的小黃門有事稟告，季嬤嬤出去，稍後回來，臉色有些難看，可既是太子妃派出去的，她不好隱瞞，只得道：「回娘娘，聽說殿下是去見了衛二姑娘。」

太子妃面色微沈。四年夫妻，她對太子自然是了解的，一早就看出他對衛鈴蘭有些好感。上回衛鈴蘭來，他也是一樣，藉故去見，這回又是那麼巧遇上，可見他的心思。

季嬤嬤忙道：「定是衛二姑娘使了什麼下作手段，倒是好本事。」

「與她無關。」太子妃搖搖頭。「太后娘娘是她姨祖母，自小就來慣宮中，妳又不是不知，她素來自愛，殿下以前送她東西，都不曾要，只是殿下一廂情願罷了。」

季嬤嬤嘆口氣。「娘娘莫天真，一個巴掌拍不響，我看這衛二姑娘也不正經，又不是小姑娘，成天還往宮裡跑做什麼呢？要是沒個目的，奴婢還真不信！」

她可不想太子妃因為這事惱上太子，兩夫妻甭管有什麼，都應該一致對外，是以一股腦兒都怪在衛鈴蘭頭上。

太子妃苦笑，看著窗外葉子漸漸落光的樹木，不由想到剛嫁太子時，他每日也很熱切，便是去聽課，午時都偷溜回來見她，給她寫詩，親手給她梳頭，差人去街上買她自小愛吃的點心。

如今一晃眼，這些都沒有了，回想起來，他對那幾個側室也是如此。

興許對他來說，每個女人都是一樣的吧？熱情來時，千依百順，沒了，便平淡得好似水。

她是正室還好些，太子依然會打起精神，偶爾逗她笑笑，演戲一般，好像仍很喜歡她。

太子妃伸手摸摸肚子。她對他已經沒什麼奢望了，只盼望生個兒子出來，將來她總是有個依靠，旁的又管得了多少？他便是喜歡衛鈴蘭，想法子納了她，將來也一樣要拋在腦後的。

季嬤嬤見她這動作，笑咪咪道：「娘娘的小日子拖了幾日，還不准奴婢說，這會兒怎麼也得叫太醫看看了。」

太子妃早前就生了一個女兒，後來一直沒有消息，這回總算有些兆頭，可太子妃怕空歡喜，不曾讓她們說出去。現在已經有一陣子了，身子也不曾有旁的地方不舒服。

太子妃略略頷首，季嬤嬤連忙去請吳太醫。

吳太醫是太醫院院判，醫術最是精湛，當下急匆匆過來，精心給太子妃看了看，站起來拱手笑道：「娘娘是有喜了，恭喜娘娘。」

季嬤嬤高興壞了，又派人去告知皇太后、皇后等人。

太子妃很得人心，眾人紛紛前來東宮。

皇后心裡歡喜，東叮囑、西叮囑的，太子坐在床前，握著太子妃的手笑道：「阿瑤，又要辛苦妳了，這段時間可別勞累，手邊的事情不要管了，都聽母后的。」

他笑得很溫柔，手也很暖和，好像還與以前一樣。

太子妃笑了笑。「那殿下是不是也能多陪陪妾身啊？」

「那當然，便是讓我不聽課都行。」太子看向皇后，打趣道：「母后得替我求求父皇了。」

皇后笑起來。「這有什麼？這兩日你就陪著你媳婦。」

穆戎也來恭賀，一時東宮很是熱鬧。

等到眾人慢慢散去，皇后與穆戎一起走到坤寧宮。

「炎兒與我說了，你很喜歡姜姑娘，故而這次特意請了入宮，讓為娘看看。」

穆戎苦笑。「孩兒之前也聽說此事，皇兄竟不與孩兒商量一聲。」

「你這孩子，既然有中意的，為何不與我說？」皇后搖搖頭。「弄得為娘擔心你，又不是什麼……」她頓一頓，看兒子一眼，輕笑道：「難不成面皮薄，這麼大的人還怕羞呢？」

穆戎微低下頭。「孩兒是怕母后為難，畢竟姜家不是什麼書香門第。」

皇后見他一心為自己著想，自然高興，語氣也越發溫和。「到底是你喜歡的姑娘，我這做娘的難道還能阻攔不成？且這姜姑娘，我看著不錯，很有教養，寫字畫畫也略通，等我與你父皇、皇祖母商量商量，定會讓你如願的。」

穆戎大喜，連忙謝過皇后。

皇后笑道：「你娶妻了，為娘才真正放心，以後與炎兒好好輔佐你父皇。」身為母親，最大的心願就是家人和睦、團團圓圓。可哪有這麼容易？尤其是皇家。

穆戎看著母親，眸中閃過些許遺憾，面上卻笑道：「是，母后。」又扶住她的手往殿內走去。「母后光顧著說話，手都冷了。」

「這還不算冷，等下了雪才是。你也注意身體，成親了莫四處跑。」皇后叮囑。「你父皇上回還與我說，宋州太遠，捨不得你去，倒是你皇祖母說讓你出去歷練歷練，等回京了也一樣。」

穆戎笑道：「此事孩兒聽母后的。」

「你自己沒主張？」皇后斜睨他一眼。「樣樣都教本宮操心，你可不是孩子了。」話是這麼說，可見兒子聽自己的話，比什麼都高興。二人說笑著進去。

宮裡一直沒消息，姜家眾人雖各有各的期望，卻也漸漸淡了，畢竟這事聽天由命，穆戎要娶姜蕙，只能讓他娶；不娶，也只能不娶，誰也管不得。

這日，賀家請他們家作客。

胡氏原本對穆戎還有一絲想法，現在自然沒了，且就最近與幾家交往，唯有賀仲清合適，但也不是最滿意。可再好的名門望族，瞧不起他們沒有根基的姜家，又能奈何？還不至於腆著臉把女兒送上去。

再說賀家世代有軍功，賀大人任指揮使乃三品武官，賀仲清文武全才，不可多得，賀夫人的娘家魯家又是書香門第，胡氏越想也越願意了。此次賀家相請，正中下懷，當下給姜瑜一番精心打扮後，便去了賀家。

幾個姑娘坐在馬車裡，姜蕙看著姜瑜笑，早猜到胡氏的意思。

她心裡倒是高興，姜家要是真跟賀家聯姻，那是再好不過的事情，就是不知姜瑜對賀仲清有什麼想法，她也不好貿然開口問。像姜瑜這樣的性子，定是要訓斥她不懂禮數的。

到了賀家，幾人頭一回來，見這宅院大是不大，格局卻好，每處匠心獨運，很有特色，就是冬日裡的花木都凋謝了，顯得有些蒼涼，想必在春天是很漂亮的。

賀玉嬌一早來迎接她們，言詞間比上回親熱得多。

姜蕙察言觀色，見賀夫人也是如此，當下心裡有數，滿是笑容。

事實上，賀夫人早早便去信詢問賀大人，畢竟兒子的終身大事，不可能不與丈夫商量。賀洋回信很快，說一切交由賀夫人決定，且表明對姜家頗是滿意，故而賀夫人才發帖。

因他們賀家家世也不算多高，京都的皇親國戚、高門大戶甚多，賀夫人之前也見過不少了，要麼嫌姑娘清高端著架子，要麼嫌長得不好，總是沒有如意的。

後來見到姜瑜，倒是覺得樣樣不錯，人又大方懂事，一看就是聽話的姑娘，娶進家中省心，賀大人又贊同，賀夫人這才下定了決心，今日再看一看姜瑜，也讓兒子相看一下。

等姜家人走了，才問賀仲清。「這姜大姑娘你覺得如何？若是好，為娘過兩日就請媒人去提親。實在是你這年紀不小了，我成日為這事睡也睡不好。」

賀仲清淡淡道：「那就去提親吧。」

「你這孩子，好不好都不說。」賀夫人頭疼。

「總是要成親的，娘親看上便行了。」賀仲清此人愛好學問，愛好武藝，愛好兵法，甚至偶爾自己還會著書，要做的事情實在多，又哪裡有精力放在男女一事上？

見母親生氣，賀仲清又笑道：「孩兒也見過姜大姑娘，讓為娘決定，自然是不討厭。」

姜瑜文靜清秀，一張鵝蛋臉、柳葉眉，看著很舒服。賀仲清也不是說什麼姑娘都願意娶。

賀夫人無奈，但也沒法子，心想這兒子等他開竅了自然會好，如今肯說這句話也算不錯了。

她很快就請了媒人，兩家訂親很快，好日子也選好了，在來年三月十八。

姜瓊聽了這消息，目瞪口呆。「就見過兩面呀，姊姊，妳就要嫁給那賀公子了？」

姜瑜道：「父母之命媒妁之言，有些不見面就定下的呢。」

在她語氣裡聽不見絲毫不滿，也聽不出對賀仲清的喜惡，像這是件很正常的事情。

姜瑜真是個好女兒，姜蕙心想，這事若在她身上可做不到，總要自己喜歡吧？不過現在想了也是白想，遇到穆戎這樣的人，命中劫難，她是逃不了了，這美好的願望只得等下輩子了。

下輩子，她一定還要做個地主家的女兒，最好有個青梅竹馬，兩小無猜，要麼等她大了，遇到個真心喜歡的男人，帶她遨遊四海。

下輩子，她再不會被這些仇怨纏身了。

唯有姜秀很羨慕。姑娘家就是好嫁，要她也是姑娘，身為姜濟顯的親妹妹，也會有好些人來提親。可惜嫁過人就一文不值，旁人連打聽都不曾有，這京都人啊，比宋州的還要挑剔。

姜秀在老太太面前哭了一回，老太太又去跟兩個兒媳說，不過疼女兒歸疼女兒，她孫女兒也是一樣對待的。

家裡忙著準備姜瑜的嫁妝時，老太太就在想著鄠縣的良田了，心想也得分一些給姜瑜，這樣到了婆家，手中不至於空空。

這日便叫姜濟達回一次鄠縣，說道：「正好把銀錢收來，還有我想著，阿瑜成親了，阿蕙也不遲，阿瓊早晚也要嫁人，你把那些田好好核算下，幾個姑娘一人得有一份。」

胡氏聽了暗自高興。她原就在盤算這良田，沒想到老太太已經想好了。

老爺子也道：「哪些地種了什麼，你都記好，再請幾個莊頭，省得到時不夠管。還有些牛羊雞鴨，看看養得可好，咱們如今離得遠，也不知他們手腳乾不乾淨，你多住幾日弄清楚。」

姜濟達應了聲是。

老太太又當著梁氏的面與胡氏道：「阿蕙明年也十五了，這嫁妝我看也可以提前準備，省得到時手忙腳亂的，妳多放點心，都買成雙份的。」

胡氏瞪大了眼睛。「這麼早就備好？」

「不早了，妳照做吧。」老太太道。「大媳婦也搭把手，看著阿蕙有喜歡的，一併買了。」

梁氏也有些驚訝，連忙謝過。

胡氏暗地裡想，想必老太太是瞧著姜蕙有可能要嫁入好人家，如今已經急著討好，不然她再如何，對待大房始終都沒有二房好，可現在真正是一碗水端平。

當然，姜辭也有可能來年考上進士，要做官的。

胡氏皮笑肉不笑。「看來不久，這家都得大嫂管著了。」

老太太斜她一眼。「還是妳們兩人管，一個人累呢，我可心疼。」

她是有些感覺，大房將來必會不錯，只是老大一家一直是依仗著二房的，老二媳婦有些不習慣。這一點，還是老大媳婦老實，不曾想到誰壓誰一頭。老太太笑道：「妳們妯娌兩個和睦，我做婆母的也高興，老大老二娶到妳們，這是有福氣呢。」

話都說出來了，胡氏也不好意思再說酸話。

眼瞅著天越來越冷，要臨近過年了。

幾個姑娘學習的時間也減少了些，姜瑜最近都在學女紅，不管是帕子、鞋子、抹額都做得很好，上回竟然還送了一幅鑲繡圖的雲屏給姜蕙，梁氏看到讚不絕口，好似很喜歡。

這兩日，姜蕙也在繡這個，一個接一個，姜瓊跟胡如蘭也繡起來，至於寶兒還小，如今只在練字，女工是不曾學的。

這一日，都在姜蕙這兒，屋裡燃了四個炭盆，暖烘烘的。

姜瓊繡的是百蝶圖，可她沒耐心，一會兒與姜蕙說話，一會兒又去看胡如蘭，姜瑜少不得說她兩句。姜瓊嘆一聲。「最近也不能出去玩了，誰家都不請，要不找了堂哥、阿照，咱們去園子裡玩投壺？」

「妳啊，真是靜不下來。」姜瑜拿她沒法子。「不過阿辭要會試，咱們別去打攪他。」

「難得玩一玩也沒事。」姜蕙放下針線。「我還怕哥哥成日看書看傻了，走，今兒就玩玩，我繡了會兒，也確實累了。」

幾人就去找姜辭、姜照。

老太太聽他們要投壺，還來觀看，笑道：「哪個先投進去，我賞十兩銀子。」

年輕人一個個都笑起來，摩拳擦掌。結果姜辭第一個投進去了。

眾人在玩著，胡氏笑著過來。「果然是遊玩的日子，瞧你們一個個都出來了，也正好，沈家剛剛送請帖來，叫咱們一家去作客，聽說請了好些人家呢。」

姜瑜眼睛一亮。「可是沈姑娘好了？」

她們早前一直擔心沈寄柔，可不敢去看，聽說好久不曾吃飯，只是派人送了些姑娘家喜歡的玩意兒去，人是沒見到。

胡氏道：「應是了，且沈家大老爺前兩日升了官，也是慶祝慶祝。」

上回沈家二公子是貶官，這回換大老爺升官，沈家沈寂了一段時間，也算去了晦氣。

老太太笑道：「那是得去，妳們也喜歡沈姑娘，快些去換衣服吧。」

眾人各去各屋。

老太太道：「我一把年紀就算了，沈家老夫人早已不在，還是妳們這些年紀合適。」但凡家中有老夫人的，老太太才肯去，不然是不出門會客的。

胡氏點頭，又與梁氏道：「以後阿辭也要做官，我看大嫂今日也去一趟。」

總不能事事都她出面，梁氏是逃不開與人交際的。

可梁氏有些為難，畢竟臉上一道傷疤，她自己沒什麼，怕嚇到別人。

老太太嘆口氣。「總有這日的，不然阿辭、阿蕙成親時怎麼辦？總不能不見人，妳可是未來的岳母、婆母。今日正好人多，妳便去了，大家看慣了就好，也就第一眼嚇到。」

這話實在，梁氏點點頭。「娘說得也是。」她也回屋去換了裙衫。

沈家此次請了好些人來賞梅。

一來是為沈大老爺升官的事，當時好些人送了賀禮，二來就是為了沈寄柔。那回事情鬧得滿城皆知，弄得名聲很不好聽，後來才漸漸平息，可沈寄柔總要嫁人的。

南邊小院裡，沈寄安叫丫鬟在頭上插了支垂珠步搖，一邊問：「姊姊那兒可有動靜了？」

丫鬟道：「已經起來了，在外頭聽，好似她們挑得眼花，不知選什麼裙衫給大姑娘穿呢，大姑娘也不大願意出去。」

沈寄安嘆口氣。「其實何必逼姊姊呢？也不知道母親怎麼想的，姊姊真可憐。」她站起來。「咱們去瞧瞧她。」

屋裡，沈寄柔坐著一動不動，任由丫鬟給她裝扮，整個人看起來瘦了好多，原先的活潑開朗沒了，楚楚可憐，這等樣子便是教人看見，只怕也不敢娶她回家。

湯嬤嬤親自動手給她上妝，一邊勸道：「姑娘，妳可不能再這樣了，夫人為妳操了多少心，妳再這樣，夫人都不好活了，妳可忍心？」

沈寄柔眼睛一紅，輕聲道：「我也不想，只外面人胡說，誰信我清白？我出去也是丟臉。」

「胡說！這事早就澄清了，再說清者自清，姑娘自己總得做個樣子出來，別人才信。」湯嬤嬤道。「姑娘自己都不信的模樣，旁人更是亂猜，妳說是不是這個道理？」

沈寄柔嘆口氣。「說的總是容易，不過罷了，我答應娘的，不會食言。」

湯嬤嬤見她聽話，鬆了口氣，說道：「今日也請了姜家姑娘。那會兒，她們也差人來問過，送了東西給妳，妳不是挺喜歡她們嗎？還有衛家姑娘，她們定然都信妳的。」

沈寄柔總算露出幾分笑容。「那倒是，也不是所有人都會往壞處想。」

「這不結了？」湯嬤嬤道：「再說，有老爺夫人在，誰敢欺負妳？」

正說著，沈寄安進來了，笑道：「姊姊，還未打扮好嗎？我瞧瞧……」她湊過去一看，點頭稱讚。「真漂亮，比以前還好看呢！湯嬤嬤果然厲害，一會兒咱們一起出去吧。」

「也好。」沈寄柔笑道。「寄安，這段時間虧得妳常來陪我，可惜妳早前不在京城，我一個人甚是冷清，現在可好了。」

「咱們姊妹，我不陪妳誰陪妳呀？」沈寄安是姨娘生的，從小在莊子裡長大，到了這年紀，大老爺提起，沈夫人才接了她來，將來談婚論嫁。

沈寄安甚會做人，不似她姨娘惹人厭，加之沈寄柔出事，沈寄安待她很是耐心，常去看她，沈夫人對沈寄安也比以前好些。

等到沈寄柔打扮好，姊妹二人攜手出來。

第三十八章

此時，姜家眾人也坐車到了沈家。沈家乃書香門第，家中幾代皆有入仕的，這宅院也頗是雅致，皆種梅蘭竹菊，而蠟梅雖不是梅之一種，卻也種了許多，因它不畏寒冷，鬥霜傲雪，乃冬日裡最佳欣賞的花木。

二門處，沈夫人一早已派了人來迎接，故而女眷到了此處便與男兒分開走了。

只見眾人之中，梁氏最是醒目，半邊臉豔麗無雙，半邊臉猙獰可怕，那些奴婢見著了，起先都有些驚恐，但立刻就收斂了，行禮後領她們去往內堂。

路上，胡氏與梁氏道：「妳許多人都不識，也不知誰人什麼性子，可別貿然說話。」雖是提醒，語氣倒不像是平輩之間。

姜蕙聽了皺起眉，將將要開口，梁氏朝她使了個眼色，笑了笑，道：「弟妹說得是，我自個兒也怕說錯話。」

胡氏滿意。姜蕙卻有些生氣，上前與梁氏輕聲道：「瞧她這得意樣，阿娘只是因這臉不便與人交往，哪裡不如她了？」

這女兒總是替她不平，生怕她受點委屈，梁氏笑道：「總比故意讓為娘出醜的好吧？」

這麼一想倒也是，胡氏有些尖酸刻薄，但心還不夠黑，不過她要真這麼做了，她回去在祖母面前告一狀，也夠胡氏受的了。老太太還是很公正的，想必因為這個，胡氏一直不敢胡來。

到了正堂，只見有好些人家已到了，沈夫人見到她們甚是高興，上來說話。「寄柔總提起妳們家姑娘，今日見到，一個個如花似玉，教人喜歡。」

「沈姑娘也是如此，幾個孩子常惦念呢。」胡氏轉頭尋找沈寄柔。

沈寄柔領著沈寄安來了，眉眼彎彎，看著一如當初。

「沈姑娘。」姜瑜眼睛有些紅，她性子最軟，總是擔心沈寄柔，不由得伸手拉住她。「看到妳太好了。」真心顯露無遺。

沈寄柔感動，笑道：「是我不好，應該早些請妳們來的。」又看姜蕙，唉呀一聲。「阿蕙，妳越來越漂亮了！教我好一番想。」

她受到那麼重的傷害，如今卻在人前如此堅強，姜蕙頗是敬佩，笑道：「過幾日來咱們家作客，常來往，便不用想啦。」

沈夫人聽到她們說話，微微一笑。姜家這幾位姑娘倒真是不錯。

沈寄柔介紹沈寄安。「這是我妹妹，前個月才來京都的。」

眾人都朝她打量。難怪不曾見到，還以為沈家就只一位姑娘呢，但也猜得出來，必不是沈夫人親生的。這沈寄安長得也與沈寄柔不像，她瓜子臉，眉眼細長，眸子轉動間嫵媚得很。

姜瑜幾人向她問好，唯姜蕙有些發怔，盯著沈寄安左眼下的一顆痣。要是她沒記錯，這人好像是太子的側室？上輩子，她與穆戎來京都，太子死後，幾位側室都露了面，其中一位哭得尤其傷心，惹人注目。她記得她抬起頭，左眼下就有一顆痣，分外醒目，可旁的不甚清楚，也不知是不是她。

沈夫人又把她們家介紹與旁的親戚好友認識；輪到梁氏時，多數夫人姑娘都很吃驚，但多年修養此刻都表現出來，無一不是壓了下去，露出友好姿態。有些性子稍許直爽些的，還會介紹大夫，說是治舊傷很厲害，但沒有人問是怎麼受傷的。

姜蕙鬆了口氣。總算過這一關了，阿娘此次露面，因她這容貌顯眼，定會有很多人知曉，到時再見到便不會驚訝了。

眾人歡聲笑語，不過今日的中心乃是沈寄柔，旁人多多少少都會關注她，倒是見她大大方方，不曾自卑，一時心裡也各有思忖。

等到人來齊了，女眷們都去賞梅。姑娘們聚一起，身上都穿上裘衣，手裡捧著暖爐，倒也不冷，只專賞梅總有些枯燥，很快就有人提議要寫詩詠梅。

這等風雅事情，她們最是喜歡，沈夫人聽聞了，立時就傳令下去，給姑娘們設案，筆墨紙硯也都抬了上來。

姜蕙對此無甚興趣，只瞄了衛鈴蘭一眼。沒想到她臉皮那麼厚，害了沈寄柔，這次居然還來呢，可惜沈寄柔不識真面目，還把她當好姊妹一般，她又不好當面戳穿衛鈴蘭，看見其言行舉止，噁心透頂，撇過頭去。

銀桂給她磨墨，姜蕙心想：她寫詩不行，便挑首旁人寫得合適的來湊數，也不參與評選了。

金桂本來立在後面，只見有婆子向她招手，這便跑了去，聽了一會兒，上來輕聲與姜蕙道：「姑娘，殿下來了，說要見姑娘，在園子南邊的亭子等呢。」

「什麼？」姜蕙一怔。他怎麼在別人家來去那麼自由的？

她四處打量一下，只見周身好些姑娘，不由皺了皺眉。因他，她已經令姜瑜她們，甚至母親擔心數次了；今日又在沈家，人那麼多，她又藉如廁這理由不太好，畢竟旁邊還有個衛鈴蘭，萬一被她察覺，準沒好事。

她搖搖頭。「這回不行，若是重要的事，叫他寫封信來。」反正每回過去，正事沒什麼，倒是被他占得不少便宜。

金桂道：「也不知同誰傳話呢。」

姜蕙奇怪了。「那剛才誰人與妳說的？」

「是個婆子。」金桂臉色忽地一變，猛地捂住嘴唇，有些驚恐地道：「奴婢才想起來，那婆子好像面生得很，奴婢好像、好像不曾見過，只見她衣服穿得似咱們家的……」

她後面的話說不出來了。

姜蕙的手一頓，筆掉在桌上，漆黑的墨頃刻間染黑了一大片地方。

如此說來，莫非剛才是有人冒充？可怎麼知道她與穆戎……

姜蕙心中寒意陡生，眼眸眯起來，朝衛鈴蘭看去。定是她了，上回在衛家，穆戎與她私下見過，興許她已經起了疑心，這回派人引誘，還不知道園中亭子裡有什麼在等著她呢！或是毀了名聲，或是毀了容，或是連命都沒有。

真是萬幸！她已經領教過衛鈴蘭的狠毒，才那麼提防，可也差點上當。

她一股怒火湧上來，壓不下去，從袖中拿出帕子擦掉手中濺到的墨汁，走到衛鈴蘭身邊，微微一笑，道：「二姑娘的字真不錯，不過上回在公主那兒，怎麼沒見妳寫字呢？倒是咱們幾位姑娘都寫了的。」

衛鈴蘭並不看她，淡淡道：「有妳在，我這手字如何比？妳向來本事不小。」

「論起本事，還是衛姑娘厲害些。衛姑娘這般人才，天上有地下無的。」姜蕙上上下下瞧她，神色肆無忌憚。「也不知以後哪位佳公子配得上衛姑娘，大概得生得似……」她湊到她耳邊，輕聲道：「三殿下這般，才能入得衛姑娘的眼了。只可惜，他瞧不上妳，連納側室都不肯，不知多厭惡妳。」

這話好像一把刀刺入衛鈴蘭的心臟，教她恨得手都抖了，一個「梅」字寫不成，墨汁落下來，成了一個黑點。她嘴唇緊緊抿著，才能不罵出來。

姜蕙只覺十分痛快。衛鈴蘭想藏著放暗箭，她不陪她玩，彼此心知肚明，不必作戲，今日過後，她二人必得妳死我活！姜蕙又走了回去。

衛鈴蘭把宣紙抓成一團。衛鈴玉奇怪，問道：「姊姊，怎麼了？」

「無甚，寫錯字了。」衛鈴蘭咬牙，臉色發青，表情看起來竟有幾分猙獰。衛鈴玉驚訝，懷疑是姜蕙說了什麼，便轉頭看姜蕙一眼，只見她嘴角挑著，微微一笑，傾國傾城。

她不由得想到梁氏。難怪姜蕙長得那麼好看，原來是有個這樣的娘呢，正想著，有姑娘來拿她們寫的詩了。

這些詩收在一起，先由姑娘們自己評選，選出五首好的，再去給眾位夫人看，最好的，夫人們都有賞，也是給聚會添些樂趣。

姑娘們都圍上來，輪流唸一首給旁人欣賞，只是輪到一位張姑娘時，她臉色猛地通紅，啊的一聲扔下詩叫道：「這、這誰寫的……」眼睛卻看向沈寄柔。

姑娘們奇怪，紛紛拿起那首詩看。姜蕙瞄一眼，只見上頭有一句：「七月河燈秋月光，相會滅燭解羅裙……」

她心頭咯噔一聲，心想，後面還一大串詩，定是很骯髒的言詞，難怪張姑娘會去看沈寄柔，那件事不就是放河燈時發生的嗎？

倒不知是誰寫的，竟然敢公然羞辱沈寄柔。

沈寄柔這會兒也看到了，整個人一陣恍惚，好似萬箭穿心。姜瑜想要來安慰她，她突然甩開她的手，飛一般的跑了。

沈寄安著急道：「都愣著幹什麼，快去追姊姊啊！」

其他姑娘也這般喊，丫鬟婆子連忙跟上。園中亂成一團，姜蕙先把姜瑜、姜瓊、寶兒、胡如蘭叫到一起，說道：「妳們別著急，這地方咱們不熟悉，便是去找，也不知上哪兒找。他們沈家人多，定然會尋到沈姑娘的。」

姜瑜嘆口氣，很是難過。「本來見沈姑娘已經很好了，怎麼會……到底是誰寫的詩？那麼狠毒。」

莫非又是衛鈴蘭？她難道想置沈寄柔於死地不成，也不至於吧？沈寄柔可是被她玩弄於股掌的，不堪一擊。

胡如蘭搖搖頭。「沈姑娘的命真夠苦的。」

她本來還羨慕這些姑娘光鮮，可這沈寄柔不一樣，自己都比她幸運得多，要是自己淪落到這個境地，真不知道怎麼辦。

她們妳一句我一句地緩解擔心焦慮，過了一會兒，終於傳來消息——一個不知是好還是壞的消息。

沈寄柔投水了，又被人救了。

眾人大吃一驚。胡氏、梁氏、姜秀很快就過來尋她們。

姜瑜問道：「阿娘可知沈姑娘如何了？這麼冷的天，水也定是很冷的。」

「應是無事。」胡氏道。「聽說很快就被救上來，倒不知是誰救的。」她拉住女兒的手。「沈夫人急著去看女兒，無心招待客人，咱們也不好再待下去。」

遇到這種事，便算想安慰沈夫人幾句，也不知說什麼，只覺得，不說興許比說還好一些。作為旁觀者，能幫得了什麼？不添亂便好了，眾人遂都陸續告辭。

只是沒等她們走，一個打扮體面的嬤嬤過來，與胡氏、梁氏道：「夫人請兩位夫人留步。」兩個人都怔了怔。那嬤嬤道：「夫人有話說，請兩位夫人隨奴婢過去。」

胡氏、梁氏也不可能拒絕，當下便隨那嬤嬤走了。

旁的人都暗自奇怪。等到胡氏、梁氏回來，兩個人的表情都有些複雜。不只如此，她們身後竟然還跟著姜辭。

姜蕙瞧他一眼，嘴微微張了張。姜辭的衣服換過了，來的時候穿的明明是一件深綠色的棉袍，可現在卻是墨青色的；而且頭髮也才梳理過，微微冒著濕氣。

她低頭一看，鞋子也換了。原本他那雙鞋可是自己親手做的。難道……她心頭一沈，抿緊了嘴。

姜瓊直性子，沒注意，開口就問道：「阿娘，沈夫人與您說什麼了？」

胡氏不理她，板著臉道：「先回家。」

她們從二門出來，坐了車往回走。

到了家裡，胡氏就催幾個姑娘去歇息，其餘人等都去了上房。

老爺子、老太太還不知出什麼事，笑道：「怎這麼早就回了？沈家不是請了好些人嗎？」

「唉，別提了。」胡氏搖搖頭。「也不知哪個寫的豔詩羞辱沈姑娘，沈姑娘氣得往他們家荷花池跳。」

「竟有此事？」二老驚得瞪大了眼睛，老太太問：「那後來如何？」

「後來……」胡氏瞅一眼姜辭。「正巧幾位公子在附近。」她說著有些生氣，瞪著姜辭。「又不是只你一人，不說旁的公子，還有那些婆子丫鬟呢，你為何出手救她？」

姜濟顯聽了皺眉。「阿辭也是好心，妳說他做甚？」

姜濟顯當時正與其他老爺閒談，沈大老爺也在，後來就有人來稟告，沈大老爺當時臉色都白了，只向他們告罪說家中出了事情，隨後就走了。他後來聽了零星半點，原是沈姑娘出事，倒不知是自家姪兒救了她。

胡氏被丈夫說，不服地撇了撇嘴道：「尋常救人就罷了，可這沈姑娘到底是姑娘家。」

男女授受不親，若有人故意拿這件事做手腳，指不定姜辭就得娶了她呢！

梁氏嘆口氣。「我知弟妹是為阿辭著想，只是救人一命勝造七級浮屠，只要問心無愧就是了。」

還是母親了解自己，姜辭感激地看了梁氏一眼。

雖然沈寄柔是姑娘，可千鈞一髮之際，他哪裡有空細想？沈家那些丫鬟婆子也不是沒有下去救人，只是恰好不會泅水，下去四個，倒有三個差點把自己淹死。

而他自小在地主家長大，鄠縣河又多，水性甚好，其他公子不救，難道他要看著沈姑娘死不成？那時，她整個人都已經沈下去了……

老太太總算明白是因何事，她看一看老爺子，道：「相公，阿辭這可是做了好事。」

「是啊，又不是見不得人，還關門說話呢。」老爺子性子也直爽。「便是姑娘家又如何，姑娘家就不是命了？咱們阿辭一番好心，我不信沈家還狗咬呂洞賓，這事就這樣吧，阿辭救人想必累了，大冬天的也怕著涼，一會兒請大夫來看看。」

姜辭謝過老爺子。

胡氏道：「那萬一沈家……」

「應不會的，弟妹。」梁氏道。「沈夫人當面道謝，誠心誠意，還令人不得把這消息傳出去，必是沒有存這個心。」

眾人一致都這麼說，胡氏憤憤道：「就當我是小人之心好了！」

老太太笑起來。「妳是精明了些，不過也是為阿辭，誰還來怪妳？都回去換身衣服，一會兒吃午飯了。」

梁氏也衝胡氏笑笑，胡氏這才舒服一些。

出得門來，梁氏就伸手摸姜辭的額頭。「這水冷得很，你可有哪裡不舒服？等會兒大夫看了，即便說無事，也得叫他開個方子預防一下，畢竟是大冬天。」

兒子救人，做母親的自然高興，卻又難免心疼。

姜辭笑道：「孩兒無事，當時是有些冷，不過換上乾衣服就好了。」

等到大夫看過，姜辭正在喝藥，姜蕙來了。

「哥哥，是你救了沈姑娘吧？」

「總是瞞不過妳。」姜辭喝光了藥道：「是我救的。」

姜蕙坐在他旁邊嘆了口氣。「那倒是幸好呢，不能讓她白白死了……這個傻姑娘。」

姜辭想到在水中抓住沈寄柔時的反應。她當時哭著叫他放手，說不想活了，現在定是誰也不肯信她，那張臉蒼白痛苦，教人看著揪心，人也瘦得很，他一隻手抱住她，只覺分量也無。

姑娘家承受這樣的事情，委實可憐，可也不知能說什麼。

好一會兒，他道：「妳既然關心她，得空多去看看她吧。」

「我也這麼想，只可恨不知誰暗地裡寫了那詩。」姜蕙看著姜辭。「哥哥可發現了，女兒家比起男兒，一點也不遜色，毒辣起來比男兒還要厲害些。」

「不然豈會有最毒婦人心這話？」姜辭笑了笑，伸手摸摸姜蕙的腦袋。「不過咱們家的姑娘都好，不曾有那樣的。」

姜蕙心道：誰說的？哪個要害她，她得比那人更毒呢！

第三十九章

他二人說話時，沈夫人正審問下人。出了這等事，她定然不能饒過那使壞的。

只是審了當日所有在園子裡的丫鬟婆子，卻找不到一點端倪，因那詩竟不見了。當時沈寄柔跑出去，丫鬟婆子去追，亂作一團，有人乘機就把詩拿走了，誰也不曾瞧見。

沈夫人又不好去問別人家的姑娘，反倒是束手無策，只能拿下人出氣，每人打了二十板子，一時沈家哀呼滿園。

沈夫人氣得差點暈倒，躺在床上直喘氣，沈大老爺去看她。

「也不知是哪個殺千刀的，與咱們寄柔有這等深仇大恨！」沈夫人撫著胸口。「這事傳揚出去，又不知會如何了，咱們寄柔的命怎麼那麼苦呢！」她說著大哭起來。

沈大老爺也是滿面愁容。「是不是寄柔得罪了哪家的姑娘？」

「咱們寄柔性子那麼好，能得罪誰？再說，都是平日裡就往來的，不曾見她們有什麼矛盾——」沈夫人說著一頓，忽地咬牙切齒道：「也就是你那孽種，難怪怎麼尋不到，必是她了！要說有誰恨寄柔，不是她又是誰？」她叫道：「來人，把二姑娘抓起來！」

沈大老爺一驚，阻攔道：「夫人，妳怎可胡亂抓寄安？她們兩姊妹不是挺好的？」

「那小蹄子定是學了那賤人的招數，我怎麼就沒想到！」沈夫人道。「她自小在莊子裡長大，吃的用的樣樣都沒有寄柔好，如何心裡無恨？我當真被她麻痺了，還以為她不似那賤人！」

一口一個賤人，沈大老爺聽了難免心煩，畢竟也是他以前喜歡的側室，後來送到莊子裡，還不是因為沈夫人？他讓了步，可沈寄安也是他親生女兒啊！

沈大老爺有些惱火了。「妳當時可說好好待寄安的，如今倒說了實話，原來那麼苛待她？難怪她才來京城，那麼膽小可憐，不知受了多少苦，我不信是她做的。」

「這等時候，你還偏袒她？」沈夫人大怒。「你看看寄柔都成什麼樣子了？今日要不是姜公子，她就死了！你倒是忍心！是了，沒了寄柔，你還有那個賤人生的女兒呢！」

「妳別胡說八道，一樁事歸一樁事，妳但凡有些證據，哪怕殺了寄安，我絕不會說一句不是。可現在妳什麼都沒查到，要抓她，便是說到衙門都站不住腳的。」沈大老爺聲音軟下來，伸手握住沈夫人的手。「娘子，妳又不是不知道，我多疼寄柔，她小時候，哪怕是衡兒，我陪著他的時間都沒有比寄柔多。我是怕妳胡思亂想。寄安雖然在莊上長大，可來這兒後沒做過不好的事情，娘子妳這麼做，難以服眾啊！」

沈夫人也漸漸安靜下來，她眼眸瞇了瞇。「老爺說得是，是我欠慮了。」

當年她為趕走姨娘，能忍住，這回也一樣能忍。沈大老爺這才鬆口氣。

過了數日，便到冬至了。前日下了雪，到了今日才停，一大早，姜蕙就聽到外面鏟雪的聲音。她打了個呵欠，從被子裡往外看去，只見陽光透進來，在案前灑滿了斑斑點點的光點，便知自己又睡遲了，這都日上三竿了。

金桂正要來看她，笑道：「天氣冷，幸好老太太體恤，不要姑娘們大早上去請安。不然瞧這麼冷的天，奴婢出去一趟，耳朵凍得都要掉下來。」

姜蕙聽著，忍不住把被子裹緊了一些。「那我不起來了，索性等著吃午飯。」

金桂噗哧一聲。「可是四姑娘都起了呢，今兒冬至，老太太一早令廚房包餃子，將將包好，先煮了一大鍋，聽說四姑娘在那兒吃得高興，叫二姑娘也去，奴婢正是來與姑娘說的。」

對呀，冬至到了。姜蕙只好起來穿衣，幸好屋裡燃了炭，不覺有什麼，只是走到外面，被那森森冷氣凍得渾身一抖。她加快腳步，急忙往正房走。

到了屋裡，總算又熱了，寶兒一見她就笑。「姊姊，有薺菜餡餃子、包菜餡餃子、蘿蔔肉餡餃子，姊姊要吃哪種？」

這小饞鬼，說到吃，她都不怕冷，竟然起那麼早。

姜蕙上前去給老太太請安，一邊就道：「我要薺菜的。來，餵我一個。」

寶兒挾了個餃子，沾了點醋送到她嘴邊，笑道：「我吃十個飽了，祖母吃了十二個，加起來二十二個，剛才煮了四十個，還有十八個呢。」

老太太笑道：「寶兒真乖，會算術了，來來，這金錁子拿去，下回再算一道，祖母再賞妳。」

寶兒喜孜孜地拿了，把金錁子小心地拿帕子擦一擦，放在荷包裡。

姜蕙瞅她一眼，這小傢伙什麼時候又變成小財迷了？

寶兒輕聲與她道：「姊姊，妳鋪子老不開，咱們沒錢了，我好歹賺一點。祖母說，但凡我學了什麼，都有賞喔。」

她這人懶又嬌氣，幾個月了才會幾個字，老太太看了擔心，這才想出那麼個法子。

姜蕙沒忍住，哈哈大笑起來。

眾人都陸續過來請安，胡氏心疼姜濟顯，嘆口氣道：「老爺真辛苦，這等天氣還得陪著皇上去祭天，在外面吹冷風，一會兒回來，得喝碗熱湯才行。」

「一早在灶上熬著了。」老太太笑道：「能陪皇上也是有福氣，妳嘴裡說著，心裡還不是高興？」又與兩個兒媳婦商量過年的事情。「老大定是要在過年前趕回來的，不過這些事是幫不上了，妳們辛苦點，每家每戶，年禮都不能少。咱們與賀家訂親了，賀家那份更得豐厚些，我瞧著這賀公子真是不錯。」

兩媳婦都點頭。

冬至算是很盛大的日子，皇帝一等祭天大典結束，便令眾官員回家慶賀此節，等姜濟顯到家時，也快要午時了。

老太太笑道：「倒是正好。」一邊令眾人擺飯。

姜濟顯正色道：「飯前有樁事要說。」

眾人見他表情嚴肅，下意識都屏氣凝神。

姜濟顯緩緩道：「祭天大典後，皇上留我說話……」他看向姜蕙，神色複雜。「過幾日，禮部官員會上門，咱們阿蕙要嫁三殿下了。」

雖然眾人心裡都有數，可其實知道希望不大，誰想到竟然就這麼定下了。

老爺子、老太太高興得不知道怎麼辦好，老爺子都有些語無倫次。「這、這是真的？咱們阿蕙真要做王妃了？唉呀，祖宗顯靈，阿蕙，走，快去給祖宗上炷香！」說著竟要去拉姜蕙。

老太太一把攔住。「相公，你急這個做甚？且聽老二說清楚。」

姜濟顯心道：還有什麼可說的，皇上金口玉言，自然不會更改，只是眼見二老如此歡喜，他心裡卻是沈甸甸的。

原先還怕姜辭與穆戎走得近，這下可好，家裡出了個衡陽王妃！如今是逃也逃不了，將來必定會捲入皇位之爭。也罷，既來之則安之，船到橋頭自然直。他暗暗吐口氣，神色也放鬆下來。

老太太道：「老二，皇上還說什麼了？」

「只叫咱們家提前準備下，說是明年開春就可成親。」

胡氏有些不樂意。「難道還要在阿瑜前面？」她想到一件事，臉色更難看。

老爺子可沒那麼細心，說道：「在阿瑜前面又有什麼？畢竟是嫁給皇子，都是皇上說了算，莫非妳還敢要皇上改主意？」

胡氏垂下頭。那是給她一萬個膽子也不敢的，只可憐自家女兒嫁在姜蕙之後，哪裡還有什麼風光？

老太太看在眼裡，倒是明白怎麼回事，笑道：「日子還沒定呢，不是要等禮部官員來了再說，興許是能商量商量的，便是皇家，也不是不能講理。」又看向梁氏。「老大媳婦妳說呢？」

「阿瑜年紀大一些，照理是該阿瑜先嫁，也有個長幼順序。」梁氏伸手握住姜蕙的手，心裡卻五味紛雜。

這等富貴，自家女兒竟能擁有，她替她高興；可嫁入皇家，當真不是一件好事，她雖是婦人，不懂什麼朝政大事，但她這輩子，在何家當過側室，又在姜家做老大媳婦，無論是哪處，都不是輕鬆的。

何家不必提，就是姜家，又哪裡沒有矛盾？只不過她對胡氏的刁難都裝聾作啞，又盡力做好本分之事，才贏得老太太的信任。那女兒呢？嫁過去，可能應付好那麼複雜的皇家？她已經替她勞累，替她心疼了。

姜蕙回握住母親的手，對她笑笑。

事已至此，她早已不擔憂這些。上輩子都過來了，她就不信，連個王妃還當不好？再者，這回穆戎費盡心思給她這份體面，總是有幾分真心的，女人有男人撐腰就不難。

姜瑜幾個過來恭賀，姜瓊瞪大了眼睛，道：「阿蕙啊，我以後見到妳可不是要叫王妃娘娘了啊？」她哈哈笑起來。「娘娘，娘娘，也挺順口的。」

這孩子，一向沒心沒肺。

姜秀圍在姜蕙身邊上下打量她，嘖嘖兩聲。「這就是麻雀飛上枝頭變鳳凰啊，阿蕙真有福氣，不過咱們也沾光了。阿蕙，妳做了王妃可得給我挑個好相公，這事不難吧？皇親國戚什麼的……」

聽她口無遮攔，老爺子喝道：「胡說什麼？沒個樣子，妳的婚事自有妳娘給妳張羅，關阿蕙什麼事？」

姜秀還是怕父親的，忙道：「只是隨便說說。」

老爺子哼了一聲。

姜瑜拉住姜蕙的手嘆一聲，卻不知說什麼。

轉眼間，自己跟她都要嫁人了，她一個姑娘家忽地有些迷惘，這十幾年歡歡喜喜長大，難道就只為這一天嗎？自己嫁的人，一點也不熟悉，往後卻要天天與他在一處，可自己熟悉的人，竟是鮮少見到了。她之前對嫁人像是無甚想法，如今面上卻滿是傷感。

姜蕙伸手抱抱她，用輕鬆的語氣道：「堂姊，以後嫁出去了，咱們還是儘量多見面。我看賀夫人挺好的，倒是妳，別只管想著做賢妻良母。」

姜瑜的臉紅了。「說什麼呀妳，我只是擔心妳，王妃可不好做呢。」

胡如蘭笑道：「咱們阿蕙這麼聰明，表姊莫擔心了。」

她一雙眼睛在姜蕙身上流連了許久。最近發生的事情多，她越發覺得世事莫測，像那沈姑娘，原本是天之驕女，最後竟落得這個結局；而姜蕙明明是大房的姑娘，卻能當上王妃。

這世界啊，也不是像長輩們說的，那樣完全按著規矩，人的命，有時候難說得很。

老爺子老太太又交代姜蕙的嫁妝。待得出來，寶兒拉著姜蕙的手，輕聲道：「姊姊，妳真的要嫁人了？要走了？」

她抬起圓圓的小臉看姜蕙，一雙水晶般的眸子裡滿是不捨。「為什麼要嫁人呀？」

小姑娘還小，雖然知道一些，可仍有好多疑惑。

姜辭伸手摸摸她的頭。「寶兒，妳以後也要嫁人的，姑娘家，哪個不嫁？」

他的心情很愉悅，因為他敬慕穆戎，姜蕙能嫁給他，姜辭沒有不滿意的，至於將來的事，他還年輕也樂觀，如今只為妹妹高興。

寶兒不樂意。「我就不嫁。要麼，」她搖著姜蕙的手。「我與姊姊一起嫁了，這樣就不分開了。」

姜蕙噗哧一聲笑起來。「寶兒啊，妳要與我一起去，可不用嫁人。寶兒要見我，隨時都能見，便是與我住都可以的。」

寶兒眼睛一亮。「真的？」

姜辭瞅一眼姜蕙，姜蕙很淡定。寶兒聽她承諾，終於又高興了。

過了幾日，禮部尚書魏大人等三位官員親自登門，眾人跪下接旨，魏大人打開聖旨宣讀。

「宋州鄠縣姜濟達之長女，端方識禮，溫柔嫻淑，賜予三皇子衡陽王為王妃，今遣使禮部尚書同戶部左侍郎，司天監副監共商婚事大典。宜令所司，擇日冊命。」

姜濟達不在，故而由姜濟顯代為接旨。

等到眾人都站起來，魏大人、楊大人、胡大人拱手向他們恭賀。

姜濟顯道：「辛苦三位大人了，請坐。」

下人連忙上茶。

魏大人笑道：「皇上甚為重視此事，前幾日就與本官與楊大人、胡大人提及了，昨日又著人給三殿下開府。」

姜濟顯怔了怔。開府的話，那是要在京都落個衡陽王府了？倒不知會不會常住。

「這等喜事，貴府定是繁忙，聽說貴府大姑娘來年也要嫁人，皇上令胡大人前來，便是定個好日子。」

司天監官員原本是觀察天文，負責推算立法的，如今卻來與他們挑吉日，老爺子忍不住笑起來。「真是殺雞用牛刀了。」

胡大人忙道：「此乃下官榮幸，還請告知二姑娘生辰，下官必會好好推算。」

老太太惦記姜瑜的事，小心詢問：「我家大姑娘是三月十八嫁人，不知能否把三殿下與我阿蕙的喜事稍許往後推一些？一來天氣也宜人了，二來歷來婚嫁都有個長幼之序。」

胡大人聽了此言，朝魏大人看了看。

魏大人笑笑。「無妨，畢竟開府也有段時間。」

梁氏上前把姜蕙生辰報上。

胡大人拿出幾卷書，當下就在房中推算。老爺子驚訝。「原來今日就要定下的？原還以為要多兩日呢。」

戶部左侍郎楊大人笑道：「三殿下成親那是大事，定下來，才好預算。屆時三品以上官員及其誥命夫人都要到場，光是宴席恐怕得有六十桌，且一次是在貴府擺宴，成婚之日又在衡陽王府；另皇親國戚不在京城的，得提前趕路入京。到時滿城熱鬧，不管是五城兵馬司還是錦衣衛，也都要提前守備的。」

眾人聽了咋舌。

這皇家成親果然不同於尋常人家，胡氏更是酸溜溜了，怎麼聽，自家女兒都得在姜蕙前面嫁了，不然定是被襯得灰頭土面！

胡大人算了會兒，抬頭笑道：「剛才老夫人既是說要在大姑娘之後，倒也巧，三月二十六乃吉日，也合了三殿下與二姑娘的命格，若錯過這日，卻是要等到五月了。」

老太太大喜。

日子定下來，三位官員這便要走了，魏大人臨走時叮囑。「除了嫁妝，你們旁的都不用準備，嫁衣、鳳冠等物，宮中自會使人送來，還會有嬤嬤來教導禮儀。」他說著，頓一頓，輕聲一笑。「殿下託本官傳話，嫁妝不必豐厚，盡力而為。」

眾人連聲道謝。

送走魏大人，胡氏唉呀一聲。「真是教人開眼界了，連嫁衣都不用準備！定是嫌咱們做得不好，倒不知宮裡做出來的嫁衣該是何等樣子。」

她是真心驚訝。皇家果真不同凡響，什麼都不要他們插手，全都是高規格，只少了點人情味，太重規矩。

老爺子笑道：「幸好三殿下說嫁妝不必豐厚呢，不然真不知如何了，咱們家就是把田都賣光了，也襯不上三殿下的身分啊！」

眾人都笑起來。

姜蕙心道：他這話倒也算貼心，不過剛才魏大人說教導禮儀怎麼回事？難不成她嫁人前還得學規矩啊？想著便很頭疼，得趁這幾日趕緊把藥鋪開起來，學規矩時她肯定不好開鋪，再說，也不好讓寧溫一直閒著，這樁事怎麼也得快些解決了。

第四十章

仗著自己馬上要做王妃，姜蕙開始對老太太死纏爛打，說年前就想把這樁事辦好，旁的一無所求。老太太沒法子，只好滿足她，只是姜濟達不在，另外調了兩個管事去幫她。

兩個管事頗有效率的，很快把夥計招全了，又與寧溫把藥材買好，風風火火就準備把藥鋪開起來。

這日，姜蕙得了准許，在藥鋪開張前一日來瞅一眼。

就這一個機會，她不知道用多少口水才換來的，故而見到寧溫，在內堂就與他訴苦。「我這鋪子只能交託於寧大夫你了，我往後怕是再不能來的。」

寧溫笑起來。「還未恭喜姑娘大喜呢！」

姜蕙道：「什麼喜不喜的，到這年紀就得嫁人。」

最近京城都在說這件事，姜家二姑娘要嫁與三皇子衡陽王，什麼話都有，他只是在鋪子裡坐一坐，便聽見好些人提起。可她那麼不在乎，不似個待嫁的姑娘，滿懷憧憬。

寧溫有些奇怪。「莫非妳並不想嫁？」

「這不重要。」姜蕙與寧溫熟悉，在他面前並不隱藏。「若是尋常姻緣也就罷了，可這事輪得到我同意或不同意？便是我祖父祖母都不能作主的。」

只是，要說不願，如今塵埃落定，她也早已想通了，不去糾結這其中的無奈，是以看起來她平平靜靜，談不上喜也談不上悲。

而寧溫此生經歷的苦難太多了，他看著姜蕙沈魚落雁的臉，心中雖有悸動，但也知自己注定不可能與她共度一生。那又何苦求而不得？

他對這些事看得很淡，有則有，無則無，既然姜蕙有自己的路，他便給這東家好好掙錢吧！

寧溫笑道：「總是王妃，尋常人求都求不來。明日仁心堂開張，定是一番熱鬧，旁人會說這是衡陽王妃開的藥鋪，多好的事情啊！」

姜蕙被他逗得笑了。

「不過明日我不能來，銀錢你可得盯著點。請來的帳房沒用過，不知道手腳乾淨不，算完帳，錢都放你那兒。」

「妳倒是真不怕在下捲款逃亡？」

姜蕙正色道：「疑人不用，用人不疑。這話只對你，旁人我不放心。」

寧溫嘆口氣。「妳總是這般，害得我連偷一文錢都不敢了。」

姜蕙哈哈大笑起來，隨即又走到外面，查看藥鋪各處佈置。

四個夥計正擺放藥材，見她生得好看，時不時忍不住偷看一眼，卻又不敢多看，因知那是未來王妃，只感慨皇家子弟才能享用此等美人。

姜蕙在鋪中轉了轉，眼見左邊櫃檯上竟然擺了一排瓷瓶，好奇地拿了下來，打開瓶蓋，只見都是一粒粒的藥丸，聞起來藥香撲鼻。

「這些是什麼？往常沒見過，還有這藥丸製作起來挺麻煩的吧？」

「自姜大老爺去鄠縣，妳鋪子又不開，我閒著無事，就做了這些。妳拿的那瓶是養神丹。」寧溫介紹。「這是養顏丹，這是白面丹，還有養氣丹、消食丹。」

姜蕙眼睛越睜越大。「都是你一個人做的？能賣錢嗎？」

「還不知，賣著試試吧，若是好賣——」

不等他說完，姜蕙道：「分你五成！藥材我出，絕不會虧待寧大夫您的。」

「跟二姑娘做生意，就是爽快。」寧溫真心誠意，因姜蕙出手實在大方，不扭扭捏捏。

姜蕙長了見識，一樣樣拿起來看，在心裡驚嘆寧溫的厲害。他雖然現在醫術還不夠精深，可頭腦十分活絡，便是不做大夫，隨便做哪一樣生意，想必都能成功的。這樣的人才，她怎能不對他好？真正是個搖錢樹啊！

她看著寧溫的眼眸越發和善，好像這世間最暖的陽光一般。寧溫得她鼓勵，也頗是得意洋洋。「過幾日得空，我再做些別的藥丸。」

「還有別的？」

「自然，醫藥博大精深，可比妳想的要廣闊多了。」

姜蕙眉頭動了動，忽地問道：「寧大夫，那毒藥丸你做得出來嗎？」

寧溫一怔，露出些許疑惑。

姜蕙身子微微立直。「只是好奇，我聽聞有些病症還需毒藥才能緩解呢，那是叫以毒攻毒吧？」

「是有這麼一說。」寧溫目光在她臉上打了個轉，挑眉道：「毒藥不難做，假使哪一日姜姑娘需要，在下定會研製一枚出來。」
他說得很正經，姜蕙記下了。
第二日鋪子開張，聽姜辭說，好些人前來相看，也賣出不少藥材，姜蕙放了心。眼見天越來越冷，人也越發地懶，常是睡到日上三竿。
老太太心疼兩個姑娘。「以後嫁人了，連偷個懶都不成，便讓她們再過些輕鬆日子。」
一番話說得胡氏跟梁氏眼睛都紅了。兩個人都要當岳母了，都有女兒出嫁，雖然胡氏有些嫉妒，可同病相憐，一時也有好些話要說。
一直到臘八那日，姜濟達才回來，聽說女兒竟然真的要嫁給三皇子，也是有喜有憂。
二老就良田的事商量了半天，雖然姜蕙是嫁去做王妃，可姜瑜是嫡長孫女，一樣疼的，最後打算一人陪十頃良田做嫁妝，也就是一人一千畝地，幾乎占了所有田地的五分之一。
胡氏自然滿意了。二老沒有看重姜蕙就輕視自己的女兒，這就夠了，當下也是歡歡喜喜。
過完年，嫁妝也都準備得差不多，專門騰了一個地方放置，梁氏與姜蕙道：「花去不少銀子，以後妳可得好好孝敬妳祖父、祖母，妳祖母把自己早前買的玉石都拿出來了，我瞧她今兒都沒戴那雙玉鐲，想必也放進去了。」
姜蕙未免感動，笑道：「我如何不知？阿娘放心，等我做了王妃，咱們姜家定會青雲直上，飛黃騰達的。」
老爺子、老太太如此慷慨，一來是為親情，二來又哪裡不是為姜家將來呢？

二人正說著，丫鬟來稟告，說是宮裡派人來了。

梁氏出去一看，那嬤嬤頭髮梳得一絲不苟，立得筆直，端莊嚴肅，很有幾分氣勢，一點也不像個奴婢，還帶了兩個小宮人隨身伺候。

小宮人笑道：「大太太，這是咱們梁嬤嬤，要不是皇后娘娘下旨可不來呢，梁嬤嬤習慣在娘娘身邊的。」言下之意，這是皇后身邊的大紅人。

梁氏態度又客氣了幾分，叫姜蕙來見過。

梁嬤嬤上下打量姜蕙，那目光跟銳利的刀鋒似的，看得姜蕙渾身難過。半晌，梁嬤嬤一搖頭，心想這姑娘雖是表面看起來過得去，可渾身上下說不出的不正，剛才將將過來，身子好像軟得不長骨頭，可見形在、骨卻不在。

她扔下一句話。「是得好好學規矩，明兒起，卯時來見我。」

一句話斬釘截鐵，姜蕙差點沒暈過去，要知姜濟顯也不過是卯時初起來的啊！大好的時光一去不返了。

經過半個月後，姜蕙如今只有一個念頭，那就是趕緊嫁給穆戎！嫁給他，便不用再看到梁嬤嬤了。她才知道，原先家裡的女夫子比起梁嬤嬤，簡直就是根小指頭。

眾人都很同情姜蕙，梁氏安慰道：「聽說再過半個月就回宮了，妳再忍一忍。妳看看，現在妳多像大家閨秀。」

姜蕙欲哭無淚。「阿娘怎麼不給我擋一擋？」

「擋什麼啊，我給梁嬤嬤去送碗湯，她都不喝呢，說不受賄賂，便是要好好教導妳，叫我別心疼，慈母多敗女。」

這梁嬤嬤啊！姜蕙也只能受著了。

這日又被梁嬤嬤教著學吃飯，說咀嚼的時候嘴要包著，一點牙齒不准露，坐姿要筆直，不能因吃飯就垮下來；筷子要隨時豎直擺好，腿在桌下也不能亂動，定要併直了，又是喝湯不能滴下一點，嘴唇不能沾油……

姜蕙吃個飯吃了幾十次，到了下午，她渾身無力地趴在床上。梁嬤嬤放她一個時辰休息，等會兒還有別的要學。

迷迷糊糊間，她就要睡著了，忽聽窗子發出噗的一聲，她抬起眼皮一看，看到一張俊臉，好似只能在夢裡出現一般。

「殿下？」她驚訝出聲。

「還不過來。」穆戎道。「大白天的睡什麼？」

姜蕙才知不是作夢，三步併作兩步走過去，隔著窗子問：「殿下怎會在這兒？你來我家了？」可她那些下人呢？她轉頭一看，金桂、銀桂都走得遠遠的。

光天化日之下來閨房，真的不要緊？她輕聲道：「殿下偷偷來的？萬一被——」

「本王不用偷雞摸狗，就這般來的，誰阻攔？」穆戎盯著她瞧，因為才起來，頭髮亂七八糟，鬆垮垮地落在肩頭，一支珠釵橫斜，差點要掉下來。

他皺起眉頭。「梁嬤嬤就是這麼教妳的？」

「別提了，我差點沒累死，得空才休息會兒。什麼教不教的，殿下這時突然來，我哪有時間打扮？」她嘟起嘴。「梁嬤嬤不知道多凶，我恨不得早些……」

穆戎笑起來。「早些嫁本王？」

姜蕙臉一紅，但也承認。「可見梁嬤嬤多可怕。」

「嫁給本王，未必不可怕。」他伸出手輕撫她的臉，因有些睡意，她臉上紅紅的，添了無數嬌意，慵懶得好像貓兒，他要是把她娶回家，可不知要怎麼蹂躪她……這不想得很了，忍不住來看看她。

姜蕙聽到這話，撇過臉躲開他的手。「不知殿下這話何意，我還得去歇息呢。」說著就要走。

穆戎喝道：「本王沒叫妳走，妳敢！」

姜蕙嘴角一挑。怎麼不敢，這男人如今真不是上輩子那個二十幾歲的穆戎，她沒有不敢的。她離得更遠些，回眸一笑，嬌聲道：「殿下快些走吧，免得傳出去於我名聲不好，那梁嬤嬤都白教了呢，也是浪費娘娘苦心。」

穆戎手搭在窗邊上，見著她人卻搆不著，恨得牙癢癢，冷笑一聲道：「也是，本王還怕見不到妳呢。」

他也不好求著她過來，只見院門口的姜辭盯著，只得轉身走了。

姜辭鬆了口氣。穆戎今日突然登門拜訪，家人都很吃驚，接待過後，他陪著他在園子裡走走。一開始說些關於他三月會試的事情，後來提到姜蕙，二人走到她院子附近來。

穆戎說有幾句話要與姜蕙說，姜辭沒法拒絕，一是因他的身分，二是因二人快要成親了，看在穆戎是自己妹夫分上，他稍許通融。

結果瞅著穆戎去了閨房那兒，他也要跟上，卻被何遠一把擋住；所幸二人隔著窗子沒多久，穆戎就回來了。

「本王見她瘦了些，你們廚房膳食得跟上。」

姜辭笑道：「多謝殿下關心，不過那是因梁嬤嬤的緣故，阿蕙睡得少了就容易瘦，她平常胃口很不錯的。」

穆戎唔了一聲，正色道：「今年會試，本王猜測可能張大人會主考。張大人這人不看重文采，你無須在此多花功夫，有時間就看看《大學》。」

這是很重要的提醒了，姜辭連忙道謝。

穆戎見到姜蕙，也了了心願，除了她不肯多留讓他有些惱火，心情倒頗是愉悅，因她對自己甚是親近，還想早些嫁給他，可比當初那般不冷不熱的好多了，當下便告辭走了。

姜蕙終於熬過梁嬤嬤的教導，只覺渾身脫了層皮。這日又窩在被子裡睡懶覺，姜瓊的聲音大老遠就傳來。「我怎麼說的？教了白教，妳們看阿蕙還是一樣偷懶的。」

胡如蘭噗哧一笑。

姜瑜拿這個妹妹沒辦法，瞪她一眼。「在家中無啥，學了自是去婆婆家——」

沒說完，姜瓊又嚷嚷。「看看，便是只學給旁人看的，對自己又有什麼用？」

姜瑜的臉都黑了。

胡如蘭笑得打跌。「表姊，妳還是別與表妹說了，反正像表妹這般的，定是嫁不到皇家，尋常人家也沒那麼多規矩。」

「可不是。」姜瑜嘆口氣，她真擔心自己嫁人了，姜瓊怎麼辦。

寶兒坐在床邊跟著笑，姜蕙伸出手握住她的小手，一邊問姜瑜。「怎麼突然都來這兒？」

「咱們不是一直擔心沈姑娘嗎？她總算有反應了，送了東西來。」姜瑜一笑，拿出個印章給姜蕙。「沒想到吧，她居然學了刻字，給咱們一人刻了一個印章，說是初學的，以後等精深了再送更好的。」

姜蕙怔了怔，接過來看。黃白色玉石上的字端莊娟秀，很有風采。可她那樣性子的人竟能沈下心學這個，可見那些事對她的改變有多大，但到底還是站起來了。

她想起她曾經天真歡笑的樣子，忍不住有些難過，勉強一笑道：「是不是要送些回禮？」

「是啊，便是為這個，我正好有幅繡圖送過去。」姜瑜道。

姜蕙想一想，竟把自己慣用的玉梳拿出來。這玉梳不只品質上乘，雕工也是細緻的，上有三朵蓮花，栩栩如生。

姜瑜驚訝。「妳倒是捨得？」

聽金桂說，她常拿著這梳子，一天梳幾十遍頭髮，又是從鄠縣帶來的，是用了好些年的。

「總歸我去王府，會有新的，只望沈姑娘遇到困難，想想咱們之間的情誼。咱們不是一直都很喜歡她嗎？這世間只要有人喜歡自己，也得好好活著。」

姜瑜感慨。「阿蕙，妳說得真好！」

胡如蘭聽了此言，不由多看了姜蕙一眼。有件事她一直想問，她那麼喜歡姜辭，那日自然是發現姜辭換了衣服，也猜測是不是他救了沈寄柔，所以姜蕙如今對沈寄柔好似有一些特別的關心。

可她忍了許久，到底還是沒有問出來。

姜瑜收了玉梳，把旁的禮物一併命人送去沈家，且叮囑必是轉述姜蕙那番話。

此事一過，一眨眼便到三月，姜辭將將會試完，又是姜瑜嫁人，眾人簡直忙成一團，可姑娘們卻滿是離愁。

姜蕙很大方，把自己最好的首飾都給姜瑜添妝了。那日大喜，不只胡氏哭，幾個姑娘家也哭得厲害，寶兒很喜歡姜瑜，拉著她不肯讓她走，眾人勸了又勸，才算拉開。

眼見姜瑜坐了轎子行遠，姜蕙心想，再過一陣子，自己也是這樣的，穿了嫁衣，離開家……眼淚不覺又落下來。

只過了兩日，小夫妻回門，見堂姊夫英俊偉岸，姜瑜端莊中帶些嬌羞，好似前日的悲傷一下子又沒了，又替她高興。

人生真是五味紛雜啊……

她這輩子總是賺了，歡喜的時候比悲傷的時候要多得多。

又過一日，喜訊傳來，姜辭中了貢士，兩日後殿試，被皇上賜進士出身，且於館選中，被點為庶起士入了翰林。

舉家歡喜，只是姜濟顯有些懷疑，是不是因為姜蕙，姜辭格外得皇上青睞，畢竟是自己兒媳婦的親哥哥嘛！不過總是好事，誰要去多想背後的事情，那是徒增煩惱。

近日，城中已經開始宵禁了。穆戎成親，皇家宗室紛紛從各處趕來賀喜，每日都有大量車馬，畢竟難得回一次京城，不只要給穆戎送上賀禮，給皇太后、皇上等人的也不能少，是以有時候竟能看到車隊。

梁氏也越發緊張起來，到皇家下聘前一日，五城兵馬司竟直接入得姜家，且宮中派了好幾位御廚來，那是要準備擺宴了。

幸好早前魏大人與楊大人就提醒過，故而老爺子與老太太雖然被這場面弄得有些慌張，但有兒子兒媳在，還是井井有條的。

聘禮陸續送到家裡，眾人開了一番眼界，光是各色錦緞竟然有兩百疋，狐皮、貂皮等珍貴皮毛六十張，碩大滾圓的南珠六盒，膳食所用的銀盤銀碟銀碗銀壺兩套，還有數十套金首飾，奢華富貴，琳琅滿目，照得滿屋生光。

胡氏看得都在吞口水，原先還覺得賀家聘禮算得上豐厚，如今一比，真是九牛一毛。

她打起精神，把平生最好的裙衫換上，一會兒那些官員、誥命夫人都會來祝賀呢，如今姜瑜嫁了，她還有個女兒跟兒子，以後定然也不能嫁得差。

姜蕙只在屋裡聽金桂說，今日外面車水馬龍、賓客滿堂，她是不能出去的，只聽到金桂說起衛家在客人之中，當下嘴角就挑起來，問道：「那衛二姑娘可來了？」

「好似病了不曾來。」

姜蕙笑了。也是，怕是來了她得氣得跳河，誰教她拿自己沒法子呢？想陰她，她如今鬥都不出，且不說穆戎還派人一直保護她；想明著來，她衛鈴蘭可沒有那麼大的權勢！

爽快！她高高興興地吃了一大碗飯。

到了三月二十六日，一大早她就被金桂叫起來，原來梁嬤嬤又來了，不只如此，還帶了四個宮人、兩位夫人。

那四個宮人一個專管妝容，一個專管髮髻，一個管穿衣服，一個管開臉。兩位夫人聽說是很有福氣的，便是全福夫人了，是皇后親自選的。

姜蕙乖乖坐在那裡給宮人開臉。

梁嬤嬤得意道：「要說這開臉，功夫還是要緊的，咱們寶蘭這手藝弄得舒服，臉也不紅，瞧妳這皮膚還是跟雞蛋一般吧？」

姜蕙嗯了一聲。「一點也不疼。」

梁嬤嬤道：「把鳳冠嫁衣拿來。」

宮人立時遞過來，姜家眾女眷都紛紛看來。這傳說中的嫁衣，她們一早就在猜測到底是何等樣子。

梁嬤嬤微微一笑。「那是尚衣局精心繡出來的，讓妳們看看。」

她把嫁衣一展開，眾人只覺眼前像是飄過一抹紅霞，流光一般驚豔，那料子不知是何做的，凝厚又不顯笨重，上頭滿是金鳳牡丹，華光灼灼，端的是富麗堂皇，尋常鋪子哪裡做得出來？梁嬤嬤挪動間，那金鳳像是要展翅高飛一樣！
胡氏又嚥了一下口水，自家女兒那嫁衣又是不夠看了。
鳳冠更不必說，只與嫁衣相比，沈甸甸的。姜蕙瞧得一眼，暗道：她的頭要受罪了，一看就是真金所鑄。
開完臉，梁嬤嬤又叫姜蕙去洗澡。洗完澡，給她揉搓頭髮，梳髮髻又花費了不少功夫。因這些人在，姜瑜幾人倒不好怎麼講話，原本該是充滿離愁的時候，竟多了些莊重。
姜蕙輕聲笑道：「也罷，今日咱們不哭了。上回堂姊嫁人，看咱們難過得，現在不是好好地聚在一起嗎？將來也是一樣的。」
幾位姑娘回想當時的情景，都笑起來。
梁氏聽了感慨，點了點頭，暗想即便姜蕙嫁出去了，那也是她的女兒，人生何處無離別呢？可眼角總是濕潤了。
寶兒拉著姜蕙的手，問道：「姊姊，我還能與妳住？妳沒騙我吧？」
姜蕙伸出手噓了一下，朝她眨眨眼睛。「當然，沒騙妳。妳不准再問，我自會來見妳的。」
寶兒乖巧地點點頭，又笑道：「姊姊，妳今兒真漂亮呀！」
「寶兒也漂亮。」她摸摸妹妹的頭。
等到宮人給姜蕙上完妝，竟都到傍晚了，一時爆竹齊天，好似家家戶戶都在放，連綿不絕，從遠及近。
姜蕙很是驚訝，怎麼放那麼久？

梁嬤嬤笑道：「都在放呢，幾百斤的炮仗能不放半日？」她心想，三殿下娶妻，竟是不遜於當年太子娶妻。

金桂悄聲道：「剛剛聽說外頭都掛了彩燈，就跟上元節一般，亮得好像白天，個個都寫著紅色的喜字。」

正說著，外頭一聲悠長吟唱。「吉時到！」

梁嬤嬤連忙把紅綢蓋在姜蕙頭上。「可不能誤了時辰。」

外面，姜辭見到她出來，彎腰揹起她。因為昨日晚上就與老爺子、老太太告別過，今日是直接前往花轎。八抬花轎停在門口，梁氏遠遠就看見穆戎一身喜袍地坐於馬背，她雖是擔憂姜蕙，可見著如此英俊高貴的女婿，又難免歡喜。

姜濟達也是一樣，都不知說什麼好。

炮仗聲好似更響了，還有鑼鼓聲，夾著四處沸騰的人聲，喧囂震天。

梁氏輕輕握住她的手。「阿蕙，為娘不在身邊，妳得保重好自己，旁的，為娘……妳那麼聰明，總是能過好的。」

她聲音哽咽，落下淚來。

姜蕙嗯了一聲。「阿爹、阿娘放心，我沒事的。」

她吸了吸鼻子，好日子，她不想哭。

第四十一章

兩位夫人送她上轎，姜辭與穆戎正色道：「殿下，我這妹妹可是交給您了，相信殿下不會負她。」

穆戎看姜蕙一眼，簾門已遮上，只見到一抹紅影。他衝姜辭一拱手，翻身上馬。

轎子緩行而去，後頭跟著一抬抬嫁妝，雖與聘禮相比微不足道，可也是極豐厚的，等到轎子走出街道，還沒有斷呢。

姜蕙坐在轎子裡，只聽見眾百姓的恭賀聲紛紛而來，像是有好些人還尾隨了一路。她偷偷掀開蓋頭往外瞅一眼，隔著窗簾，竟還見得彩光漫天，可惜自己卻看不到這樣的盛景。

她微微一笑，又把蓋頭放下來。

行得好一會兒，轎子才停下，門簾掀開，梁嬤嬤把紅綢遞到她手前，她接過來。另外一頭是穆戎。

她能感覺到他傳過來的力量，引著自己慢慢行路。不知為何，她竟忽然想到那日，他把她從曹大姑那裡領出來，好似也是這樣清朗的夜晚。

只是，她如今的身分已是大不一樣了。他與她，又會成為怎樣的夫妻呢？

衡陽王府此時賓客滿堂。

各色聲音不停傳入耳朵，姜蕙收斂了平日的媚態，依照梁嬤嬤的教導，走得很是小心。

到了堂內，又與穆戎跪下接旨。這回是正式冊封王妃了，皇上賜下金冊，同時又賞了不少禮物。

女官立於堂中央，主持成親儀式，周圍紛紛是恭賀聲。

遠道而來的福安王注視著這一切，側頭笑咪咪與太子道：「我往前成親可沒有三弟這般福氣，還能在京城開府，真是羨慕三弟啊，得父皇如此寵愛。」

太子笑著打了個哈哈。「三弟自小得天獨厚，這是咱們羨慕都羨慕不來的。」

福安王嘆一聲。「那倒是。不過出乎我意料，三弟竟娶了姜家的姑娘，我原先聽說，本是定了沈家姑娘的。」

「之前出了些事。」太子朝他看一眼。「再說，三弟也喜歡姜姑娘，母后得知，自是成全他了。」

「兩情相悅確也好。」福安王笑笑。「我難得回一趟京，明日定與大哥、三弟好好痛飲一番，今日咱們還是饒過他，隨意喝兩杯就算了，省得大好時光辜負。」

「二弟說得是，咱們這三弟啊……」太子伸手摸摸鼻子，笑得意味深長。「是得少喝些酒。」

連女人都沒碰過，想必今日好一番折騰。

姜蕙戴著沈重的鳳冠，跪下來，拜了幾拜又站起，便覺得頭有些暈，幸好也完成了，她又被穆戎帶去新房。

因蓋著紅綢，眼前黑漆漆一片，她什麼也看不見，只聽到金桂輕聲道：「前頭有門檻，娘娘小心些，扶著奴婢的手。」又道：「有好些夫人姑娘呢，連公主都來了三位。」

姜蕙果然聽見輕聲笑語。

到了屋內，金桂、銀桂扶她在床上坐下，喜娘滿臉笑容地拿了銀秤交予穆戎。

姜蕙只聽一個清脆的姑娘聲音道：「三表哥，快些讓咱們看看新娘，都等不及了！聽說長得極美的。」

那是皇后娘家謝家的三姑娘，今年十二歲，性子甚是開朗，眾人都笑起來，謝大夫人輕斥女兒一聲。

穆戎把銀秤伸過來。燭光下，銀秤小巧，發出淡淡的銀光，姜蕙忽地有些緊張起來，上輩子，她沒嫁過人呢。

剛才在自己家中，只嘗得些許離愁，但她並不害怕。如今坐在這喜床上，周圍好些人瞧著，都是她將來要面對的皇親國戚，她終於有些真真切切的感受。

正想著，眼前猛然一亮，蓋在頭上的紅綢從眼前飄過，落在地上。

她聽到周圍的驚訝、誇讚。

她抬起眼眸，對上了眼前的人。

他立在她面前，微微低下頭看她，喜服好似把他臉龐都染紅了，一雙黑眸也不如往日平靜，目光籠罩下來，好像能把她吞噬……

她心裡咚咚跳了幾下，低下頭去。

福安王妃笑道：「是個大美人兒，瞧著與三弟真是珠聯璧合呢。」

「是啊，難怪母后提起時滿是誇讚，我今日算是見到了。」永安公主看一眼福安王妃，又側過頭與姜蕙道：「可惜太子妃有喜，今兒不能來，母后生怕她出事，妳要擔待些。」

旁邊的謝大夫人眉頭挑了挑。這是什麼話？

姜蕙柔聲道：「肚裡孩兒要緊。這等天氣，自是要注意的，原本也該是我去探望她。」

皇太后娘家的王二夫人暗地裡點了點頭，又朝喜娘使了個眼色，喜娘忙讓人把合巹酒端上來。新婚夫婦喝過此酒，整個成親禮儀才能算真的完成。

穆戎舉起酒杯，看向姜蕙。

高高紅燭旁，她貌比花嬌，今日，比他印象裡好像還要美上幾分。只可惜禮儀繁瑣，他從早上等到晚上，一整日就那麼過去了，如今又有眾人在旁，他已感覺不耐，只是勉強壓下這等情緒。

姜蕙拿了酒，與他同喝一杯。

喜娘又叫二人吃些桂圓蓮子羹，說些早生貴子的吉利話。

王二夫人瞅穆戎一眼，站起來道：「想必王妃也累得很了，讓她歇一歇。」

她似是其中的主導者，眾人都很聽話，隨著一起告辭。

穆戎見人都走了，總算鬆口氣。眉頭一皺，與金桂、銀桂道：「妳們也出去。」

兩個丫鬟愣住。

「出去！」穆戎聲音一下子冰冷。

那二人嚇得面無人色，連忙跑了，臨到門口，金桂擔心地看姜蕙一眼，才慢慢帶上門。

姜蕙伸手把鳳冠拿下來，嬌嗔道：「殿下怎如此駭人，看把我兩個丫鬟嚇得……」

穆戎大踏步過來，坐在她身邊。「沒眼力的，怪得了誰？」

說話間，手撫到她腦後，人就湊上來親她。

他已經忍耐了許久，自從上回她入宮，多少個日月了，那日在她家，她又躲躲藏藏的，不讓他碰一下，今日他可不能放過她！

姜蕙被他一陣索吻，弄得氣喘吁吁。

好一會兒他才放開她，想到還不得空，面色陰沈下來。「本王出去應酬一下……」頓一頓。「廚房那兒準備了膳食，妳有什麼想吃的儘管去要。」又伸手指指她的臉。「好好收拾收拾，白的紅的洗洗乾淨！」

剛才還覺得好看，可之前一親一摸，弄得他手上臉上都有胭脂。

他拿出帕子往臉上擦了擦，便出去了。

感到他有些急躁，姜蕙笑起來。他冷靜的外表下，還藏著個毛頭小子呢。

倒不知一會兒洞房……她想起上輩子第一次與穆戎歡愛，他表現得很是溫柔，便算是親吻，也不像他如今一貫的霸道，每回都好似急吼吼的，恨不得把她給吸進肚子裡，也不知是好事還是壞事？

她叫金桂、銀桂進來。「給我要些東西吃，水也可以備了。」

銀桂去廚房要，金桂扶她在鏡子前坐下，只見她臉上妝容已毀了一半，唇上是一點口脂也無了，便知是穆戎做的。又暗自慶幸，這殿下雖然對她們很凶，可是很喜歡王妃的，那總是好事。

她給姜蕙取下耳環、鍊子，髮上倒是沒戴首飾，因一個鳳冠已足夠了，又把梳子遞到姜蕙手中。

姜蕙自己梳理頭髮，一邊問道：「沒旁的侍女？」

聽姜瑜回門那日說起，除了她帶去的丫鬟，賀仲清原先也有兩個丫鬟的，在洞房那日就前來拜見，若是穆戎也有，這會兒該來了吧？

金桂搖頭。「好像沒看到。」

「哦？」姜蕙奇怪，心道：難道穆戎真的沒碰過女人？可上輩子，她去衡陽王府的時候，他還有幾個側室，聽說是沈寄柔還在世時就已經納在王府的。

但現在沒有總是好事。

銀桂端來飯菜給她，姜蕙眼見時辰不早，也沒吃幾口就叫她們撤了下去。

熱水此時也燒好了，她泡在浴桶裡，整個人被這恰好的溫度包圍住，好似渾身的乏一下子上來，竟有些發睏。

成個親也真是累人的。

金桂用手巾沾了溫水，仔細給她擦臉。

等到洗好，她都睡著了一會兒。

穆戎在外面應酬賓客，雖沒與每個人都喝酒，可皇家親戚眾多，便是他酒力甚好，也肯定耐不住。幸好何遠準備了醒酒丸，能擋上一陣子，只是慢慢的，還是有些頭暈眼花。

後來還是太子與福安王出面，替他喝了一些，他才沒醉倒。

到了院中，清洗完，何遠又讓他喝了醒酒茶。

穆戎問道：「什麼時辰了？」

「亥時了。」

穆戎一驚，那不是過去一個時辰了？他把茶水一推，起身就往裡屋去。

何遠跟在身後，輕聲道：「殿下，昨兒給您看的，您可記好了？」

穆戎腳步一頓，面皮有些熱。「本王還需看這個？」

何遠暗道：這不是沒碰過女人嘛，又不給宮人教，怎麼就不需要看？

穆戎冷哼一聲，把他甩在後面。

金桂、銀桂遠遠看見他來，這回二人也不消吩咐，雙雙退到門口，見他進去了，忙把門關上。

黑檀木的喜床鋪了厚厚一床大紅被子，繡了富貴牡丹，連幔帳也是喜慶的紅色。海棠花的長案上，高燭閃爍，連同月光把這廂房照得亮堂堂的。

他慢慢走近，只見她已經睡著了，眼眸閉著，不見她滿含春意的眸光，可那樣安靜，又是另外一種美。他看著，有些不想弄醒她，但又有些惱火。

這等日子，她竟然能睡著？沒心沒肺的東西，他花盡心思娶她進門，她就不能忍著睡意等他？

他俯下身，一把扯開了被子。

姜蕙渾身一冷，睜開眼睛，沒等到她發出聲，他已經壓在她身上。

那樣重的身體，姜蕙哀叫道：「殿下要壓死我了！」

好似小貓兒一樣的呻吟，穆戎本是想懲罰她一下，讓她吃痛，卻忍不住支手撐起自己。「誰教妳睡著了？」

「我只是打個盹兒，誰想到就睏了。」她揉揉眼睛。「想來已是很晚，殿下可吃了醒酒茶？我叫廚房準備好的，生怕殿下喝醉酒呢，辛苦殿下了。」

她這般柔聲細語，他的怒火一下子沒了，笑了笑，道：「吃過了。」

他俯下身親她，兩人貼在一起，原先他在上，過了一會兒，又是她在上。

穆戎的呼吸漸漸重了，懷中身子又軟又香，對他來說好像一種折磨，逼得他想要衝進去，狠狠馳騁。他翻了個身，又把她壓在下面，目光落下，只見她衫子不知何時散了開來，露出大好風景，他腦子裡轟的一聲，渾身如過電一般，才知見到人與見到畫中人的區別。那是一種難以言說的刺激。

姜蕙被他看得臉色發紅，伸手拿被子把自己裹起來，輕聲道：「殿下這麼看我，太羞人了。」

她轉過身，把被子捣得死死的。

穆戎心急，伸手去扯她被子。「羞什麼，本就是洞房，妳不給本王看，給誰看呢？」

「誰也不給。」她從這頭滾到床的那頭。

穆戎見她這調皮勁，撲上去壓住她整個人，讓她絲毫動彈不得，一邊使力抽被子，一點也不費勁地就把她弄出來，上下一陣蹂躪。

姜蕙又要躲，他長手一伸，把她抓過來壓在身下，沈聲道：「別鬧！」說著竟脫了裡衣，露出修長的身子。

他平常看起來身材並不偉岸，可自小也是練武的，無一處贅肉。年輕的身體健康又有力，腹下與她貼在一起的地方散發著灼熱的溫度，堅硬似鐵，好似隨時要上陣殺敵一般。

姜蕙不由自主夾緊了腿。還沒開始，就感覺痛意好似湧上來。

她是領教過他的厲害的，可從前他還溫柔，這回像是餓了好久的餓鬼，不知道又會如何。她恨不得把自己藏起來，偏生他壓著她，一點也不能動，只是深呼吸著氣，希望能減輕點疼。

誰料過了好一會兒，他並不進來。

姜蕙有些奇怪了，微微抬起身子想瞅他一眼，誰料身下突然傳來一陣劇痛，她啊的一聲痛呼起來。

而穆戎也沒進去，看她叫得那麼可憐，額頭上都出了汗。

姜蕙皺著眉，差點哭了，穆戎柔聲道：「妳忍一忍。」

沒等姜蕙喘口氣，他再一次衝進來，可是仍沒進。

姜蕙卻疼得要命，蜷起身子不給他再碰。

穆戎忙把她抱起來，觸手冰涼，心知她是疼得厲害，倒有些後悔之前不曾學一學，可這節骨眼上，他渾身難受也不好放棄，不然洞房怎麼能叫洞房呢？

「妳再忍一忍，這回定然行的。」他哄她。

姜蕙這時已確定他是沒碰過女人了，只顧著橫衝直撞，也不知道探探路，可她又不好直接教他，只把頭埋在他懷裡道：「要是還不行，怎麼辦？我可要疼死了。」

她淚光閃閃，握住他的手慢慢往下放。「這兒太疼了，你給我揉一揉。」

穆戎還沒用手碰過，將將接觸時，一顆心跳得差點蹦出來，他更難受了，重重喘著氣，隨著她的手輕輕撫摸。「有沒有好點？」

姜蕙暗道：急什麼，就不知道探探嗎？本就是一摸便清楚的地方。

她撇撇嘴。「還沒好……」

他忍著要把自己逼瘋的慾念，給她揉著，慢慢的，總算有點門道了。

她卻在他指尖下喘息起來，紅潤的嘴兒一張一合，媚眼如絲，他只覺渾身要炸裂開來，再忍不住地把她重新放平，猛地就往前衝進去。

總算行了。姜蕙感受到疼痛，伸手用力抓住他的手臂。

金桂、銀桂在外面守著，只聽見時不時有呻吟聲傳來，偶爾夾雜著痛呼聲，兩個人的臉都是通紅。

金桂心疼自家主子。「也不知得多久呢？」

銀桂不知道怎麼回答，這都是說不準的事情，半晌道：「是不是得把熱水備好了？我去廚房說一聲。」

金桂點點頭。

姜蕙承受了一陣疼，見穆戎還未好，第一次對女人可不是什麼痛快的事情，當下她稍一用力，那處好似一下子縮得很緊，穆戎沒提防，一下傾瀉出來。

他趴在她胸口，只覺毫不盡興，腦中盡是那如人間天堂的暢快，正將將享受，卻一下子沒了，說不出的懊惱，卻也明白了，為何自古男人喜歡女人。

原來竟有這等滋味，教人嘗了想再嘗，不想停下來。

姜蕙卻累得要命，撐起身子想喚金桂進來，剛剛說了一個金字，他一把捂住她的嘴，把她拖在身下。

蠻牛啊，一句話不說，只知道做這個。姜蕙喊疼。

「疼？」穆戎奇怪。「還在疼嗎？」他以為只有開始有點疼。

「一直疼。」她可憐兮兮道：「好像破了一樣。」

他低頭一看，見床單上有一灘血，當下倒是吃了一驚，暗想他這般一來，竟然真能把她弄出血？又不是刀子做的，他也是肉做的啊！他忙下床尋了帕子給她擦拭。「要不要上藥？」

她搖搖頭。「怎麼上，在裡面呢，應是自己會好的。」

她怕他還想來，便把身子歪過去，靠在他懷裡。

那張臉蒼白，滿是倦意，可身上仍是香香的，他伸手摸一摸她臉蛋，滾滾的熱，又有些濕，此時渾身軟綿，像是一點力氣都沒了。

他一個男人真不好忍心欺負她，總是時間還長呢，當下打消了念頭。

兩人抱了會兒，穆戎道：「還是洗個澡睡，妳這樣怎麼睡。」

姜蕙道：「很睏，走不動。」

她明亮的眼眸半合著，邊說著，邊把雙手環在他脖子上。「要是殿下抱我去，我就洗一洗。」

穆戎一怔。「妳說什麼？」傳出去，他堂堂衡陽王抱女人去洗澡，教他怎麼見人？

看他不願意，姜蕙嘟嘟嘴。「那我不去了，我好累。」竟與他撒嬌起來。

她一邊側著身，一邊暗自看他反應。

這輩子，他是她相公，她得試探試探，他這吃軟不吃硬的性子到底能為她做到哪一步？

穆戎看她半邊身子靠著自己，伸手碰上去，好似沒有骨頭一般，又憐惜她今日受苦，終於道：「抱就抱吧，就此一次，妳可不能得寸進尺了。」一邊就吩咐下去，讓淨室附近的下人都走遠點。

第四十二章

等到人都不在了，穆戎橫抱起姜蕙，去了右側間的淨室。

她靠在他懷裡，腦袋挨著他肩膀，打量那張好似世間不該有的俊臉。沒想到，他還真的同意……簡直跟作夢似的。

他可是那個所向披靡，將來要君臨天下的穆戎啊！她嘴角翹起來，輕輕地笑，好似夜間盛開的曇花。

穆戎垂眸看她一眼。「就那麼高興？」

「高興啊，還沒有男人這樣抱我呢。」她摟緊他脖子。「殿下真好。」

穆戎哈哈笑了。「本王在，誰敢這麼抱妳？」

姜蕙嘆口氣。「但也只有這一次，以後想抱也沒有了。」

隱隱還透著委屈，穆戎瞧著她，越發覺得有趣起來。她在他印象裡，美是美，可也很堅強，對付起敵手無情無義，從未在他面前像今日這般愛嬌的，真是個多面的女人。

他把她放在浴桶裡，雪白的身體沾了水，帶著夢幻般的光澤，他看了一眼，喉嚨又有些乾。

姜蕙道：「殿下不洗？」

他瘋了才與她一起洗，又不能再弄她一次。

他板起臉。「妳自己洗。」

「喔，那請殿下幫我喊一下金桂跟銀桂。」

穆戎唔了一聲。

姜蕙見他轉身要走，又道：「請殿下跟金桂說一聲，帶盞茶來。」

穆戎聽了，只是走到門口時，才發現自己剛才好似充當了下人？怎麼不知不覺樣樣都聽了她的？這得寸進尺的女人，給她一點顏色就開染坊了！

他眉頭皺了皺。只有今日，以後可不能教她這麼放肆。

他叫來金桂、銀桂。「王妃在淨室，妳們快些去，」又添一句。「準備好熱茶，不要太燙。」

金桂跟銀桂面面相覷，但也應了。

等到金桂去淨室，只見姜蕙在浴桶裡竟然睡著了，身上布著稍許瘀紅，教人看得面紅耳赤。

「娘娘。」

姜蕙睜開眼睛。「水。」

銀桂忙遞過去。

剛才一口水沒喝，她只顧著出聲，都要渴死了。

她把一盞茶咕嚕咕嚕喝了個精光，兩丫鬟又伺候她洗澡，回到床上，頭剛剛沾到枕頭就沈睡過去。等到穆戎也洗完回來，她睡得死沈死沈的。

他一碰她，她就跟貓兒似的嗔叫幾句，可眼睛怎麼也不睜開，逗得他直笑。玩了會兒，他也累了，從後面抱住她，沈沈睡了過去。

姜蕙被身邊的動靜驚醒時，整個人昏沈沈的，睜開眼睛，只見屋裡的紅燭竟然還沒有燃盡。還很早，不過她很快想到今日要去拜見皇上皇后，人也隨之清醒過來。

穆戎早已穿好衣服，正立在床前，垂眸瞧著她，目光使得她起來的動作滯了一滯。

穆戎挑眉。「還不快些，難道還讓父皇母后久候？」

他伸出手，嘩地一下拉開了被子。

冷意灌進來，姜蕙的身體暴露在他的視線下，無處躲藏。她抬起頭，看到他黑眸中的促狹，嘴角微微挑了挑。他想看就看唄，她可不怕。

她狀似害羞地邊遮掩邊起來。

她正是碧玉年華，已是發育得很好，胸口高聳，腰肢纖細，一雙長腿光滑筆直，胳膊又好似白藕，穿個裡衣竟有萬種風情，活生生一幅美人起床圖。

穆戎看得呼吸漸漸沈重，想到昨夜歡愉不曾盡興，身下也不由起了反應。

可現在時辰已不早，若是晚些，定會耽誤入宮。

他忽地轉過身，拿起桌上放置了一夜的茶水，喝了下去。

姜蕙看著，差點笑出聲來，暗道：活該。

她套上大紅繡鴛鴦戲水的肚兜，喊道：「殿下。」

一聲嬌呼聽得人身體酥軟。穆戎皺眉。「何事？」

「我後面繫不上。」姜蕙把後背露給他看。「殿下幫我一下，好不好？」

穆戎瞧一眼，那一大片雪白的肌膚令他心跳加快，再往下看，還有半邊挺翹的雪臀，他忘不了早上撫在上面的手感，只覺剛才那一盞涼茶不夠用，不由得沈聲道：「妳把本王當什麼了？自己繫！」

「我繫不到啊。」姜蕙委屈。

穆戎大踏步走了出去，很快就見金桂與銀桂進來了。

姜蕙掩住嘴輕笑起來，從沒想到自己有一日還可以逗弄穆戎，真有意思！

她叫銀桂繫上帶子，先是漱口淨面，才令金桂把尚衣局做的裙衫拿過來。

如今是王妃，又要去拜見皇上皇后，所穿之物自是不一樣的。剛才穆戎便是穿了玄色的皇子朝服，故而她那一身也極其莊重，緋紅寬袖大袍，上用金絲繡了青鸞，曳地長裙同色，只與衣服不同，用暗紋刺了鳳穿牡丹，在走動時，隱隱顯出圖案，精緻非凡。

金桂喜孜孜道：「娘娘穿上貴氣極了。」

姜蕙抬起手，寬大的袖子如流雲，她笑了笑。「就是太長了，妳們等會兒小心扶著我，指不定踩到摔一跤。」

金桂道：「那是自然。」

銀桂把首飾拿來，讓姜蕙挑。「都是新的，瞧得奴婢們眼睛都花了。」

姜蕙看一眼，先自己梳頭髮。

姑娘家的髮髻偏少，很多都不能梳，因後頭要留著一些頭髮披下來，但她現在是婦人了，她想著梳了一個早想試試的飛仙髻，又挑了一支嵌紅寶花蝶重珠簪，一對雙如意點翠長簪戴在頭上。

今次打扮隆重，已經脫不開惹眼了，首飾反倒不能素雅，她對著鏡子又給自己描眉、上妝。等到出來，已過了一會兒，桌上都擺好早膳。

穆戎正坐著，抬眸間見她豔光逼人，眉頭不由挑了挑，本想說兩句，只見她眉眼描畫得端莊，當下又不提了。

這人生得妍麗，若是簡單打扮還能掩蓋一些，可偏是王妃，這身盛裝她再如何想遮掩也遮不住，總不能寒酸去拜見父皇母后。反正她總是嫁給自己了，母后便覺得她太惹眼也沒辦法。

他道：「坐下吧，快些用膳。」

姜蕙應一聲，坐在他對面，金桂給她布菜。

穆戎吃幾口看她一眼，她絲毫不拘束，好似挺喜歡廚子燒的膳食，只是半頓飯下來，她一眼也沒看自己，穆戎微微皺起眉頭。「妳無話與本王說？」

姜蕙一怔，半晌道：「食不言，梁嬤嬤教導，不准妾身用膳時說話。」

興許等會兒到皇宮，午時與皇上、皇后同席也不一定的，她吃個飯多不容易，還得想著怎麼才不犯錯呢。

穆戎沒話說了。「吃吧。」

姜蕙便繼續吃。果然是王府，這廚子應是宮中出來的，倒是很好吃，她面上笑咪咪的。

用完飯，二人走到園中，姜蕙四處看看，驚訝道：「昨日進來不曾見到，原來這王府那麼大。」

京都的衡陽王府，她從沒來過。上輩子，穆戎來京城，是與她住在宮裡的，那時皇上的身體已經有些不好，故而穆戎入京，皇上令他住在宮中陪伴。

所以她才那麼驚訝，京都的王府竟然比衡陽的還要大一些。

穆戎笑笑。「尚且空了點，妳看看怎麼佈置。」

「我？」姜蕙看向他。

「自然，本王沒有那麼多閒工夫。」

他往前去了，她跟在身後，兩人到了二門處坐上馬車，此時天才亮起來。

聽著馬蹄聲在安靜的清晨踏在街道上，她問道：「殿下，今日也會有許多親戚到場嗎？」

「不會，除了父皇母后，本王兩位哥哥嫂子、四弟，應不會有什麼人。」他頓一頓。「興許會有幾位公主。」

那是父皇的親生女兒，藉著他們成親時回宮探望，也是人之常情。

聽到他提起公主，姜蕙想起昨日洞房的事情。「那位永安公主……她可是與福安王一個生母？」

穆戎笑笑。「是，都是惠妃所生。」

怪不得有些奇怪。

看她垂眸思索，他握起她的手。「妳不用多想。」

「如何不多想，皇家可比咱們姜家複雜多了，我在家中與誰說話都不用太多顧慮，現在可不一樣。」姜蕙道。「只是我對他們很不熟，生怕哪裡說錯話。」

穆戎好笑，拿手指揉捏她柔軟的小手。「妳真當那兒是吃人的？」

「難道不是？」她挑眉。眼前的人可是把太子都毒死的。

「至少現在還不到時候，妳遇到不清不楚的話，不理便是了，不必反擊。」穆戎另一隻手抬起她下頷。「妳不是很聰明嗎？難道這還要本王教妳？大智若愚，妳不會？」

姜蕙眨眨眼睛。「可我看殿下一直在顯示聰明啊。」

不聰明，皇上會那麼疼他？就是他太顯露自己，太子才會那麼忌憚他，朝中官員才會分成兩派，鬥得你死我活。

穆戎哈哈笑了。「我是我，妳是妳。」

賣什麼關子，姜蕙撇過頭。「好吧，我裝蠢。」

「也不能太蠢。」穆戎見她俏皮，忍不住低下頭索吻。

她嘟囔道：「口脂要化了……」

穆戎不理會。

她原本不算嬌小，可被他抱著的時候，整個人好像都能藏在他懷裡。

姜蕙閉著眼睛，感受到他的熱情，他不只親她，還撫摸她的腿，只是手伸到腿間，又好像想到什麼，懊惱地縮回去，隔著錦緞，狠狠地揉了一下她的胸口。

看來，他是挺喜歡自己的，愛不釋手。

姜蕙心想，不過這才是新婚呢，上輩子，不知他對沈寄柔是否也是這般？所以，再如何像是喜歡她，都是不作數的，誰知道哪日他厭倦了就冷下來。

興許，他終究還是會變成那個難以捉摸、無情無義的男人。

但她絕不會像沈寄柔那樣，想不開去尋死。

她回應他的吻，巧舌似火。

將來他憶起這些甜蜜，憶起往日情誼，總會有些感觸。就如當今皇帝一般，她這正室的位置保住不難，不然她白白嫁給他，最後卻落得下堂妻的結局，可不是她想要的。

兩個人親得熱火朝天，還好穆戎尚有自制力，一把抓住她，把她按到車壁上，呼出一口氣道：「坐好，像什麼樣子。」

明明是他把自己拉到腿上的好不好！

姜蕙無言，暗地裡白他一眼，動手整了整衣衫。

穆戎臉有些紅，垂眸靜心，壓住逐漸湧上來的慾望。

姜蕙往下一看，只見隔著袍子，他那兒都頂起來了，又忍不住想笑。真是個小饞鬼，親一親都忍不住，不過沒碰過女人的男人，還真有那麼幾分可愛。

她挪過去。「殿下，給我抹口脂，馬上要到皇宮了。」

她從腰間荷包裡拿出口脂來。她們姑娘家，胭脂水粉都是隨身帶的，其實她還有面小鏡子，但就是不拿出來。

穆戎看她一張美得驚人的臉湊到眼前，眉頭一皺。「急什麼，等會兒！」

姜蕙暗地裡發笑，但總是不敢太過分，萬一惹急了他惱羞成怒，指不定會做什麼，當下乖乖坐回去。

過了一會兒，穆戎才給她抹口脂，一邊訓道：「下回帶個鏡子出來！」

「殿下討厭做這個了？」她問。

「討厭。」穆戎沈著臉。

姜蕙垂下眼眸。看看，才抹兩次就不肯了，大概他現在這般熱情也持續不了多久。她低著頭，一言不發，看起來竟有幾分傷心。穆戎心裡一軟，可又想他這樣的身分本來就不該給她抹口脂，還上癮了，他難道不知她有鏡子？早上看見她放進去的，還故意不拿出來。他可不能太慣她。

馬車到了宮門。

作為親王、王妃，倒是可以坐轎子了，二人一人一頂，很快就到了乾清宮。他們來得早，小黃門去各處稟告，皇太后、皇上、皇后等人才陸續到來。

二人跪拜敬茶。皇上一見姜蕙，大為歡喜，毫不遮掩地與穆戎道：「原來我這兒媳婦這般漂亮，戎兒，有眼光！」

堂堂皇帝如此說話，姜蕙都有些傻眼。

皇太后輕咳一聲，對這兒子也是無可奈何。

當年她只有這一個獨子，皇位不傳他都不行，他一生是太順當了，到了這把年紀，還口無遮攔。

皇后笑笑，替皇上圓場面。「阿蕙是生得美，今日又像變了個人呢，難怪皇上吃驚。」她叫人呈上禮物。「梁嬤嬤說妳學得很好，為人聰明，想必將來定能做個賢妻良母的。」

姜蕙雙手跪接了。「兒媳會好好照顧殿下的。」

竟然說照顧，皇后又笑了，瞧瞧穆戎，覺得她這話說得很是質樸，妻子可不是要照顧丈夫嘛。

旁邊的太子也禁不住打量她。一開始聽說這姑娘美，他沒放在心上，誰想到竟是這等美法，宮中都無人可瞧了，他這三弟倒是好豔福！他笑道：「三弟昨日沒醉酒，倒苦了二弟了。」

穆戎也發現福安王未來，關切地詢問：「二哥怎麼了？」

皇后回答：「那些人後來都去灌燁兒的酒，他路途本就勞累，喝醉了吹了風，昨日半夜燒了起來，你二嫂還在看著他呢。」

「連累二哥了，我一會兒去看看他。」穆戎露出抱歉之意。

「晚些去看吧，你們留下用午膳。」皇后笑一笑。

「是啊，朕已經命御膳房好好準備了。」皇上說。「你們不忙著走，便是吃晚飯都行。」

皇太后笑道：「他們才新婚，好些事情忙，便只吃午飯吧。」

皇上也就不說了。

太子妃過來與姜蕙道：「昨日我也沒來恭賀。」她命人送上賀禮。「想著你們今兒來，我便留在今日送，有些話還是要當面恭賀，妳與三弟真是天作之合呢，將來必會白頭偕老。」

姜蕙連忙道謝。太子妃的肚子已經微微隆起來，大概有五、六個月了，她笑道：「也恭喜妳呢，這孩子很有福氣，有這樣好的父親跟母親。」

皇太后聽了一笑。老人家素來喜歡孩子，不過她看著姜蕙，卻道：「原本你們也該早生貴子，只是我瞧著阿蕙年紀還不大，生得也瘦，還是養一養再說。」她看向皇后。「阿瑤第一個孩子就早了些，累得她第二胎如今才有。」

姜蕙將將十五，人是苗條，尤其那腰肢盈盈一握，像是一折就斷似的，皇后倒也同意。「緩個一年半載，我叫太醫開些養身的膏方與妳，到了秋天吃，妳這身子就強健了。」

養個孩子，皇家都有這麼多規矩，姜蕙也開了眼界。

不過她也沒生過孩子，說來奇怪，上輩子跟了穆戎三年，竟然不曾懷孕；他也不提起，好像並沒想過要她給他生孩子，真真是把她當玩物看的……姜蕙想到這些，皺了皺眉，她側頭看了穆戎一眼。

穆戎道：「便聽皇祖母、母后的，總是為她好。」

他可不急，有孩子了好似還不能歡愛，緩上一年最好，反正姜蕙年紀還小，二十來歲的婦人都能生孩子，別說她了。

眾人說了一會兒，長輩們就走了，姜蕙跟著穆戎去看福安王。

他暫時住在乾西三所大院裡，福安王妃聽說他們來了，出來相迎。「也不是什麼嚴重的病，剛才殿下還說，千萬不要打攪你們新婚，用不著來看的，誰知你們這麼快就來了。」

「總是我害的，酒量不足，要二哥替我擋著。」穆戎一邊說，一邊走入內室。

福安王正躺在床上，臉色發紅，確實在燒著。

「二哥可好些了？」他坐到床頭。

姜蕙也上前行禮問安。

福安王道：「吃了藥，舒服多了。」他側頭瞧姜蕙一眼，微微驚訝，很快又看向穆戎。「你們來過便走吧，省得被過了，我沒什麼。在福安什麼病沒生過，還沒御醫呢，不都好了？」

「辛苦二哥了。」穆戎聽他說這些話，心裡有數，其實福安王又哪裡不想留在京城？可父皇不鬆口，那是沒有法子的。

他道：「二哥好好歇息，我改日再來看你。」

他帶著姜蕙走了。

午時，眾人一起用膳時，姜蕙謹記梁嬤嬤教誨，一絲不苟，不曾犯錯。飯後，永安公主與駙馬來了，她笑著道：「一來為看看皇祖母、父皇母后，二來，昨日看到阿蕙，當真喜歡她，我想著興許以後也見不到幾面。」

照常理，可不是要去衡陽，可這話，皇上皇后都不愛聽。皇后淡淡道：「有什麼見不到的，戎兒跟阿蕙得住一陣子呢。」

太子妃微微垂下眼眸。

永安暗自心想，原來傳言是真的。

她高興地笑起來。「那再好不過了。」她上前拉住姜蕙的手，與皇后道：「母后，聽說阿蕙只來過宮裡一次，我領她四處看看，可好？」

皇后同意。「也好，妳們熱鬧熱鬧去。」

永安看太子妃。「阿瑤去不去？」

太子妃搖頭。「我乏了，便不去了。」衝姜蕙溫柔一笑。「下回妳來，咱們再多說說話。」

姜蕙頷首，道了聲好。

永安就帶姜蕙去御花園賞花，還有永寧公主。宮裡的孩子都大了，除了永寧一個姑娘還未嫁，便只有四皇子，但他才十歲，男孩自然便不與她們一起。

此時正是春季，花開滿園，還都是稀奇品種，顏色各異。

姜蕙感慨。「真美啊，不知道我能不能摘一些回園子裡種？」她問永安。「我們王府如今可空得很。」

「這有何難？」一開始永安還不知道怎麼與她說話，見她主動，笑道：「皇上那麼疼三弟，妳要什麼不行？」

姜蕙眉頭一挑。「真的？」

「當然。」永安目光在她臉上打了個轉。「妳沒聽母后說，你們能住在京城呢。」

姜蕙朝永寧看了一眼，永寧只顧著摘花，一點也沒注意。

看來這小姑娘很單純，難怪永安在她面前什麼話都敢說。

姜蕙笑笑。「能住在京城自然好，不過聽說衡陽也不錯。」

「衡陽是個好地方。」永安眼睛轉了轉。「你們去也挺好，在京城，總歸有皇兄與阿瑤在，不一樣的，便是皇上再疼三弟，也有個長幼秩序，妳在阿瑤面前也不能失了禮數。」

姜蕙眨眨眼睛。「那倒是，我在家中也得聽哥哥的。」

她一直笑嘻嘻的，永安突然不知怎麼說了。

到了下午，她隨穆戎回去。

穆戎問道：「皇姊與妳說了什麼？」

「還不是想讓我對太子妃不滿？」姜蕙冷笑一聲。「虧她不怕浪費唇舌，可誰那麼傻，才嫁進來就對長嫂無禮？」

穆戎笑起來。「妳知道就好。」

永安的手段太低，姜蕙還不擺在眼裡。她把皇上、皇后等人賞的匣子打開來，只見滿目璀璨，不由眉飛色舞道：「走這一趟，真發財了，你們皇家的人果然大方。」

看她高興得，穆戎挑眉道：「妳以後也是皇家的人了，別露出這等財迷樣。」

姜蕙哼了哼，把匣子合起來。

二人到了家裡，她叫金桂把匣子收了。「與嫁妝放一起，等我稍後來點算。」

「點算什麼？」穆戎與金桂道：「今兒娘娘沒空，出去。」

金桂看他這臉又沈了，嚇得抱著匣子就走了。

姜蕙道：「這些東西得早點查看了放起來，還有王府的，你一會兒叫人把倉庫打開我瞧瞧，收了哪些賀禮、哪些人家送的，改日都得要還回去的——」

話還沒說完，她的人就被抱起來了。

穆戎道：「妳先管著本王吧！」

姜蕙想到昨日的痛，摟住他脖子道：「會疼的，我還沒好呢，你等兩日。」

兩日？要他命啊！穆戎道：「本王會輕點的。」

再不給她請求的機會，他把她往床上一抛。

二人這邊纏綿的時候，衛鈴蘭正拿針扎小人。

可扎了幾日，又有何用，她還是順利當上了王妃，今日都去宮中拜見皇帝、皇后了！

衛鈴蘭拿剪刀把小人剪了個粉碎，藏在匣子裡鎖了，這才叫丫鬟進來。

「過幾日皇祖母生辰，我上回沒弄完的繡屏，妳們拿過來。」

皇太后的生辰在四月三日。

丫鬟應一聲，笑道：「姑娘手藝好，繡屏繡得真好看，太后娘娘定然喜歡的。」

衛鈴蘭笑一笑。她這姨祖母是疼她，可又如何？她怎麼也不肯把自己嫁給穆戎，眼睜睜讓她失去他……不過穆戎也可惡，前段時間，她尋得機會在宮中相遇，他竟然連看都不看她一眼；她主動說話，他勉強答應，眸中竟有些厭惡。

她知道，定是姜蕙在他面前說了難聽的話才會如此。

衛鈴蘭把針扎入羅布。

那賤人得逞了，將來還會當上皇后；而她呢，必定會死無葬身之地，不只如此，他們衛家定也不會有什麼好結果……

她面上露出幾分猙獰。她絕不會讓姜蕙逍遙快活的！

第四十三章

越國但凡姑娘嫁出去，到第三日都要回門。

這回門，女婿得送回門禮，岳父岳母也要設宴款待。上回入宮，皇太后、皇后私下就提醒穆戎了，何遠當然也知道這件事，故而提前一日又與穆戎說。

穆戎才起來，昨日總算盡興了一回，鬧到大半夜，頭一次睡到日上三竿。聽何遠說這件事，他點點頭。「你把庫房鑰匙拿來。」

他在衡陽有個王府，自小伺候的嬤嬤、丫鬟婆子、下人都扔在那兒，平日裡四處走動，隨身就只帶何遠與周知恭，故而一些瑣事都是何遠處理，要說王府第一忙人，定是他。

何遠聽見他要鑰匙，鬆了口氣。這家早就不該他來當了。

他連忙把鑰匙交給穆戎，王府的對牌也都拿出來。「不如讓王妃再見見幾位管事。」

這是在移權了，穆戎瞅他一眼。「急什麼？那些你先管著。」

何遠嘴角抽了抽，下去了。

穆戎拿了鑰匙又進去內室。

姜蕙剛醒，睡眼惺忪，懶懶地叫了聲殿下，一頭秀髮如雲散在枕上。她並不起來，側著身子半邊臉埋在被子裡，眉頭還微微顰著。

穆戎坐到床邊，見她這嬌態，想到昨晚上她的哭泣，自己是舒服了，卻把她弄疼了，想必今日累得很。他把鑰匙放在床上。「這是庫房用的，後日要回妳娘家，妳看有什麼好的，一併送了去。」

難得的溫柔語氣，好似為補償她受的苦。

姜蕙暗地裡撇撇嘴。不懂憐香惜玉，不知道昨兒溫柔些，現在卻是晚了。

但有總好過沒有。她拿了鑰匙，詢問：「可是殿下說的，當真我想送什麼就是什麼？」

「當然，這庫房以後都是妳的。」穆戎對錢財之事很大方。

姜蕙歪著頭。「都是我的，意思是我可以拿去賣錢不成？」

「那不行，都是皇家的東西，賣錢教人恥笑，只能送人。」穆戎皺眉。「妳還缺錢不成？妳要什麼，本王買給妳。」

整個衡陽都是他的，他從不為錢煩惱。

姜蕙嘻嘻一笑。「那好。」

眉眼彎彎，好似陽光放晴，穆戎低下頭在她臉頰親了親。「那還不起來？」

她又皺起眉，搖搖頭。

「難道還在疼不成？」他有些急了，一把抱起她，拉開被子道：「本王給妳看看。」當真要分開她的腿。

大白天的，對著那麼明亮的光，就是姜蕙都不好意思，夾緊了腿，道：「不要。」

他垂眸一看，她的臉竟然通紅，他不由得笑起來，在她耳邊輕聲道：「本王什麼沒看過，妳還害羞？」

姜蕙就是不給他看，伸手拿起肚兜套在身上。「我起來了，殿下快放開我。」

她坐在他身上，女人香盈滿鼻尖，穆戎伸手摸到她身後。「上回不是還要本王給妳繫這個？」

他拿起細細的帶子，竟然給她打了個結。

姜蕙渾身一僵。男人啊，學起這些東西果真快得很！

穆戎又把她抱回床上。「一會兒派人去宮中問問，送些藥來。」

「那倒不用，沒聽說還用藥的。」姜蕙道。「阿娘與我提過，只休息兩日就好了。」

又是兩日，穆戎不痛快，他恨不得一天弄她幾回呢。

姜蕙有些生氣。「嚴重了，還得休息六、七日，殿下看著辦吧！」

穆戎心裡一打算，淡淡道：「那就休息兩日好了。」

姜蕙看他有些勉強，恨不得打他一下，氣得扭過身穿裡褲。

看到渾圓的雪臀，穆戎喉頭滾動了兩下，轉過身去。

其實也不是他想故意弄疼她，可就是忍不住，好似她身上有致命的誘惑，他難以抗拒。興許真是因為沒碰過其他女人？他暗自心想，可旁的姑娘哪裡有她這樣好看呢？恐怕也沒有她這般風情，他定是難以看入眼。

忍就忍吧，忍過去，她以後不疼了，他有的是時間。

他輕咳一聲，走了出去。

二人吃飯時，穆戎看她又不說話，安靜得連咀嚼聲都聽不到一點，他想起一事說道：「四月三日是皇祖母生辰，妳看看，送什麼好。」
姜蕙差點嗆了一下。「殿下怎麼不早說？這都沒幾日了。」
「也不是大生辰。」穆戎道。
「那殿下平日都送什麼？」她放下筷子，表情認真。
「就是些稀奇小玩意兒，去年送了一尊掌上玉佛。」
姜蕙想了想。「我才嫁給殿下，光送這些可能不夠誠心。」她道。「再者，便是尋常人家，女兒家都會送些親手做的東西，我祖母生辰，我便送了好些繡活。」
「宮中有尚衣局，哪需要妳做這些。」穆戎語氣淡淡。「不必費心這個。」
姜蕙便沒說話。
兩人用完膳食，去園子裡走時，她又問：「皇祖母與殿下，感情如何呢？」
穆戎沒想到她會問這個，笑了笑，道：「本王知道妳忌憚皇宮，可宮裡，尋常時候與普通人家也一樣；皇祖母於本王，也等同於妳祖母與妳，沒多少區別。」
那是感情還算不錯了。
姜蕙點頭想了一下，又問：「那殿下與太子殿下呢？」
她一直不明白穆戎的想法，為何要毒死太子，便是爭奪皇位，也未免太過殘忍了。
穆戎眸色沈了一些。「妳與妳哥哥又如何？」
「自然很好了。」
他唔了一聲。「看得出來，妳哥哥很為妳打算，也很關心妳。」他挑了挑眉。「妳幼時，好吃的也讓給妳吃？」

「是啊。」姜蕙笑起來。「哥哥是這樣的，不過有時也會瞎操心。」

她提起家人，眸光璀璨，笑意盈盈，像是件很幸福的事情。

他看向遠處。「院子可想好怎麼安排了？」

不再提剛才的，姜蕙心知他是不想說了，當下也不勉強。

他本就不是願意傾吐心思的人，今日與她說這些，已經是很難得。

她笑道：「這個不急，倒是我想到送皇祖母什麼了。」

他好奇。「送什麼？」

她先不說，往書房走去。

「要寫字？」他問。

她點點頭，挽起袖子磨墨。

穆戎在旁邊看著，眼見她磨了墨，鋪了宣紙，提筆寫了一個「壽」字，他笑起來。「是百壽圖嗎？」

因那個字很小，而且還是篆體，正常是不會這般寫的。

「是啊，殿下，咱們兩個一起寫張百壽圖送皇祖母，她肯定喜歡的。」姜蕙道。「你覺得呢？」

看樣子，穆戎肯定很久不曾送皇太后親手做的東西了，而他們兩個新婚，一起寫這個，也是別有一番意義，老人家豈會不高興？

穆戎看她興致勃勃的，也不拒絕。「行。」

姜蕙很高興，把筆給他。「你來，咱們輪流寫，不能重複了。」

可寫到第六十三個字，她寫不出來了，拿著筆想了好一會兒。百壽圖她很久沒寫，一時記不得所有的字體，怎麼想都與之前相同。

見她苦惱，他手伸過來握在她手上，徐徐寫了一個「壽」字。

他的手很大，手指修長，完全包住了她的，姜蕙感覺到他的臉就在耳側，莫名地心跳起來。

他語氣嘲諷。「還說寫這個，自己竟忘了。」

「妾身沒有殿下學識淵博。」她縮了縮手。

「亂動什麼？」他握緊她。「等寫完。」

他人也貼得更緊，身上紫袍熏了香，味道圈住她，竟教她有些頭暈。

她忽然沒了力氣，由著他領著她寫，身子往後微靠，全倚在他懷裡。

髮上的桂花香，飄入他鼻尖，身上暖意也漸漸重了，熱得他要出汗。他皺了皺眉，忍住要把她壓在桌上的衝動，還是把這百壽圖慢慢寫完了。

姜蕙的手得到自由，拿給他看，掌心全是汗。「都濕了，殿下握得真重。」

他衣服還濕了呢！穆戎沒好氣。「是妳自己要寫的。」

姜蕙哼了聲，拿起百壽圖看，又喜孜孜地道：「寫得真不錯，我叫人裱起來。」

她快步走出去了。

穆戎拿出帕子擦了擦手，又緩緩吐出一口氣。

二人正要去內堂，何遠過來道：「太后娘娘送了一些宮人來，說王府才開府，定是缺人，叫殿下先用著。」

穆戎道：「都叫進來。」

一共有十六個人，八個貼身侍女，四個粗使婆子，四個粗使丫鬟，本來全都是宮人，不過送到王府便是王府的人了。

姜蕙一看，心裡有數，說是說給王府的，其實都是給她支配的。穆戎一個大男人，只管外事，這幾個全是女的，不是她管誰管呢？她逐一瞧過去，目光落在一個十三、四歲的小姑娘臉上時，她怔住了。

這不是桂枝嗎？原來桂枝竟是皇太后送入王府的。

姜蕙上輩子可不知，她那會兒到了衡陽王府，桂枝就被調來服侍她。

桂枝長得和善可愛，府中發生過什麼事，也會同她講一講，故而姜蕙真的不曾提防她，因為桂枝原本也與她沒有任何利益衝突。誰想到，最後自己竟被她毒死……她眉頭擰了起來，面色複雜。

穆戎問道：「怎麼了？」

她搖搖頭，笑一笑。「我是頭疼怎麼安排，因為早習慣我原先幾個奴婢伺候了。不過既是皇祖母送來的人，想必都很能幹，總不好就這麼閒著了。」

她不要她們服侍，那是不給皇太后面子；要了，她對這些人又不熟，不清楚她們各人的目的，尤其是桂枝。

不過她上輩子就想到，桂枝定是衛鈴蘭指使的，要麼是收買，要麼是威脅，必定不是桂枝自己的主意。

那這次，衛鈴蘭還會利用她嗎？

想來是不會，因為衛鈴蘭自從她扭轉姜家命運時，必定就猜到她是重生的，那麼又豈會不知她不信桂枝？桂枝應是個棄子。

可總是不放心。

穆戎淡淡道：「人是有些多，妳不必急於一時。」他吩咐下去。「先都安置在西跨院。」

西跨院門一關，便與他們絲毫沒有關係。

有個聰明相公還是好事，姜蕙衝他一笑。

其實不只她，穆戎又哪裡不是疑心重的人？

張婆子領她們去西跨院。

桂枝走在其中，微微扭頭看了姜蕙一眼，她旁邊的侍女玉湖輕聲道：「沒想到竟然不要咱們服侍呢。」她有些不屑。「真當自己什麼人了，不過是運氣好，太后娘娘——」

她沒說完，桂枝輕斥道：「別胡說了，到了王府，就該聽娘娘的。」

玉湖閉了嘴。

張婆子回來，告訴姜蕙這番話，笑道：「那叫桂枝的倒是知禮數。」

姜蕙微微一笑。

桂枝向來討人喜歡，早先是伺候沈寄柔的，後來伺候她，從來不說人壞話，提到沈寄柔，言詞間只惋惜她單純，故而她也對桂枝生不出厭惡之情。

她擺擺手叫張婆子退下去，隨後與金桂、銀桂去庫房點算。

比起衡陽王府，這邊的庫房還比較空，裡頭東西都是穆戎大婚時，皇上等人賞賜下來的，還有些便是眾位皇親國戚、官員送的賀禮，卻占滿了半間庫房。

兩個丫鬟這輩子沒見過這麼多貴重的東西，當真是眼花撩亂，只顧著東瞅瞅西瞅瞅的。姜蕙看了一會兒，挑了幾樣出來，一邊與二人說話。「那叫桂枝的，妳們平日裡盯著點，沒動靜就算了。」

金桂奇怪。「可是娘娘看她哪兒不對？」

姜蕙瞧她一眼。金桂不敢問了，忙應了聲是。

誰知姜蕙又瞧她一眼，這回是嘆了口氣。

如今她身邊最信任的就是金桂，這姑娘勝在忠心，嘴巴也嚴，她倒是用得順手；至於銀桂，比較老實，但也算不錯，可好些事姑娘家不方便去查，她得有兩個信任的男心腹，最好還懂點武功。

這次回門得與二叔、哥哥說一說。她打定主意，又去挑東西了。

等回頭與穆戎一講，穆戎想也不想就同意。「放在庫房也無用，妳送走吧。」

姜蕙便不客氣，立時就與那些隨從說。

到了後日，二人坐了車去姜家。

眾人一早就盼著了，聽說他們回來，老太太喜得差點要去二門處迎接，胡氏忙拉住她。

「娘，再怎麼說您也是祖母，即便女婿是親王，照理叫聲祖母也應該。」

「是啊，就在這兒等著，一把年紀了，沒得摔到。」老爺子雖然也興奮，但比老太太淡定一些。

姜蕙從車上下來，老遠就聽到寶兒的聲音。「姊姊、姊姊，妳總算回來了！」

她一路跑來，姜蕙忙道：「小心摔了。」

寶兒已經衝到她懷裡，抱住她的腿。「妳不在家，我睡也睡不好，想到明兒見不到妳，我難過死了！姊姊，妳這回回來是不是就不走了啊，還跟以前一樣？」

穆戎在旁邊，面色沈了沈。小孩兒胡說什麼，嫁給他了還能住娘家？

見女婿不樂，姜濟達一把拉過寶兒。「阿蕙嫁人了，不能回來的。寶兒乖啊，快些見過妳三殿下姊夫。」

姜蕙噗哧一笑，知道父親是緊張，畢竟眼前的人是親王。

穆戎道：「岳父不必多禮，這是寶兒吧，叫本王姊夫就行了。」

寶兒歪著腦袋瞧他。他長得太高了，看一眼，脖子都疼。

姜蕙彎下腰抱她起來。「寶兒，快些叫姊夫。姊姊如今嫁給他，便是與他住一起的，斷不能再住這兒。」

寶兒眸子轉了轉，拉住她的手。「姊姊，那我搬去與妳住？」

姜濟達聽了頭疼。

姜蕙朝穆戎看一看。

寶兒機敏，連忙對穆戎道：「姊夫、姊夫，我也住你那兒，好不好？」

她一雙明亮如寶石般的眼眸眨啊眨的，穆戎垂眸看著她，心想，不知姜蕙小時候是不是也生得這個模樣，當真是可愛極了。可他並不決定此事，與姜蕙道：「妳看吧。」

她願意，他無不可；她不願，他自然沒什麼好說的。

姜蕙笑起來。果然他會同意。

府裡多一個小女孩罷了，印象裡，穆戎也不是那麼小氣的人，當然，假使他不同意，她定然要給他臉色看。

上輩子就不幫她尋寶兒，這輩子還不給她住，太沒天理了。

寶兒歡呼起來，摟住姜蕙的脖子。「咱們又能天天見了，姊姊，晚上我跟妳一起睡。」

穆戎心裡咯噔一聲，忽然覺得自己可能做錯了事情。

姜濟達頭上直冒汗，連忙把寶兒牽過來，輕聲訓斥道：「再胡說，我一會兒告訴妳娘去！」

幾個人很快就走到上房。

梁氏在門口，姜蕙見到她就撲到母親懷裡。「阿娘！」

穆戎上前稱呼岳母，梁氏連忙還禮。

姜辭並不拘束，笑道：「殿下，咱們如今是一家人了。」

穆戎伸手拍他肩膀。「可不是，下回還與你一起去狩獵，你射箭練好，下回自己打麅子。」

又看看姜照、胡如虎。「你們也是，雖然年紀小，強身健體總是好事。」

姜辭哈哈笑起來。「是，殿下。」

那兩人也應聲。

進入屋內，穆戎又去見過老爺子、老太太與姜濟顯、胡氏。

眾人都站起來還禮。

老爺子直盯著穆戎瞧，眼睛笑得瞇成一條線。自從自家孫女兒嫁給三殿下，他出趟門不知道多少人巴結，京城上下無人不知的，他們姜家到他這一代，真是出人頭地了，不只兒子出色，孫子、孫女兒也個個有能耐，竟然還出了個王妃。

「哎呀，殿下，咱們阿蕙有福氣嫁與你啊！阿蕙，妳可要好好服侍殿下，不得使性子，可不是在家裡，還是個姑娘了。」老爺子叮囑，對穆戎是滿臉的喜愛。

姜蕙不以為意，可自家祖父開口，她能說什麼，只得應了一聲。

穆戎看她一眼，笑了笑。

胡氏此時目光在姜蕙身上打了好幾個轉，眼見她穿的戴的都是尋常見都見不到的，那心裡滿是羨慕。可塵埃落定，她大女兒總是沒這個福分了，人得識時務，就忙著誇姜蕙。

姜蕙命人抬了回門禮過來，在院中一放下，只見有一大件紅珊瑚屏風、兩座金蓮花盆景、青玉瓶兩件、紫貂皮十疋，還有些零零碎碎的小件，擺了好大一個地方，眾人眼睛都瞪大了。

姜蕙笑道：「都是殿下送的，祖父祖母、阿爹阿娘莫客氣了。」

那都是她自己挑的，穆戎好笑，只是見她為娘家做些事，心裡頭高興便罷了。

老爺子連聲道謝。這些東西擺在家裡，真是氣派多了，以後旁人上門來，更是不會小瞧。

他命姜辭招呼穆戎坐坐，姜蕙這才有時間與姜瓊、胡如蘭說話，又與梁氏說寶兒的事。「殿下答應我帶寶兒去住幾日，寶兒怕是不慣我不在家，等習慣了，又得想娘了，到時定會乖乖的。」

梁氏倒沒什麼，姊妹兩個自小感情便很好。「就怕打攪了。」

「無甚，王府冷清得很。」

梁氏聽了，便讓人給寶兒收拾些衣物，又輕聲笑道：「好些人家看上阿辭呢，都有意把女兒嫁給他，就是不知定哪個。」

「哥哥可吃香了，阿娘得好好挑，到時看中了與我說一聲。」

梁氏笑著摸摸她的頭，滿是慈愛。「今日見著殿下，我倒是放心了，瞧他對妳不錯。」

「哪裡呀！」姜蕙鼓起嘴。「老是欺負我，只還不嚴重，不然我定讓阿娘幫我出口氣。」

她越這麼說，梁氏越放心，只笑她調皮。

姜蕙逮到機會與姜辭要人。「家中之前添了不少護衛，你可有覺得合用的，選兩個送我，我少人用呢。」

姜辭奇怪。「王府還少人？」

「那些隨從都是他的，我想有兩個完全是自己的人。你得空與二叔說一聲，我今兒也沒空再去找二叔了。」姜蕙道。「你也知皇家的事情，我心想總得備兩個，便是鋪中有事，我也用得著。」

姜辭想了想，答應了。

到了午時，用完飯，他們也不好久留，便回了王府。

路上，三人坐一輛馬車，姜蕙抱著寶兒，與她說笑。穆戎一個人坐旁邊，又不能抱姜蕙，更不能說親親摸摸了，且看她們姊妹兩個好得很，姜蕙理都不理他，讓他差點生了悶氣。

幸好姜蕙還未真不理他，見寶兒有些睏了，便叫她靠著窗坐，挪到穆戎身邊，笑道：「謝謝殿下同意帶寶兒過來。」

穆戎輕聲道：「晚上可不能與她睡。」

他板著臉，極是嚴肅，只是這話讓人聽出幾分可愛。

姜蕙噗哧發笑。「殿下不是要忍兩日，我與她睡不睡又有什麼？」

「那也不行。」穆戎道。「不然送她回去，反正才走不遠。」

「好了，不睡就不睡。」她無言。

穆戎把她攬過來，現在得輪到他抱了。

第四十四章

回到府中，姜蕙就命人給寶兒準備一間廂房。

寶兒第一次來，很興奮，要姜蕙帶著四處看看。

「姊姊住的地方真大，比咱們家大多了。」寶兒歪著腦袋道。「就是人好少，何時把阿爹阿娘也接來呢？」

真把這兒當自己家了。姜蕙捏捏她鼻子。「妳別給我裝傻，這麼大的姑娘，真不知道什麼是嫁人？我這回是疼妳，接妳過來與我住，可不能得寸進尺了，省得殿下把妳趕回去。」

「唉呀，姊夫真那麼凶？」寶兒吐吐舌頭。

「凶呢，妳下回別惹他，別胡說八道了。」

寶兒小大人一樣嘆口氣。「我這不是想妳嘛，姊姊，如今家裡就只二堂姊跟表姊了，一點也不熱鬧。」

姜蕙牽著她的小手，笑了笑，道：「長大了就這樣，寶兒，聚少離多，妳以後慢慢就清楚了。人啊，越大煩惱事越多，若是一直像妳這般大該多好呢！」

寶兒皺了皺眉。「姊姊有煩惱事？是不是鋪子不掙錢？」

姜蕙哈哈笑了。「我現在錢可不少，寶兒想要什麼儘管與我說。」

寶兒嘻嘻一笑。「嗯，等我想好了告訴妳。」

姊妹說笑著走遠了。

過一日，姜辭送兩個隨從來，一個叫杜濤，一個叫趙慶喜，兩人武功都很不錯，前者還是跟著姜濟顯的，對那些衙門的事很了解。姜蕙見過後很滿意，當下派杜濤先去查桂枝的背景。

原來桂枝是京都人，前兩年被選入宮，家中只有一父一弟，父親去年去世，弟弟在家中務農，並無可疑之處。

可姜蕙晚上有些睡不著，在床上翻來覆去的。

穆戎皺眉道：「莫非是為那個桂枝？」

她做什麼，他都知道。只是姜蕙是有主意的人，他本不想管，反正也是用了姜家的人。可現在，他卻無法不管了。本來就在忍著不碰她，她偏生不好好睡。

姜蕙忙道：「是不是打攪殿下了？」

「一張床上，妳說呢？」穆戎披衣坐起來。「到底何事？」

姜蕙不知道怎麼說，想一想，道：「我怕說了，殿下不信。」

穆戎挑眉。「妳先試試。」

「便是因那個夢了。」姜蕙嘆一聲。「夢裡桂枝毒死我，我本以為這是不準的，誰想到後來真見到她……」

「難怪妳不肯用她們。」穆戎當日是見到她表情的。

「是，可我派人去查，卻查不到任何端倪，但我……」她咬了咬嘴唇。「我還是怕被她毒死，偏偏她又是皇祖母的人，我動不得，總不能莫名其妙趕她走。」她抬頭看向穆戎。「殿下，我知道這聽起來可能像是胡說，畢竟上回周王謀反，殿下是有察覺的。」

穆戎盯著她瞧。這又是她能預見的本事？

他思忖片刻。「妳原先夢準了的，未必會出錯。」他叫來何遠吩咐幾句，摟著姜蕙就睡了。

過了一會兒，姜蕙便聽見外頭一陣吵鬧，她嚇了一跳。「什麼事？」

穆戎道：「妳不是怕桂枝嗎？本王給妳解決了。」

姜蕙一頭霧水，什麼意思？

「睡妳的。」穆戎按下她腦袋。「別動來動去的了，不然別怪本王反悔。」

她只覺身後有灼熱的東西抵著自己，連忙不敢動了。

第二日起來，她正梳頭時，金桂急慌慌地道：「娘娘，昨兒竟有毛賊闖進西跨院，一陣鬧騰，嚇得那些人四處逃竄，幸好有護衛趕跑了。後來一清點人，桂枝不見了！娘娘，這可怎麼辦好，娘娘還叫奴婢盯著，好好一個活人居然就消失了？」

原來他說的解決竟是擄走桂枝不成？

等到二人獨處時，她忍不住問：「殿下把桂枝抓去哪兒了？若是皇祖母問起呢？」

「便說有賊入王府，她趁亂逃走便是。」穆戎語氣淡淡。「不過一個侍女，誰會花工夫去找？這事妳別管了。」

她吃了一驚。可見桂枝是沒命了，他一出手當真是狠辣，不把人命當人命的。

穆戎見狀道：「怎麼，本王幫了妳，妳還不樂？」

「不是不樂。」她從來都知穆戎的冷血無情，雖然剛才有些驚心，但很快便明白過來。這才是他的真面目，這才是他真正的生活。只是沒料到，他在自己面前竟然毫不遮掩。

興許是他們共同經歷過那些事情？也是，她那會兒也不曾遮掩，還希望穆戎為此不喜歡她，結果，他可能還覺得臭味相投。

姜蕙伸手撫一撫額頭。「我想桂枝可能是遭人威迫，如今卻解不開那個謎團了。」

「背主的東西，便是被人要脅，那也不該活著。」穆戎看著她，目光凝定了似的，忽地手指敲了敲桌面，緩緩道：「妳作的夢，除了這些，便無旁的了？」

她被他看得心裡發毛，暗道，難道他還想知道將來皇帝是誰？

她搖搖頭。「是，暫時無旁的。」

「暫時？」他挑起眉，笑了笑，黑眸好似一汪深潭，透出幾分陰冷。「若有旁的，記得告訴本王。」聲音特別輕，又特別清楚。

姜蕙突覺身上一寒，暗想這人幸好不是自己仇敵，不然真不知道怎麼弄死他呢。她答應一聲，微微笑道：「不管如何，殿下替我解決了煩心事，仍是要謝謝殿下。」

「可不能光靠說。」穆戎走過來，手輕撫在她唇上。「本王算了算，前日、昨日，已經兩日了。」

前一刻還陰森森的，這刻又來索愛。姜蕙還未答應，已經被他打橫抱起放在書案上了。

「在這兒？」她臉發紅。「這兒什麼都沒有……」

「有桌子，有本王就行了。」上回與她寫字時，他就想了，現在正好過個癮。

他壓下來，扯了她的衣服。外面的人聽見桌腳與地面磨擦的聲音，一個個忙走遠了些。

到了四月三日皇太后生辰，二人一大早就起來。姜蕙穿戴整齊後，與穆戎道：「與咱們成親隔得近，聽說好些親戚都還沒走，那定是熱鬧得很了。」

穆戎立在她身後，瞧著她鏡中妍麗的臉，笑了笑，道：「是，今年比往年都熱鬧，還請了城中的戲班來演雜劇。」

「雜劇？」姜蕙很有興趣。「據說有人會幻術，不知真假，外頭傳得神乎其神的。」

「自然是假的。」穆戎好笑。「憑空變出東西是真的話，那豈不是要被人拜作神佛？只是些迷惑人的手段，妳瞧著。」他伸手忽地拍向她右肩，姜蕙與兩個丫鬟忙朝他看去，他左手卻憑空多出一支金鳳銜珠簪子。

姜蕙忙用手一摸髮髻，驚訝道：「殿下拿了我簪子？」可她一點也沒察覺。

穆戎道：「妳光顧著我拍妳。其實這也叫聲東擊西，不過我這還不夠好，原理是一樣的。」他竟為個幻術解釋得很認真，姜蕙詫異。

二人從屋裡出來，用早膳時，穆戎道：「妳沒使人去喚寶兒。」

「今兒人多，還是不帶她去了。」姜蕙最怕丟失寶兒，還是留她在家中。

穆戎便沒管。

到了宮內，他們首先去慈心宮拜見皇太后，除了送些貴重的禮物外，還有一幅百壽圖。穆戎笑道：「是孫兒與阿蕙一起寫的，恭祝皇祖母大壽，福如東海、春秋不老。」

皇太后拿來百壽圖看了看，笑咪咪道：「定是阿蕙的主意，是不是？」

穆戎頷首。「皇祖母真是明察秋毫。」

皇太后招手叫姜蕙過來，笑容慈祥。「已經有好些年沒人給我寫百壽圖了，他們小時候倒是會，後來大了，不肯費這個心了。」她指指上頭的字。「寫得真好。」

「皇祖母看出哪些是殿下寫的？」姜蕙笑問。「殿下自詡寫的字好，說妾身不如他呢。」

皇太后哈哈笑了。「都好、都好，妳的不差，我可看不出來。」

姜蕙朝穆戎一眨眼，眸中像是有星光閃耀，說不出的可愛，他恨不得立時把她拉過來。

眾人也紛紛獻上禮物。衛鈴蘭也來了，送一幅繡屏，那華景繁複，有山有水，這是要花很大工夫。而且她女工也好，栩栩如生，乍看像是畫上去一般，滿是靈氣，大家都稱讚起來。

衛鈴蘭微微得意，朝穆戎看去，卻見他正低聲與姜蕙說話，嘴角揚著，含著淡淡的笑意，說不出的迷人。她不由得咬住了嘴唇。

倒是姜蕙抬起頭，朝她送過去一瞥。衛鈴蘭對上她的目光，轉過頭，好似怕了她似的。

姜蕙眉頭皺了起來。這不像衛鈴蘭的一貫作風啊，她不是輕易投降的人，莫非是想麻痺自己？姜蕙揚了揚眉。

這時何遠突然走過來，在穆戎耳邊說了幾句。

穆戎面色一變，立時與何遠走到僻靜處。「可抓到人？」

「抓到了，只是又服毒死了，藥竟是之前就服下的。這些魏國餘孽當真是不擇手段！幸好從他身上搜到一封信，信中提到已有人混入宮中，預備刺殺。」

第四十五章

魏國被滅國後，作為皇室，沒有誰心甘情願臣服。當初越國大軍的屠刀下不知道死了多少人，只是少數皇室在忠心之人掩護下還是逃走了，比如魏國六皇子、八皇子，直到好多年後，都不曾找到屍首。

然而對百姓來說，誰做皇帝都不是最重要的，最重要的是他們有飯吃。

是以越國派了官員前往振興魏國，很快就把魏國納入越國的版圖。

只是魏國皇室仍時不時有些動作，引起官員們的注意，也曾數次上奏疏提醒皇上，要求殲滅那些人，可他們神龍見首不見尾，要抓卻不容易。

這次的消息乃是五城兵馬司指揮使盧南星傳於他的。

盧南星在他幼時乃禁軍侍衛，後來調任至兵馬司，一路青雲直上，沒幾年就坐到了指揮使的位置，兩人甚有私交。

「此事須得稟告父皇，你叫他立即入宮！」穆戎下令。

何遠忙去了。

穆戎回來，姜蕙剛才見到他神情不佳，忙問出了何事。

穆戎輕聲道：「可能混了刺客進來，妳一會兒莫四處走動。」

她眼眸睜大。「刺客？要殺誰？」

她雖然託了重生的福，可好些事並不知，尤其是這兩年穆戎身邊的事，因為上輩子的這時候，她剛剛落入曹大姑之手，整日被關著，又哪裡知曉外頭發生了什麼？原來這一年這一日，竟有刺客躲藏在宮裡。

「殿下，你也莫要走遠。」眼見穆戎像是要離開，她一把抓住穆戎的手。

看她關心自己，穆戎目光柔和了一些。「無妨，只是出了這事，本王須得與父皇、大哥、二哥商量一下。」他叮囑她。「妳與大嫂待在一處，小心些。」

姜蕙點點頭。

穆戎吩咐護衛幾句，叫他們保護姜蕙，這就轉身走了。

正殿裡。

皇上聽說有人要行刺，立時就想到在揚州的事情，臉色有些白，忙道：「那今日壽宴不能擺了，快些叫你們皇祖母避一避！」

太子也在場。「已去說了。」

誰料話音剛落，皇太后疾步走進來，怒目圓瞪道：「豈有此理！這等日子，竟被魏國餘孽混入，不知那些護衛如何做事的！哀家不躲，宮中那麼多人，為幾個餘孽嚇成這樣，成何體統？」

皇上變臉。「母后，這可不是兒戲。」

「要躲皇帝去躲，多半是衝著皇帝你來的，稍後便說身體不適，但哀家要看完整場戲。」皇太后很惱火。「魏地有如今的繁榮，少不了咱們的功勞，魏地子民安居樂業，也是咱們的貢獻。

那些狼心狗肺的東西，那回當真該趕盡殺絕的，如今還跟跳梁小丑般現眼！皇帝，你吩咐下去，防備歸防備，不能驚動到客人。」

便是福安王都皺起了眉。「皇祖母，可萬一……」

「沒什麼萬一的，等發現他們，必得一擊即中，到時候把那些人的人頭掛在城牆上，以儆效尤。」皇太后心意已決。

比起兒子的軟弱，皇太后是真正的強者。

皇上嘆息一聲。「母后執意如此，朕也只能聽從了，還請母后小心些。」

他吩咐宮內所有的侍衛、錦衣衛都進入警戒狀態，一等賀壽結束，一個個盤查。

皇太后又扶著宮人的手出去，臨到門口忽地問穆戎。「聽說王府昨兒有賊人闖入？」

「是，孫兒還未來得及提，有個叫桂枝的宮人失蹤了，不知是被人擄走，還是私自逃走，孫兒還在查。」穆戎並不驚訝，表現得很鎮定，好似真有這麼一樁事。

皇太后皺起眉頭。「是得好好查，竟敢闖入王府行凶。」

她走了出去。

衛鈴蘭等在門口，忙上去扶皇太后，關切道：「姨祖母走那麼快，可教我擔心了，是出什麼事了嗎？」

「無事，妳莫管，一會兒好好看戲。」皇太后本想與她說桂枝的事情，想想又算了。

小姑娘知道了興許難受，畢竟桂枝是她親手救的一條命，如今人不見了，總不是好事。

二人又回到園中。

今日皇太后生辰，眾人都聚在園中。姜蕙立在太子妃旁邊，太子妃心思玲瓏，輕聲詢問：「好似妳有心事？可是三弟告訴妳了？妳莫怕，宮裡這麼多護衛，妳就與我一起。」

原來太子妃也知道，看來定是太子說的。

姜蕙點點頭。「我不怕，倒是大嫂妳有喜，不能受到一點驚嚇的，要不還是回殿內吧？」

太子妃見她眼裡真有關心，笑一笑，道：「好，我一會兒就走，那妳呢？」

「我還是留下來，皇祖母也在呢。」

太子妃目光閃了閃。「妳倒是勇敢，與皇祖母一樣。」

「哪裡，我也擔心殿下。」她露出擔憂的神色。「他要是出點事，我可不知道怎麼活了。」

太子妃安慰她。「定是不會的。」

姜蕙沒說話，朝衛鈴蘭看去。等到太子妃走了，她與穆戎留下的護衛道：「你給我死死盯緊了衛二姑娘，她一會兒去哪兒，你也跟著，再稟告我。」

護衛有些奇怪，不過既是王妃的意思，他定然聽從，當下應了一聲是。

姜蕙走到皇太后身邊，眼看戲班開演了，她漸漸有些焦躁起來。

那是一種說不清楚的情緒。

興許是她不知未來會發生什麼，興許因為有衛鈴蘭在旁邊。

是了，因這兒是京城，是衛鈴蘭生長的地方，並不是她的，這兒有太多她未知的事情，只是今日竟還多了突然到來的刺客……他是誰呢，到底又要殺誰？

姜蕙抿著嘴，見穆戎還未回來，她垂下頭，雙手握在一起。

不知他會不會有危險？她又搖搖頭，應不會。

至少她知道，他能活到二十五歲。

穆戎此刻正與太子在一起。

「父皇已避入乾清宮，也不知那些刺客還會不會動手。」太子看向穆戎。「三弟你一向聰明，不如猜一猜，咱們也好擬定計劃，四處佈置，好活捉他們。」

「恐怕不會。」穆戎認真道：「若是想行刺父皇，不能得手，又何必多此一舉？他們魏國餘孽死士不多，想這幾年，俱是一擊不中全身而退，不願多犧牲一人。」

太子眉頭挑了挑。他這個弟弟是真聰明。

他嘆口氣。「那恐怕今日皇祖母要失望了。」

穆戎並不作聲，半晌道：「我只好奇那信到底是寫給誰的，若我沒有猜錯的話——」

正說著，前頭忽然傳來輕微的動靜。

二人急忙令護衛去查看，穆戎的手放在腰間懸掛的寶劍上，慢慢向前。

那處離皇太后看戲的地方並不遠，卻又獨屬一處，分外僻靜，有好些適合藏身的地方，假使真有刺客，興許會選此處。穆戎與太子道：「大哥，咱們分頭去尋。」

他二人自小習武，又帶了好些侍衛，自是不怕刺客的，只想親手抓到他們。

太子點點頭，往東邊而去。

穆戎去往反方向，結果走沒幾步，卻聽到衛鈴蘭的聲音。「三殿下。」

穆戎眉頭皺了起來，轉過身道：「妳來做甚，還不快走？」

「殿下，我剛才路過這兒，見到一個黑影。」衛鈴蘭表情很是緊張，立在離他一尺遠的地方道：「我看著不像是宮中侍衛，便想來瞧一瞧怎麼回事，可殿下怎會在此？」她四處一看。「而且此處怎有那麼多侍衛？」

穆戎懶得與她解釋。「這與妳無關，妳快些走吧。」

正當說著，衛鈴蘭瞪大了眼睛，大叫道：「殿下，小心！」她使出渾身的力氣一把推向穆戎。

小小女子突然之間使出的力道竟然大得驚人，穆戎猝不及防，被她推得退了一大步。

剎那間，只見牆頭一枝箭已射過來，直插入她的手臂。

她哀呼一聲，倒在地上。

穆戎疾呼道：「刺客在此！」

眾護衛急忙跑來，抬頭看去，原來竟在一處屋脊上。

他們一路喊著追了過去。

穆戎低下頭查看衛鈴蘭的傷勢，只見她臉色慘白、眉頭緊鎖，再看手臂，那處的血竟然變了顏色。

箭上有毒！

他俯身抱起衛鈴蘭，疾步往太醫院而去。

姜蕙聽了護衛的稟告，此時才匆匆趕來，二人路上相遇，見到他懷中抱著衛鈴蘭，她整個人愣住了。

原來，還是晚了嗎……

穆戎顯然沒料到會遇上她，腳步一緩，脫口就斥道：「妳怎麼來了？本王叫妳莫要四處亂走，妳還跑這麼遠？」又朝那些護衛冷冷掃一眼。「不知道攔著王妃，回頭收拾你們！」

姜蕙走過來，輕聲問：「殿下怎麼抱著衛二姑娘？」

「難道叫護衛抱？她替本王受了一箭。」穆戎低頭看向衛鈴蘭，見她臉色更白了，又疾行起來。「本王可不想欠她一條人命。」

「我是跟著她來的。」姜蕙看穆戎抱衛鈴蘭，心裡惱恨死了，她絕不能讓衛鈴蘭得逞。她伸出手。「我來抱她。男女授受不親，便是替殿下擋一箭，那也不妥當，她以後還要嫁人呢。」

她一雙手橫插過來，落在衛鈴蘭後背上。「她比較瘦，我抱得動。」

這節骨眼上跟他搶著抱人，穆戎哭笑不得，這是要弄死衛鈴蘭吧？

這個念頭一閃過，他垂眸仔細看了姜蕙一眼。

比起衛鈴蘭，她的臉色好像也好不到哪兒去。他忽然想起她曾經說過的話，衛鈴蘭此生都會與她為敵，這是她的敵人，難怪她那麼不願意看見自己抱她。

此刻，太子從後面急匆匆地追過來，滿臉惶急地道：「聽說鈴蘭受傷了？到底怎麼回事？她怎麼會來呢？」

他走近，看見穆戎懷裡的衛鈴蘭，好似從枝頭凋零的花，毫無生氣，忍不住伸手就想碰觸一下她的臉頰，但半途又收回來，嘆一聲道：「得快些讓太醫看了。」

穆戎瞧他一眼，他面上的心疼掩飾不住，好似恨不得替她受了一般。

他腳步緩下來，忽然把衛鈴蘭往前一送。「大哥你來抱，我累了。但現在不是休息的時候，再晚一些，衛二姑娘可能會死，這箭上有毒，只怕也有些晚了。」

太子想都沒想就接過來，飛一般的往前跑了出去。

姜蕙鬆了口氣，面上的沈鬱消失了。剛剛若是陰雨天，此刻便是風和日麗。

穆戎嘴角挑了挑。「妳現在高興了？」

姜蕙一怔，臉有些紅。「殿下看出來了？」

「怎會看不出，妳做得那麼明顯。妳就那麼恨她？」

不過是個夢而已，即便可以預示，也總是夢。可她與那衛鈴蘭之間的仇恨卻是那麼深，穆戎此刻已明白，假使她有可以弄死衛鈴蘭的法子，一定會毫不猶豫地使出來。

姜蕙上前挽住他胳膊，輕聲道：「就是恨，她想殺了我，她也想嫁給你。」

穆戎眼眸瞇了瞇，姜蕙抬起頭看他。「經此一事，殿下會娶她嗎？」

她眸中滿是擔心。

「說什麼傻話，本王已經有妻子了，如何娶她？」穆戎伸手一摸她腦袋。「此事一會兒再說，妳先去太醫院看看，本王還有些事情要處理。」他轉身欲走。

只邁出去兩步，又回過頭。「這回妳好好聽話，別出來了，刺客興許還在園中。」

姜蕙忙點點頭。「好，殿下也小心些，這回可沒有……」她頓一頓，此刻才察覺其中的危險。「只怕是衝著殿下來的。」

說出這句話的時候，她心驚不已。

原先只以為是刺殺皇上，結果穆戎卻差點受傷，難怪衛鈴蘭會出現在那兒，因為她知道今日會發生這件事！

可上輩子的穆戎好好的，可見並沒有衛鈴蘭，他也不會死，興許只是會受傷……不不，應該是受了傷，但是治好了，所以衛鈴蘭才敢使用這苦肉計，她知道這毒是可以治好的！

但即便這樣，穆戎也不可能娶她，他已經有王妃了；而衛鈴蘭這樣的身分，不可能被納為側室，到底……

她立在那兒，一股寒意從心頭慢慢湧上來，疾步上前，一把抱住穆戎的胳膊。「我跟你一起去！」聲音竟有些顫抖。

穆戎怔了怔。「妳怎麼了？」

「我也說不清楚，也不曾夢到，但是我感覺……會有什麼要發生。」她眸中水光盈盈，好似要滿出來。「殿下，我可能今日會死了，假如沒有猜錯的話。」

「胡說什麼。」穆戎沒被她的驚恐感染。「有本王在，妳怎會死？」不過也沒阻止她跟著自己，伸出手牽住她，輕聲道：「突然變得這般膽小，倒不像妳。」

他寬大的手掌溫溫的，姜蕙有些心安。

二人又往剛才刺客所在的地方走去，穆戎詢問道：「可曾發現什麼？」

此時禁軍統領也來了，行一禮，道：「回三殿下，還不曾，追至東門的時候，人不見了。」

「宮門可關了？」

「一早關了。」

穆戎思忖片刻，本想要說什麼，但終究沒提，擺擺手道：「你們繼續搜尋。」等到統領一走，他輕聲吩咐何遠。「恐怕宮中有內應，一早便準備好的，今次怕是不會有結果，你派人立刻去見盧南星，細問當時的情況，叫他加派人手守在城門口。」

若是他沒料錯的話，可能刺客已經出宮了。

何遠忙去吩咐心腹。

這時，統領返回來，手裡拿著一封信。「三殿下，這是護衛之前在牆角搜到的信。」

穆戎伸手接了，他打開信，看了一眼，半晌與統領道：「你先退下吧。」

他轉過身，拉住姜蕙，力氣有些大，握得她生疼。

他忽然又放開手，在她耳邊輕聲道：「這信是寫給妳的。」

他拉住她，與她走到一處僻靜的地方，把信拿給她看。「雖然沒明確提妳名字，可信中稱呼王妃。」他嗤笑一聲。「宮中現在有好幾位王妃，除了妳、二嫂，還有幾位皇叔的妻子，卻只有妳的身上流著魏國人的血脈！」

姜蕙渾身一震，脫口道：「我不是。」

她絕不是魏國人的細作！

不等她再說，穆戎道：「本王知道，不然還給妳看什麼信。」

不用說，這定是誣陷。他這妻子雖然會作些預示的夢，有時候神神秘秘的，但還不至於那麼傻要去復興魏國，但到底是誰要陷害她？

是衛鈴蘭？她來得那麼巧，正好擋了射向他的箭，確實是有些詭異，而且他的妻子還口口聲聲說衛鈴蘭要嫁給他，不擇手段。

他的頭微微一側，看著姜蕙。「妳定是隱瞞了本王一些事，但現在本王沒空罰妳，這信若是被旁人看見，妳此刻定是要被抓了，還落個通敵叛國的罪名，便是本王救妳也有些棘手。妳說這信該怎麼辦？」

「毀了？」姜蕙道：「反正還沒人看見。」

「那一會兒齊統領上奏父皇，問本王要信又該如何？」

「這……」姜蕙眼睛一轉。「我有辦法，殿下帶我去有筆墨紙硯的地方，快些！」

穆戎原先只是逗她，但此刻倒真想看她有什麼法子，當下便領她去到乾西二所，他原先住的地方。

姜蕙拿了一張宣紙，用筆蘸了墨，隨意寫了幾個稀奇古怪的符號，有圓的，有方的，有彎彎的線條。穆戎看得一頭霧水，這寫的到底是什麼啊？看著也不像魏國的字。

「便是什麼都不像才好，這是暗號！就是讓人看不懂。」姜蕙寫完，把宣紙放在嘴邊吹。

瞧著傻乎乎得很，穆戎皺起眉，一把搶過來。「小心把口水吹到上面，放在外頭通風口一會兒就乾了。」

他把原先的信拿火燒了。

何遠道：「殿下，該去見皇上了，不能停留太久。」

雖說穆戎是被行刺的人，一般絕不會有人懷疑到他身上，但一直不出現總是不妥當。

穆戎便把剛才姜蕙寫的信裝在信封裡，二人即刻前往正殿。

太醫院裡，此刻聚集了醫術最好的三位太醫，都是皇太后請來的，而皇太后本人也在太醫院，滿臉焦急。

衛鈴蘭畢竟是她親眼看著長大的姑娘，不可謂不疼，如今見她還為救自己的孫兒差點連命都沒有，自然更是心疼了，與吳太醫道：「一定得治好她！」

吳太醫擦了擦額頭上的汗，寬慰道：「回太后娘娘，幸好來得及時，倒無大礙。只是這箭傷了經脈，恐怕二姑娘這手是不太靈便了。」

「不太靈便是什麼意思？」皇太后心頭一沈。「難道是不能用了？」

吳太醫沈默一會兒。「治好了，多加保養，還是會慢慢好轉的，幸好是左手。」

皇太后更是痛心，倒是後悔自己不曾答應衛鈴蘭，把她嫁給穆戎。

原來這二人竟有這等緣分，如今可怎麼辦？若是手真傷了，誰娶她呢？

可穆戎也已經娶妻了……

第四十六章

一帖藥從口中灌下去，衛鈴蘭恢復了點神志。她睜開眼睛，頭一眼就朝四處看，可除了見到太子擔憂的神色，見到皇太后的憐惜，不曾見到穆戎。

連他的影子都沒有。自己救了他，他竟然都不在身邊照顧她？他在幹什麼？難道這時候，竟然還顧著姜蕙不成？她又做了什麼，自己可是捨身去救他的！

衛鈴蘭只覺萬箭穿心，一口血從口中吐出來，又暈迷了過去。

穆戎與姜蕙到了乾清宮，只見太子並不在，只有福安王夫婦、幾位皇叔，朝中數位大臣，都是來恭賀且也有資格能與皇太后、皇上一起用膳的官員，另有錦衣衛、禁軍統領，數百護衛都圍在宮外。

二人上前行禮，穆戎把信拿出來交予皇上。「應是魏國餘孽奔逃時掉下的。」

皇上卻不急著這個，差點從寶座上下來，關切問道：「戎兒，你沒事吧？聽說那刺客竟用毒箭射你？唉，我早說了危險，你該與朕一起在殿中的，何苦要四處巡查！」

「兒臣無事，父皇莫擔心。」

皇上又念叨幾句。福安王看了未免羨慕，心裡也有些刺痛，一樣是兒子，可父皇那麼喜歡三弟，難怪好些官員都押寶在他身上。照此下去，將來廢掉太子也不是不可能的事情。

福安王笑道：「大難不死，必有後福，能躲過一劫總是好事。」

皇上嘆口氣。「倒是苦了鈴蘭，這姑娘朕看著長大的，不知如何答謝她？」一邊說著，一邊拆開信，只見到宣紙上畫的符號，他驚訝道：「這是什麼？」

他招來穆戎。「你來看看。」

穆戎道：「孩兒之前已斗膽拆過，也是一無所得。」他問幾位大臣。「諸位都是飽學之士，興許能知曉其內容。」

皇上忙吩咐黃門把那信交予他們看，那些大臣、幾位皇叔也輪流看過，一個個直搖頭。

「臣無能，不知是何意思。」

「興許是暗號。」

「若是暗號的話，只怕收信者才能知其意思。」

眾人你一言我一語，討論得極是認真。穆戎垂眸看了姜蕙一眼。她嘴唇緊抿著，臉有些僵，好像在忍住笑容。他暗地裡捏了捏她的手。

這封信，除了他二人，可是愚弄了殿中所有的人，包括皇帝，可是欺君大罪，而且都是她害的！罪魁禍首，看他回去怎麼收拾她！

姜蕙吃痛，眼睛眨了一下，嘴抿不住了，微微張開來，露出雪白的貝齒。無論哪種神情，都好看得無法形容。

穆戎側過頭，聽見皇上道：「今日在宮中還未抓到刺客，」他吩咐錦衣衛、禁軍統領。「立刻把城門封鎖了，你們領兵去一家家查找，掘地三尺也得把刺客找出來！」

二人領命前往。

皇上擺擺手。「都退下吧。」又與穆戎道：「與朕去看看鈴蘭，總是救了你。」

他們去了太醫院。衛鈴蘭仍是躺著，母親衛夫人在旁邊掉眼淚，另外幾個衛家人也立在床邊。皇太后見到他們來，嘆口氣道：「本來已經醒來了，後來又吐血暈迷，到現在還未醒。還有她這手，太醫剛才說傷到經脈，也不知何時能完全康復。」

皇上聽了，沈吟片刻，道：「鈴蘭今日救了戎兒，立了大功，朕看封她為縣主可好？」穆戎是他心愛的兒子，衛鈴蘭救了他，在皇上眼中是了不得的功勞。

皇太后怔了怔，沒想到皇帝那麼大方，要知道縣主一般得是郡王之女才能封的。不過衛家本來就是大族，她一開始也在想如何答謝衛鈴蘭，這個賞賜倒也好，她點點頭。「便照皇帝說的吧。」她看姜蕙一眼。假使穆戎還未成親，衛鈴蘭倒能嫁給他；如今不能，做個縣主也算是種安慰。

這對衛家眾人也是補償，他們立時跪下謝恩。

幾人說了會兒便陸續出來。太子與皇太后道：「只怕她醒了，也不能走的，皇祖母，依孫兒看，她得留在宮中好好休養一陣了。」

皇太后點點頭。「一會兒我留衛夫人在這兒住段時間。」

太子鬆了口氣。衛鈴蘭傷成這樣，他實在不放心，一定得有御醫時時看著才行，畢竟不只傷了手，還中了毒。他想著，微微皺起眉頭，不知衛鈴蘭為何突然去那兒，還捨命救三弟？她不過一個弱女子，逞這個能幹什麼？

早知道，他不該離遠了，不然還能阻止她。

太子妃這時才來，輕輕撫一撫肚子，問太子。「聽說鈴蘭為救三弟中毒了？現在可好？」

太子笑了笑。「沒事，只是還沒醒。妳怎麼來了？我原本正要去找妳。」

太子妃聽著，微微垂下眼眸。她早就知道衛鈴蘭受傷了，也知道是太子抱過去的，心情怎會好？明明衛鈴蘭救的是穆戎，怎麼也該是穆戎更加緊張吧。倒是他，一直守著她那麼久，都沒有去乾清宮商議刺客的事，他可是太子……

她淡淡一笑。「沒事就好，我只是擔心她。」

太子道：「不過她手傷了，唉，也不知會不會有很大的影響，她原本最喜——」他說著住了口，看著太子妃。「咱們回去吧，妳如今有喜，不能有一點閃失的。」

他大體知道這孩子是個男嬰，對太子妃也是真正關心，將來這男孩生下來，那是父皇第一個嫡孫，必是很得喜歡的。太子妃扶著他的手回去。

穆戎與姜蕙也回頭坐了車。因受了今日的刺激，一波接一波的，姜蕙身心俱疲，穆戎又一直不說話，好像在想什麼。

她坐了會兒，眼睛就慢慢睜不開了，直打瞌睡，就想好好睡一覺，什麼都不要想，因為現在都過去了，她終於安全了，像是從要被溺斃的水裡逃出來，她又躲過了一劫。

馬車從碎小的石頭上輾過去，一陣顛簸，她差點摔下。穆戎抓住她胳膊，拉到自己懷裡，皺眉道：「本王不與妳說話，妳就睡覺？」

「忍不住，覺得好累，又不敢打攪殿下。」她抱住他的腰，把臉埋在他胸口，久違的安心感。上輩子，她對他漸漸死心，今日卻依仗他消除了威脅，自己在他的庇佑下，不曾讓衛鈴蘭得逞，她心裡自是感激他的。

穆戎伸手撫一撫她的烏髮，別說她是個女子，就是他，也有些疲累。今日這枝箭，若沒有衛鈴蘭，只怕就要插在自己身上。可魏國的餘孽，為何要刺殺他？是因為刺殺不了父皇，抱著不浪費機會的想法才對他射了一箭？還是另有圖謀？

興許是有人借了魏國人之手，要取他的命？如此一想，又哪裡不寒心。他把她抱在自己腿上，雙手握住她腰肢。姜蕙一開始只當他起了邪念，結果他卻很嚴肅地問道：「快說，到底是何人要殺本王？」原來是要逼問她。

姜蕙道：「我不知，不曾夢到。」

「妳當本王信妳？」穆戎瞇起眼眸。「衛鈴蘭來得這般巧，妳也緊隨其後，可見妳知她要做什麼。」

「當然不是！」姜蕙否認。「我要知道，一早就會警醒殿下了，豈會讓你涉險？你可是我的夫君！我就是不知道才跟著她的，要知，也是她知。」

「她知？」穆戎挑起眉。「妳的意思，她與魏國人有勾結？」

「不是……」姜蕙嘆口氣，只覺頭疼得很。

穆戎的手一下用力捏她的腰，絲毫不客氣。姜蕙疼得要命，眉頭緊鎖，嘴張開來，發出呻吟聲。「殿下，疼啊，你不要，啊……」

她一邊求饒一邊扭著身子躲避。輕輕的喘息聲在車廂裡蕩漾，本是逼供，結果這般香豔，穆戎的身體慢慢熱了，沈著臉道：「別叫，妳再叫，信不信本王剝了妳衣服，在這兒把妳辦了？」

姜蕙皺眉。「是殿下先捏我的，我疼還不准叫呢，啊……」

最後一聲輕顫，像是帶著電，掃過他的身子，他一咬牙，把她壓在車座上。

姜蕙不敢出聲了。畢竟是馬車，他真要不管不顧起來，那多羞人。她道：「那殿下也不要捏我了。」

「妳老實些，本王自然不欺負妳。」他見她肯說了，又把她抱在身上，一隻手不客氣地順著領口往下揉去，才觸到兩團柔軟時，又覺身子吃不消，縮了回來。要不是在馬車上，他肯定現在就要了她。

姜蕙的臉也有些燒，見他停手了，才呼吸口氣，道：「我懷疑衛鈴蘭與我一樣，也能預知。」

「預知？」穆戎冷笑一聲。「本王見妳與她有刻骨仇恨，真只是為個夢？」

夢都是很神奇的了，她難道要把重生說與他聽？到時他可信？即便信了，什麼都問，她難道也答嗎？

她正色道：「我確實隱瞞了一些事，便是關於衛鈴蘭的，因為這夢不止作了一次，自從來了宋州，已經作了無數次。雖然是個夢，可太真實了，我無法對她不恨。而且殿下也知，假使不曾改變，我的命便是與夢中一樣的。上回我提到桂枝下毒毒死我，那也是衛鈴蘭指使的，她是殺死我的人，我豈會不恨她呢？而且她還比我厲害，她預知的事情興許比我還多，故而今次她能救殿下，我不能，我晚了一步！我看見殿下抱著她，回憶起夢裡她這般得意，為了嫁給殿下欺凌我、殺了我，難道殿下，我不該如此恨她？」

她雙手捏得緊緊的。對衛鈴蘭，她不掩飾，她是想殺了她。

衛鈴蘭這樣的人，狠毒無情，只要攔在面前的人，通通都能下狠手。

這番感情是真實的，即便穆戎明察秋毫，也察覺不到她的心虛。

他緩緩道：「妳為何不早些告訴本王？」

「與殿下算不得相熟。」她露出委屈之色，嘟嘴道：「怕殿下不信，還怕殿下當時相信她，說了遭來殿下厭惡。」

跟他裝可憐、扮可愛，穆戎嘴角扯了扯，可卻凶不起來了，伸手把她摟在懷裡揉揉腦袋，道：「今次就算了，下回要還有什麼瞞著本王，可沒有那麼容易讓妳蒙混過去。」

姜蕙點點頭，只要他知道衛鈴蘭會預知就行了，其他宮裡的事情，她其實知道得很少，另外他與她之前的事要說出來，只是添了煩惱，剪不斷理還亂。

馬車徐徐駛去。

左邊一處巷道忽然走出來兩個人，其中一個面有短鬚的中年人詢問道：「這衡陽王妃真是咱們魏國人？」

「是，父親，她母親梁婉兒乃梁侍郎的親生女兒。」另外一個卻是年輕人，玉面俊秀，瞧著也是人中龍鳳。

中年人點了點頭。「此事交給你辦。」

那人應了聲是。

二人又沿著巷道走了，很快就消失在盡頭。

刺客最終還是沒有找到，哪怕封閉了城門。

何遠與穆戎稟告。「兩位統領都受了罰，不過也奇怪，一家家這麼搜過去，竟然沒發現，要說魏國人本就生得顯眼……」

「會些易容術也不難。」穆戎手指敲擊了桌面兩下。「興許一早就潛伏在京都了，興許在京都生活了好些年也不一定。」

畢竟魏國在二十年前就被滅國，如今魏國人除了在魏地，分散於越國四處，哪些是皇室後人，本就難以分辨。

「也不足為懼，僅憑他們，要復國難如登天。」穆戎挑了挑眉。「倒是宮中內鬼……」他冷笑起來。「不知許了什麼好處，魏國餘孽肯為他賣命，要殺本王。」

他已經釐清了頭緒。那枝毒箭就是衝著他來的，就是為了要他的命。假使父皇是第一目標，那他就是第二目標。

可他前面，分明還有個太子呢！

何遠肅容。「屬下已在四周加派了人手。」

「上回打草驚蛇，他們暫時應不會再對付本王。」穆戎語氣淡淡，抬頭看一眼窗外，日頭已經昇到正中，竟是在書房待了一個多時辰，其間姜蕙也沒來。他忽地問道：「王妃在做什麼？」

何遠怔了怔，暗道：他怎麼知道啊？

穆戎見狀站起來，往外走去。

姜蕙正在裡間對鏡梳妝，兩個丫鬟看見穆戎來，連忙要行禮，他一擺手，示意她們出去，二人忙走了。

他立在屏風那兒看她。

先見她拿了眉筆，淡淡掃了兩下，又拿水粉，挑一些出來，抹在手上，輕輕化勻了，一點點往臉上搽去，動作輕柔得好似怕碰壞了自己的臉；又取口脂，這回卻挑了好幾次，方才選定了一盒。

他看著微微一笑，想到女為悅己者容。

姜蕙上完妝，正待要喊金桂拿裙衫來，冷不防腰間一緊，一雙手已抱了過來。鏡中一張臉妖嬈美豔，像是林中狐仙幻化而成，穆戎恨不得把她吃下肚去。

姜蕙嚇一跳，發現是他，嬌嗔道：「殿下怎麼也不出個聲？可把我嚇死了。」

眼見他臉湊過來，要往自己嘴上親，她一把捂住嘴，含糊道：「我才上的，別弄花了呀！」

「花了又如何？」不就是為畫給他看的，現在勾得他的火出來，還裝什麼？他拉開她的手，不讓她掙扎。

姜蕙急得往後仰，說道：「殿下，剛才德慶侯府送了帖子來，請咱們去作客的！」不然她費什麼功夫上妝，在王府，她可不用這般精心打扮。

穆戎的臉一下子沈了，鬆開手。

姜蕙沒站穩，連退了好幾步。

「就為這個，妳才打扮？」他問。

姜蕙奇怪。自然是啊，去作客總不能隨便。她道：「是，本來想提早告訴殿下，不過見殿下在書房像是有事，便不曾打攪，現在差不多該走了。」

穆戎心氣不順，看她一眼，道：「畫得這麼濃豔做啥？洗了重新畫一遍！」

姜蕙瞪大了眼睛。這事他都管？

她道：「又不是去見母后……」也不是當初選王妃，她為什麼不能豔一些？還不是為了襯她這身分嗎？謝家乃皇后的娘家，也是穆戎的外祖父家啊。

穆戎不管。「去洗。」

看他臉色冷冰冰的，姜蕙一頭霧水。今日他定是吃錯藥了！她氣呼呼地叫金桂打水來，把剛才的妝都洗了，又重上了一遍，這回比較潦草，比剛才淡多了。

兩人都板著臉，金桂、銀桂嚇得不敢出聲。

姜蕙又挑了比較素雅的裙衫，穿好了與穆戎道：「現在殿下滿意了吧？」

穆戎看她一眼，她微微咬著嘴唇，眸中藏著委屈。

這樣是淡雅多了，自然沒有先前漂亮。

穆戎唔了一聲，先行走了出去。

姜蕙在後面低聲罵他，沒見過這樣折騰人的！

她叫金桂把寶兒帶來，寶兒笑著問：「姊姊要去哪兒玩，也帶我去？」

「是去謝家，咱們一起去。」她看看寶兒，丫鬟也給她收拾妥當了，像玉雪般的漂亮。

三人上了車，她只與寶兒說話，坐得也離他遠遠的。

見那二人說笑，穆戎越發不樂，看姜蕙都不朝他看過來，暗想她膽子倒是大，可便是做了王妃，那也不過是他的女人，居然真敢不理他？

他突然說道：「寶兒妳下來。」

寶兒眨眨眼睛。「姊夫，下來哪兒？」

「從妳姊姊身上下來。」

寶兒住在府中多日，知道這姊夫不好惹，不像姊姊對她百依百順的，他總是冷著一張臉，她扭了扭身子。

姜蕙皺眉。「殿下，寶兒那麼小，你嚇她做甚？」

「又不是多小的孩子。」穆戎沈聲道。「妳別老是慣著她。」

寶兒生怕姊姊被訓斥，忙從姜蕙身上下來，自己乖乖坐在一邊。

穆戎滿意了。姜蕙斜睨他一眼，不知道他發哪門子的瘋，居然跟個孩子過不去。

寶兒此時也不敢說話，車廂裡漸漸安靜下來。

德慶侯府離得並不遠，馬車很快就到了。謝二夫人親自來二門處迎接，笑著道：「一早就想請你們來，只怕府裡事務多，一直拖到今兒。」她拉著姜蕙的手。「阿蕙真是漂亮，這樣的王妃，我可就見過一個。」

比起謝大夫人的沈穩，謝二夫人活潑多了。

這些皇親國戚，姜蕙早前都見過一面，不過沒怎麼說話，此時聽到讚美，她抿嘴一笑。「哪有呢，二夫人謬讚。」

「唉呀，叫什麼二夫人，我可是妳二舅母，是不是啊？戎兒。」

穆戎淡淡一笑。「娘子，不必太過拘禮。」

「可不是，就當自己家一樣的。」

謝二夫人見到寶兒，又是誇讚一番。

謝家老爺子、大老爺全都過世了，如今只有個謝二老爺，也就是德慶侯。故而穆戎便是成親也不曾上府拜會，因為外祖父早就不在人世，只有這個二舅父，照身分，他是不必親自前去的，是以到最後，還是謝家請他們上門來。

不過這外甥向來自傲，謝二夫人知道他的脾性，暗地裡雖是不喜，面上更客氣幾分。

到了正堂，謝二老爺、謝大公子、謝大夫人等人都在，雙方互相見禮。

謝二老爺笑道：「殿下如今留在京城，我這做舅父的倒能常常見到你了，好過以前，都不知你在哪兒。真正是像皇上啊，那麼喜歡遊山玩水的，怪不得皇上疼你。」

穆戎笑了笑。「也不知留多久，指不定過幾日就回衡陽了。」

謝二老爺撫一撫鬍鬚。「前兩日，皇上還問起我，怕你在京中無事做，提到最近戶部事宜，想讓你去學一學。」

穆戎驚訝。「是嗎？父皇還未提過。」

「怕是過兩日就會說了。」謝二老爺上下打量他一眼。「你如今成親，可是大人了，太子都幫著皇上處理事務，你自也是一般的。」

穆戎沒有作聲。

謝二老爺也不提了，叫謝大公子、謝三公子陪著穆戎說話。

謝二姑娘謝燕紅、謝三姑娘謝燕飛、謝小姑娘謝琳這時才來。

這個謝燕飛，姜蕙很有印象，性子十分開朗，果然一見到他們就嘰嘰喳喳地道：「見過表哥、表嫂。表嫂是第一次來吧，我一會兒帶妳四處看看。」她看到寶兒，唉呀一聲。「這是誰啊？長得那麼可愛，像是咱們冬天堆的雪娃娃一樣！」

「這是妳表嫂的小妹妹。」謝大夫人訓斥道：「沒個禮數，一驚一乍的。」

謝燕飛嘻嘻一笑，拉著寶兒的手摸了摸。「真軟，妳幾歲了？」

寶兒道：「八歲了。」

「喔，那跟琳兒差不多大啊！」她把謝琳拉過來，這是謝大少夫人的女兒，今年九歲。「妳們兩個在一起可好了，不然咱們大人說話妳們也聽不懂。」

眾人都笑起來。她也才幾歲呢！

謝二夫人見謝燕紅一直在後面，招手道：「燕紅，快些上來，見過妳表哥、表嫂。」

她問穆戎。「可是許久不見燕紅了？你們小時候，你還救過她呢，要不是你，差點就淹死了。」

姜蕙朝謝燕紅看了一眼，她個子很是高眺，小小的瓜子臉，眉眼細長，頗有幾分姿色，但長得與謝二夫人並不像。

穆戎也看過來，謝燕紅忙行禮。「見過三殿下、王妃娘娘。」

看起來，性子像是極為謹慎的。

謝二夫人眉頭皺了皺，眸中閃過一絲厭煩，伸手一拍她胳膊笑道：「怎地那麼拘束？一家人，就別殿下、娘娘的了，沒得弄了生疏，還怎麼好好說話。」

她跟姜蕙道歉。「我這女兒啊，有些怕生。」

姜蕙奇怪，怕生也不關她的事啊？

謝大夫人看在眼裡，此時笑了笑，道：「也別都站著了，出去走走。一早就在園中設了宴席，今日天氣也好，曬會兒太陽別提多舒服。」

「園子裡的海棠也開了，咱們就去樹下玩。」謝燕飛坐不住，一手拉著姜蕙，一手拉寶兒就往外跑。

姜蕙都來不及看穆戎一眼，就被她帶跑了，穆戎只看到她的背影。

謝大夫人搖頭。「這孩子，在哪兒都瘋得很。」

謝二夫人笑道：「大嫂得多管教管教了，沒幾年就要嫁人，我瞧著也擔心。」

「可不是。」謝大夫人嘆口氣。

謝大公子請穆戎去書房那兒坐坐。

眼見他們走了，謝二夫人看謝燕紅一眼。「妳怎地還不去呢？杵在這兒！」

謝燕紅咬了咬嘴唇，告退走了。

謝二夫人笑道：「我去廚房看看，今兒留他們吃頓飯，難得來一次。」

謝大夫人點點頭，謝二夫人笑咪咪，捏著帕子走了。

常嬤嬤立在謝大夫人身邊，此時皺了皺眉，輕聲道：「聽說這兩日，二夫人給二姑娘添置了不少衣物。不只如此，時興首飾、胭脂水粉都有，往日裡，她哪裡捨得？」

謝燕紅是庶女，年幼時，被謝大姑娘不知道欺負成什麼樣，謝二夫人都不管。之前提到的落水，常嬤嬤心想，指不定也是大姑娘給推下去的，如今卻突然對她好了起來。

謝大夫人道：「總是不關咱們的事。」

「奴婢看，二夫人是想拿了她投巧。」

謝大夫人眼眸瞇了瞇，知道是什麼意思，語氣淡淡道：「不過是個庶女，好不好，將來都無甚。」

「奴婢是怕惹到王妃。」

謝大夫人沈吟會兒。這倒是個事，但她如何阻攔？

她一個寡婦，沒了丈夫撐腰，如今倒是靠著二叔，只等兩年，兒子有大出息了，早晚分家出來。她那弟妹做事向來急躁，她早前不是沒提點過，只是還被她恨上了，這事，自己管不著。

謝大夫人道：「妳只看著燕飛，別讓她闖禍，還有媳婦在那兒，她也是個聰明人。」

常嬤嬤應了聲是，疾步就往園子裡去了。

姜蕙看了看海棠花，此時正坐著吃點心。寶兒與琳兒兩個小姑娘手拉手在說話。

姜家姑娘的年紀都比寶兒大了好幾歲，第一次遇到差不多大的，寶兒別提多高興了，謝琳也是，兩人嘰嘰咕咕也不知道說什麼，老是有笑聲傳出來。

謝燕紅見姜蕙吃完點心，伸手拿了茶壺給她倒茶，關切道：「娘娘小心噎著。」

一副下人的行徑，姜蕙怔了怔，笑道：「妳不必這樣，倒茶有丫鬟呢。」

謝家大少夫人蔣氏忙道：「燕紅一向細心，就愛這樣的。」朝她看一眼。「剛才二嬸不是說了，別太客氣，咱們是一家人的。」

謝燕紅點點頭，笑了笑，又偷偷打量姜蕙。

她很少能出門，還是第一次看到姜蕙，沒料到她生得那樣漂亮，難怪會嫁給穆戎，也只有她，才能配得上……

謝燕紅暗地裡嘆口氣，心裡有些酸酸的。剛才母親提到穆戎救了她，他好像一點也不記得。

也是，那是多少年前的事情了，她那時也才八歲，他只是路過聽到呼救聲，伸手拉了她一把而已，那是舉手之勞，他不記得也是應該的，只有她把他當成救命恩人。

後來再遇到他，她送了點心給他吃，結果他當著她的面倒掉了，說不愛吃這些。

謝燕紅想著皺了皺眉。這樣的人，真是好難親近，倒不知這王妃是如何與他相處的？

見她時不時地瞅自己一眼，姜蕙有些尷尬，只好笑著問蔣氏。「怎麼今兒只請了咱們來，我一開始只當皇兄皇嫂也來的。」

蔣氏道：「原本也想請的，不過聽說……」她忽地收了嘴，問姜蕙。「妳與表弟最近沒去宮裡？」

「沒去，怎麼了？」姜蕙奇怪。

距離穆戎被行刺不過才過了三日，這幾日，城裡一點也不太平，都在挨家挨戶地抓捕刺客，也是等到風平浪靜了，謝家才會請他們；可宮裡要是出了大事，穆戎定會知道的。

蔣氏道：「也是昨日的事。太子妃胎象不穩，咱們不敢請。」

姜蕙忙關切道：「要緊嗎？那我明兒得入宮去看看了。」

「也是昨日有些不舒服，請了太醫才知道的。」蔣氏解釋。「好像是好一些了，另外福安王身子也不太好，故而只請了你們。」

福安王真打算一直生病賴在京城了？

姜蕙好笑，不過想到太子妃，她又想到另外一個人，問道：「那妳可知衛二姑娘？她在宮中養病呢。」

「知道啊，她不是救了表弟？」蔣氏笑起來。「咱們都欠了她人情，昨日母親也問起的，聽說前日就已經清醒了，如今還在宮裡，衛夫人也在。太醫說，過陣子毒就能祛除乾淨了。」

果然治好了，怎麼就沒毒死她？

姜蕙眸中閃過一絲寒意。真不知她病好了，以後還會惹出什麼事情來……

兩人說著，謝二夫人來了。「叫廚房準備了膳食，一會兒就能吃了，倒不知阿蕙可有喜歡的？別客氣，儘管說，但凡廚子能做的，一定盡力做了，可不能讓阿蕙吃得不快。」

阿蕙阿蕙的，真會拉關係。

姜蕙笑了笑，道：「我吃飯不挑食，不用煩勞了。」

謝二夫人笑道：「吃飯就得精細些，怎麼能不挑呢？阿蕙真是好脾氣。不過女兒家要吃好了身體才會好，我聽說太后娘娘都叫妳暫時別懷孩子，可見妳還不夠胖。」

像是打趣的樣子，姜蕙也不客氣了。「那好，就上道紅燜駝峰吧。」

「正好家中有。」謝二夫人吩咐下去，又道：「聽說除了寶兒，阿蕙也沒有其他親姊妹了？」

「是。」

「唉呀，那是有些冷清了，寶兒還小，正好與咱們燕紅作個伴，以後常叫著去玩玩才好呢。咱們燕紅人是很好的，從來不發脾氣，想來與妳應是相投。」她推一推謝燕紅，謝燕紅勉強一笑。

姜蕙道：「看得出來，二姑娘很是溫和。」

謝二夫人只是笑，姜蕙此時已有些不耐煩，總感覺這謝二夫人有什麼目的，怎麼總是要提到謝燕紅呢？

蔣氏卻明白謝二夫人的意思，當下站起來，與姜蕙道：「咱們去那兒走走吧？」

她這二嬸也夠了，逼得太緊，一會兒叫姜蕙生氣，可怎麼辦？

二人往東邊走去。

第四十七章

此時宮中，太子妃正要用午飯，宮人端來一碟粥道：「太醫吩咐了，娘娘只用些粥便好，旁的怕吃了不舒服。」她安慰道。「幸好孩兒沒什麼。」

太子妃沈著臉。她一口粥都吃不下，沒想到太子為了那衛鈴蘭，當真到了神魂顛倒的地步！她動胎氣的時候，他竟然還在衛鈴蘭那邊，倒是不怕他那孩兒沒了，也不怕旁人說閒話！

季嬤嬤見狀道：「娘娘千萬莫生氣。」

原先太子妃生了一個女兒，養到一歲夭折，這個可是個男孩，再沒了，只怕她活不下去。太子妃心裡也知道，眼睛卻微微紅了。

她雖然對太子不抱什麼期望，可這次也實在有些過分……衛鈴蘭還不是他側室，他竟然那麼熱心，真要納了，還得了？

「嬤嬤，我想去見見皇祖母。」太子妃委屈，伸手握住季嬤嬤的手。「還是頭一次看他這般。」

她心裡有種強烈的不安。

「娘娘別胡思亂想，便是見了太后娘娘，又能說什麼呢？」季嬤嬤安撫道。「娘娘放心，奴婢自有法子的。」

到了下午，皇太后將將要歇息，李嬤嬤疾步上來道：「太后娘娘，奴婢有一事不得不稟告。」

「何事？」皇太后問。

李嬤嬤道：「外頭傳太子與衛二姑娘有些不乾淨，奴婢一去打聽，原來這幾日，太子抽空就溜到衛二姑娘那裡去，一去就好一會兒，衛夫人還經常不在。這樣孤男寡女，難怪會有流言，好似太子妃動了胎氣也與此有關。」

皇太后一驚。「還有這事？妳查清楚了？」

「一清二楚，翠玉殿的宮人，奴婢都下了板子，不敢隱瞞，說是太子殿下吩咐不准說出去的。」李嬤嬤道。「娘娘，這可如何是好？二姑娘可是娘娘您的表外孫女兒啊！」

皇太后越發生氣，她只知道衛鈴蘭喜歡穆戎，倒不知竟還與太子有些關係，實在豈有此理！

皇太后本是想召見衛鈴蘭，但一想她還病著，不曾下床，便把衛夫人叫了過來。

衛夫人聽到些風聲，來之前就有些忐忑不安。難怪這幾日總有事，一會兒有小黃門問衛鈴蘭對什麼藥材不適，一會兒又有宮人叫她去廚房，好似都是好心，可都是遣開自己的，如今想來，必是太子使的人。

故而她一見到皇太后就跪下來行大禮。

皇太后對衛夫人自是了解的，那是她外甥女，行事作風向來嚴謹，教人挑不出毛病，這回定是因衛鈴蘭受傷，一時腦袋糊塗了，被人牽著走。

她淡淡道：「起來吧。今日叫妳來，是因為鈴蘭。我看鈴蘭總在宮中不是個法子，到底還有其他家人，必是想念得緊；再來，她也是個姑娘家，妳現在收拾一下帶她回去。她的傷不用擔心，太醫會上你們家去看的。」

衛夫人領命。

皇太后最後一句的語氣重了點。「炎兒雖與她相熟，該注意的還得注意些，我原先當鈴蘭自己心裡總有數……」

衛夫人心裡咯噔一聲。「娘娘，鈴蘭她還迷迷糊糊的，是有些不清楚……」忍不住想為女兒辯解，畢竟是太子來看她，又不是自家女兒勾得他來。

皇太后眼眸瞇起來，但半晌還是沒繼續說。「走吧。」

衛夫人連忙退出去。

衛鈴蘭看到母親回來，支起身子道：「娘，太后娘娘與您說了什麼？」

「也無甚，是關心妳，怕妳父親、之羽想妳，而且住在宮裡哪有家裡舒服？」衛夫人微微一笑。「咱們這就回去吧，在這兒也冷清得很，無人陪妳說話。」

衛鈴蘭臉色一黯。「定是姨祖母厭煩我了。」

「哪裡的話。」衛夫人笑道。「妳別胡思亂想。」

她吩咐丫鬟收拾東西。

衛鈴蘭離開皇宮的消息很快就傳到太子耳裡，他大急，恨不得要去阻攔，隨從韓守忙勸道：

「殿下，奴才聽說是皇太后下的令，想必是因皇太后得知殿下常去翠玉殿。」

太子一怔，心頭好似被針刺了一下，想到衛鈴蘭蒼白的臉。「那不是我連累她了？她回了家，若是好不了又該如何？」

「自然還有太醫去看的，殿下不必擔心。」韓守跟著他許久了，哪裡不知道他的心思，輕聲道：「殿下要得到二姑娘，也不是難事，不可急於一時啊。」

太子皺起眉頭。「你胡說什麼？」

韓守暗地裡笑了笑，躬身道：「是奴才胡說，請殿下責罰。」

太子在殿中走了幾步，越發難耐。

這幾日他常去見衛鈴蘭，她睡著的時候，他摸過她的小手，也偷偷親過她的臉，那種想要她的慾望越來越強烈，已是無法控制，剛才被韓守一語道破，更是難以忍受了。

他忽地頓下腳步，咳嗽一聲道：「你剛才說的，可有什麼法子？」

韓守湊過來，輕聲說了幾句，太子微微笑起來。

穆戎、姜蕙與寶兒在德慶侯府用過午飯，又與眾人說了會兒話，眼見時辰不早，便坐車回去。

姜蕙雖然表面上不曾有什麼，可早就被穆戎氣到了，故而在車裡，也不像來時抱了寶兒在身上說笑，而是與她並排坐著，難得說上幾句，中間又停下來。

車裡一陣寂靜。

寶兒也不敢多說，只拿眼睛瞅穆戎。定是姊夫惹到姊姊了，姊姊在生氣。

她想著，朝穆戎偷偷白了一眼。

穆戎嘴角扯了扯，看姜蕙並不看他，只微微垂著頭，眼觀鼻鼻觀心的，他想了想，開口問道：「剛才去園子裡都做什麼了？」

「不過賞賞花。」姜蕙道。「還能有什麼？」

她又不說了，冷冰冰的樣子。

穆戎皺起眉頭。不過就是讓她重新化了妝，這就要給他臉色看不成？以後，他還不能說她了？他可是親王！

「過來。」他命令姜蕙。「妳離本王那麼遠做什麼？還變啞巴了？」

姜蕙不理他，早上好好上個妝，叫她重新洗了不說，上車與寶兒說話都不行，沒見過這麼不講道理的。現在她離他遠點怎麼了，他不是希望她安安靜靜的嗎？這會兒又叫她過去！

她抿著嘴唇，一言不發。

穆戎火了，伸手把她扯過去，怒道：「妳沒聽到本王的話？」

那力氣極大，握得她手臂發疼。

她淡淡道：「聽到沒聽到又如何，殿下這不讓妾身過來了嗎？」

她抬起頭，眸中交織著無奈與傷心，直直落入他眼中。

穆戎怔了怔，放開手。

她又垂下頭來。

車裡仍是一片安靜，她雖然坐在他身邊，可跟剛才也沒有什麼區別。

他心裡的火越燒越旺，可偏偏不知能做什麼。

到了府內，姜蕙叫丫鬟帶寶兒去休息，自己徑直去了裡屋，淨了臉，卸去了首飾，又去淨室洗澡換了身家常裙衫，這便坐在榻上看書，像是沒看到穆戎一般。

他立在屏風前，好一會兒才轉身走了。

可坐在書房裡，卻什麼都看不進去。

何遠聽到一陣瓷器摔碎的聲音，進去一看，他把茶壺砸了。

「殿下……」何遠難得見他這樣，輕聲詢問：「殿下，有何煩心事啊？」

穆戎不知怎麼說。

今日的事有些出乎他意料，本來他欺負一下姜蕙，她都會求饒，或者軟軟地向他撒嬌，可現在她竟然不理他，不過是為個妝容，她竟然能生那麼大的氣，難道自己還要道歉不成？

突然之間，他不知道如何與她相處了。

她不說話的時候，氣氛那麼壓抑。他第一次發現，自己居然有種透不過氣的感覺。

何遠看他沈著臉，突然想起剛才二人走進來的樣子，臉色都不好看，看來是小倆口吵架了。

何遠暗地裡搖搖頭。可作為隨從，不能不給主子解憂啊！

何遠道：「殿下，夫妻之間向來沒有隔夜仇，床頭打架床尾和，想必娘娘很快就會與殿下和好的。」

「什麼意思？」穆戎道：「難道還要本王等她？」

「這個……」何遠心道：那你自己去道歉啊！

雖然自古男人為尊，可男人哄自己娘子也是常見事，他老爹就常哄他老娘呢！何遠想到家裡事，微微搖了搖頭。

穆戎又在書房待了會兒，還是忍不住又去內室。

眼見姜蕙躺在榻上，眼眸半睇半合的，竟然打起瞌睡了，無名火又起。她居然還能睡著？

他幾步上去，一把抱起她。

姜蕙是在發睏，突然騰空而起，嚇了一跳，睜開眼睛看到他陰沈的臉色，她立時皺起眉頭。

「殿下幹什麼呢？」

穆戎不答，抱著她直往裡走了。

到了床邊，把她扔下去，他衣服也未脫，就壓在她身上。

外頭伺候的人，互相看一眼，急忙退了出去。

姜蕙看他像餓狼一樣，已經心生害怕，渾身繃緊，可他不管不顧，脫了她衣衫，分開腿就直衝進來，她疼得尖叫。他壓緊她，橫衝直撞，她受不了，哇的一聲哭了，連同之前的委屈，一併哭出來。

穆戎朝她一瞥，只見眼淚好像珍珠般一顆顆滾落，他不由鬆了手。

她爬起來縮到床角，拿被子裹住自己，埋在被子裡，也聽不見哭聲，只見她肩頭微微聳動著。

穆戎還不曾見過她這樣可憐，好像隻受傷的小動物，可又是自己造成的，他看了一會兒，終於挪過去，拉開她被子，柔聲道：「別哭了。」

姜蕙怎麼不想哭，要是往常便還罷了，他總有些理由，可今日完全莫名其妙，她無法忍住不生氣，結果這稍稍的反抗就惹來他強烈的反擊，她好似能看到他以後的樣子，喜怒無常，教人生厭。

那不是跟過去一樣了？他終究還是他。

看她眼淚不停地掉，穆戎心裡那團火氣又漸漸消失了，他伸手摟她過來，撫摸她的頭髮道：「還不是因妳，妳要早些說話，本王也不至於……還疼嗎？」

他伸手要去揉。

她一把攔住他，質問道：「你生氣就要這樣對我？那我生氣呢，又該如何？是不是就得忍著，一點也不能傷心？原先還當你娶我，總是有些喜歡我的，可原來也不過如此，你娶我幹什麼呢？天下姑娘，好脾氣的那麼多，你知道我不是那樣的！」

她不是柔順的人，她從來就不是，他不是不知道。

穆戎無言以對，想說自己是喜歡她，可偏偏開不了口，臉色冷下來道：「怎麼，妳後悔了？」

「我後悔什麼，本來就是你想娶我！」

她一開始就沒想過要嫁給他。

穆戎一聽這話，差點氣得跳起來，伸手捏住她下頜道：「那妳是一點也不喜歡本王？」

姜蕙的神情有些複雜起來。

都說無愛亦無恨，可上輩子到這輩子，她心中對他總有恨意，要說喜歡，想必是有的，可得不到回報，誰也不能長久，漸漸就淡了，還剩下多少，她自己也說不清楚。

穆戎盯著她眼眸，暗道：是否也不是沒有一點不喜歡？但確實是他一心要娶她的，她從來不曾露出多高興的樣子。她一直都不願意。

他忽然受到了極大的挫敗。

得到她的人，得不到她的心，什麼都是假的。難怪她今日可以不理自己也不覺得難過，不像他一樣坐立不安。

如今傷心掉淚，也不過是因為他對她不好，而不是因為他不喜歡她。

假使自己作戲，表面上相敬如賓，她興許還覺得不錯。

穆戎剝繭抽絲般地想著，終於明白了她的心思。

他一心要娶她，可事實上，從不知道她對自己是什麼樣的想法，他不曾了解過，也不曾那樣想過，只以為娶了她便可以了，原來卻不是的……

他忽然間，覺得心頭空空的，有種說不出的失落。

外面，金桂跟銀桂心裡急得不得了，這會兒寶兒來了，瞅瞅她們。「我姊姊呢，在不在裡面？」

「在，不過與殿下有重要事商量。姑娘可是餓了？」金桂哄她。

寶兒哼了一聲。「定是姊姊的氣還沒有消，是不是？」

小姑娘長大了啊，這都懂。

金桂尷尬一笑。「姑娘要吃飯，奴婢叫廚子燒了送過去。」

「算了，姊姊心情不好，我也等會兒吃。」她問金桂。「姊夫也在裡面？」

「嗯。」

寶兒小大人般點點頭，轉身走了。

姜蕙聽到外頭的說話聲，此刻有些後悔。

她要是再忍一忍，讓他一下，或許也能風平浪靜，畢竟他是親王，自小從來都是別人聽他的，他不曾讓過別人，即使娶了妻子，又哪裡能改過來？

她正要開口，誰料穆戎先問道：「妳到底為何那麼不願嫁給本王？」

他哪裡不好，生得英俊不說，還是天之驕子。

姜蕙吃了一驚，沒料到他那麼直接，也才反應過來，剛才自己說了氣話，他聽出來了。

避無可避，姜蕙只得道：「因為皇家複雜，我才不想嫁給殿下。這幾日殿下也知，發生了那麼多的事情，可我原本是想過簡簡單單的日子，並不想捲入其中。」

「只是因為本王的身分？」

「是，換個人也是一樣的。」姜蕙道。

「那假使本王沒有那身分，妳可願嫁？」他盯著她看了一會兒，又問。

姜蕙嘴唇抿住了。

她無法想像，假如穆戎不是衡陽王，那他還會這樣飛揚跋扈嗎？還會有如此大的能耐強迫自己嗎？他的性格仍會一樣嗎？

人啊，總是無法拋棄自己的身分，因這些身分，人才是那人。

她忽地笑起來，搖搖頭。「殿下，我不知道，不如殿下與我說一說，假使殿下不是三皇子，不是衡陽王，殿下會是什麼樣的呢？殿下會是個在應天書院，與我哥哥一般的學子嗎？」

穆戎答不上來。

這是他自己問出來的，卻發現，還真難以回答。

假使他不是一個皇子，生在普通之家，他會是什麼樣的呢？

他忽地也笑了。「荒謬，都是妳胡說八道，才引得本王也昏了頭腦。」

可氣氛卻莫名地好了。

他問出了他想問的，她說出了她想說的，雖然只是一部分，但兩個人都沒有氣了。

穆戎給她穿上肚兜，在身後繫了帶子，告誡道：「妳以後不理本王，本王還這麼弄妳。」

姜蕙委屈道：「那也是因為殿下叫我重新上妝的緣故，我今兒原本心情很好，要去作客呢。」她奇怪。「殿下到底為何突然生氣？我那樣打扮不好嗎？這才像王妃啊。」

穆戎沈聲道：「就是不好。」

「可去宮中，我也這般的。」

「那妳怎麼在家中不這般？」穆戎脫口而出。「去外面，倒是一點也不嫌麻煩。」

姜蕙怔了怔。

穆戎莫名的臉上有些熱，抱她下來。「衣服穿好了，去吃飯。」

姜蕙想了又想，笑起來。

那時，他好像摟著自己就要親的，結果自己拒絕，說是要作客，難道就是為這個？真是……

她道：「那我明日就畫一個，只要殿下不嫌吃了口脂、胭脂的。」

「誰要吃了？」穆戎冷聲道：「自作多情。」

姜蕙輕聲笑了。

他拉著她一起出來。

雖然他硬是娶了她，把她拖入了她不喜歡的皇家，可她已是自己的人，又能看上誰呢？總有一日，她定會死心塌地喜歡自己的，天天見著他，還會纏著他，不願意放開。

想著她軟軟的身體，嬌嗔的語氣，他忍不住微微一笑。

第四十八章

銀桂使人去叫了寶兒，三個人坐在一處用飯。

寶兒看看姜蕙，看看穆戎，心情也明朗了。

過了幾日，姜蕙一大早起來就在上妝，描眉抹粉，花了好些工夫，比任何一次都要久。穆戎在外頭等著，雖然時間久，可丫鬟們一點也看不出他有什麼不悅。

等姜蕙出來，豔光照人，像是林中狐仙幻化成的美人兒。金桂偷瞧穆戎一眼，只見他眉眼都舒展開來，嘴角挑起，那笑容帶著少見的甜蜜。

「這麼慢。」可穆戎一開口，卻是抱怨的口氣。「幸好膳食還未來，不然妳想讓本王吃冷的？」

姜蕙懶得理他。剛才又不是沒見到他笑，現在還跟她裝呢！

「殿下久等了。」她吩咐下去。「快些擺飯菜來。」

寶兒還小，起得晚，早上是不與他們一起用膳的。

穆戎一頓飯看了她好幾次，姜蕙暗地裡好笑，他說自己不想吃胭脂的，一會兒看他吃不吃？

待到日上三竿，寶兒才起來，用完飯，就在屋裡跟姜蕙玩。

「馬上要到端午節了，寶兒想不想阿爹、阿娘？」

「想。」寶兒點點頭。「昨兒作夢夢到阿娘了，是不是端午節，姊姊要送我回去呀？」

「是啊。」

「那姊姊呢?」寶兒問。

「我得去宮裡呢。咱們姑娘一旦嫁了人,這些個節日就不能回家了,得第二日或者提前一日才能去娘家。」姜蕙打開一個描金小匣子,裡頭全是五顏六色的寶石、寶玉。「寶兒看看喜歡哪一個。」

「這是做什麼的?」寶兒好奇。

「端午節都要佩香囊啊,妳不記得了?我抽空給妳做一個,到了那日也不在妳身邊,妳戴了這個,就好像看到我了。」姜蕙摸摸她腦袋,很是不捨。

寶兒記起來了。「裡頭放了藥材,阿娘說能驅蟲的,是不是?」她笑嘻嘻地挑了小紅寶石。

「我要這個串在下面,這個漂亮。」

這孩子打小就喜歡紅豔豔的,不過她皮膚白,本也很相配。

姜蕙笑道:「好,給妳串一個,我反正寶石也多,一會兒給妳串個手鍊戴。」

寶兒拍手。「好呀、好呀,姊姊自己也串一個,咱們戴一樣的。」

「好。」姜蕙一心給她做香囊,連穆戎來了都不知道,還是寶兒叫了聲姊夫,她才發現。

「殿下來了。」她放下香囊。

穆戎瞧一眼。「這給誰做的?」

「給寶兒呀,過幾日就送她回去過端午了。總是在這兒,阿爹阿娘會想的。」她差不多編好了,拿到寶兒身上比劃一下。「寶兒妳聞聞,香不香?」

「香，好聞。」寶兒笑嘻嘻。「姊姊做得真好看。」

穆戎立在旁邊，見二人說笑，也想湊過去聞一聞，結果姜蕙立刻拿走了。

他輕咳一聲。「這香囊好似男兒也能戴的。」

「是啊，喜歡的話也能戴。」姜蕙把最後的珠子串上去，香囊做好了。

她給寶兒掛在腰間，寶兒獻寶般的給穆戎看。「姊夫，漂亮吧？」

穆戎冷哼。他又沒有。

寶兒瞅瞅他的臉色，忽地扭頭跟姜蕙道：「姊姊給姊夫也做一個啊，姊夫看著很眼饞呢。」

姜蕙的目光卻落在穆戎腰間。他不像有些男兒，上頭掛滿了玉珮跟荷包，他一個都不掛，可見荷包都是放在何遠身上的。那麼喜歡簡單的人，豈會要掛香囊？

「別胡說。」姜蕙道。「這是小孩子掛的，我都不掛。」

寶兒同情地看了穆戎一眼，穆戎臉都黑了。寶兒高高興興拿著香囊去園子裡玩了。姜蕙又繼續串紅寶石手鍊。尋常自是要用黃金鑲嵌寶石，不過是戴著好玩，反正寶兒還小。

穆戎站在旁邊，走不是，不走也不是。姜蕙奇怪，仰起臉笑道：「殿下今兒空閒？」

「看妳做這個挺有趣。」穆戎頓一頓。「再做一個香囊吧。」

姜蕙一怔，想到寶兒的話，噗哧一聲笑出來。

穆戎挑眉。「有什麼好笑的？」

「不是，我以為殿下不喜這些……」

「又沒說做給本王。」穆戎道。「本王看妳珠子多得是，還有這些藥材、絲條，放著也是浪費了。」

「喔，那就再做一個。」姜蕙忍住笑，一本正經問他。「那殿下看，繡個什麼圖案好呢？剛才給寶兒做的上頭是個女娃兒抱公雞，下頭串了紅寶石。」

穆戎想一想。「繡個魚戲水。」他伸手在匣子裡挑了挑，取了一對藍色的珠子出來。「拿這個串了。」

姜蕙道了聲好。桌上有幾塊零碎綢緞，都是剛才叫下人尋了做香囊的，她在裡頭挑揀一番，拿了條深紫色的綢緞出來。

穆戎一看，忍不住露出笑意。他最喜歡的便是紫色，往常除了紫，便沒其他顏色的衣服。

姜蕙穿了線，也不用看圖案，認真繡起來，那一雙雪白的巧手，好像枝頭開出的梔子花，一上一下地跳動。

見她一心一意替自己做香囊，穆戎站在旁邊，忽地有些輕飄飄的，說不上來什麼感覺，心頭像是暖暖的。他看了會兒，忽然伸手抱住她纖細的腰肢。

姜蕙嚇一跳，她剛才心思都在繡花上，身子都抖了一下，擰眉道：「殿下別鬧了，小心被針扎到。不是叫我做香囊嗎？」

「不急，明兒做也一樣的。」他按捺不住去親她，吃了一口胭脂。

穆戎拿袖子一擦，厚厚一層。「妳到底抹了多少？」

今兒化了大濃妝，讓他吃個飽！姜蕙媚眼含了揶揄。「殿下不愛吃呀？那且等一等，妾身慢慢洗個臉，再洗個澡，殿下等過半個時辰再來。」

箭在弦上，等那麼久，他不得憋死？穆戎狠狠道：「反正也吃不死人。」彎腰就橫抱起她進了裡屋，一番折騰。

今日姜蕙倒不似之前，總是會有些疼意，現在他越勇猛，她越享受。大白天的，從午時待到下午才停下來。姜蕙神魂皆飛，躺在床上不想動，只閉著眼睛微微喘息。

他躺在旁邊，側身瞧著她，想起她剛才好似飛上天的樣子，聲音從嗓子裡出來，婉轉綿長，跟成仙了一般，他忍不住笑。原來女人真舒服是這樣的，作為男人，心裡也滿是成就感。他湊過去，在她耳邊道：「本王是不是很厲害？」

聽見他邀功般的來問，好似做了什麼了不得的大事，姜蕙驚訝地睜開眼睛。他上輩子從不問的，只喜歡壓著她做，她有時候吃不消了求饒，他也好似沒聽見，但事後從不多言。他現在這樣，親切多了。姜蕙露出羞澀的表情，道：「殿下問什麼呢，什麼厲害……」

「妳聽不懂？」穆戎挑起眉。「那再讓妳嘗嘗可好？」

姜蕙花容失色，忙道：「殿下厲害，妾身再也消受不起了。」

他哈哈一笑，很是得意。眉宇間逸興遄飛，像是個青春飛揚的少年，連一絲沈鬱都沒有了，她瞧著歡喜，整個人依偎過來，手搭在他胸口。

他不曾動。她膽子大了一些，手指慢慢攀到他臉龐上。他忽地伸手捉住她。「亂摸什麼？」眸光一沈，又多了幾分威嚴。

她輕笑道：「瞧殿下長得俊俏，忍不住。」

他嘴角又彎起來，略略鬆開手。她摸了摸他不厚不薄的嘴唇，又摸了摸他修長的眉毛，甚至摸到他鼻子時，還調皮地捏了捏。

不知多少年，沒有人這樣碰過他，還是年幼時，母親常會這樣……他垂眸看她一眼。原來兩個人成親了，竟是可以這般親近的，他也不排斥她這麼對自己。

他也伸手去摸她的臉，壞心地揪她耳朵，兩個人鬧成一團。

正當這時，外頭傳來何遠的聲音。「皇上宣殿下、王妃入宮。」

穆戎坐了起來，姜蕙也穿起衣服。穆戎道：「先去洗個澡。」

「會不會耽擱時間？」

「那也比有汗臭好。」他吩咐下去。「快備熱水。」伸手就把她抱起來，兩個人去了淨室。

姜蕙笑了。「殿下這回又不怕被人看見了。」

「省得妳拖拖拉拉的，咱們一起洗，快些。」他面不改色。

二人清洗完，穿上衣服這就去了宮中。

乾清宮裡，皇上見到兒子兒媳，滿臉笑容，上下打量穆戎一眼，點點頭道：「成了親是不同了，戎兒，你總算是個大人了。」

穆戎笑笑。「阿蕙是個好妻子。」又問：「父皇突然要見兒臣，是為什麼要事？」

「朕這幾日想過，你閒在王府總也不好，明日起，去戶部協理秦大人。」

這件事，上次他舅父就提過，看來父皇還真是想讓他長留在京城。

不知道皇祖母、母后可知？但是父皇都說了，他不便拒絕，只道：「兒臣定會向秦大人好好請教。」

皇上很高興，以後就可以常見到這個兒子了。他招招手。「戎兒，你過來。你早前給朕弄回來一張藏寶圖，朕命人去找了，一無所獲，可見是哪兒出了錯，你來給朕看看。」

姜蕙在旁邊抽了下嘴角。皇家那麼富有，居然還要尋找寶藏？

穆戎走過去，跟皇上兩人腦袋挨著腦袋，就著一張地圖指東畫西，說了好一會兒。

半晌，皇上恍然大悟，笑道：「原來如此，那定是落在洪山縣了！」他樂不可支。「戎兒，你真聰明，朕可沒有想到那兒。」

「其實兒臣也不能確定是不是走了水路，父皇可以先試試。」

「定然是了，不然朕不至於找不到。」皇上眉飛色舞，好像一個興奮的孩子。「朕一會兒就派人去！戎兒你立了大功，若是尋得，分你一半！」

穆戎笑著道謝。

姜蕙看著這父子兩個互動，忽然有些明白，為何皇上會那麼喜歡穆戎了。

他不似太子那樣，對皇上畢恭畢敬的，他們相處時有些像朋友，好像穆戎很知道皇上喜歡什麼，也樂於讓皇上滿足這種興趣。

皇上高興了，又道：「朕今日叫你來，還有件東西送與你，你們二人出去看看。」透著幾分神秘。

姜蕙很好奇，走到殿外一看，只見外面不知何時放置了一座八人抬的大轎，金鑲玉嵌，看起來極為奢華。

皇上笑咪咪道：「你們兩個成親了，那以前的轎子就嫌小了，兩個人怎麼坐？便是有馬車，也不舒服。朕就不愛坐馬車，顛得難受，這轎子是朕特意命人做了送給你們的。」

穆戎笑道：「多謝父皇，有這轎子，兒臣定是不想坐馬車了。」父親關心自己，作為兒子自然很歡喜。他拉著姜蕙道：「一會兒咱們就坐了回去。」暗地裡捏捏她的手，耳語道：「裡面放一床軟被，睡著都行，做什麼都好。」

姜蕙嬌嗔地回捏他的手。「討厭，殿下在想什麼呢。」

見小倆口甜甜蜜蜜的，皇上擺擺手。「朕也無旁的事情，你們這就回吧。」

姜蕙倒是提起太子妃。「難得來了，兒媳想去看看，還有皇祖母、母后。」

皇上笑笑。「妳有這份心，便去看看吧。」

都來宮裡了，只拜見皇上，旁人知道了定是不好，姜蕙自是要一個個都去請安的。其實做兒媳婦並不難，將心比心，遇到什麼事都想著就行了。

穆戎命人抬起轎子，轎子一動，發出叮鈴鈴的聲音。姜蕙聽到，循著聲音走過去，原來轎子上頭掛著八個金鈴呢！瞬間，記憶好像被打開了一個缺口。

上輩子，她有次從曹大姑手裡逃出來，摔在官道上，那日就見過這樣一頂轎子。它在她身邊停了一下，又繼續往前走了，誰料走了一段路，突然又折回來。

她那時如驚弓之鳥，莫名覺得危險，爬起來就往旁邊的樹林跑了去。那日，難不成便是這頂轎子？難道他上輩子在曹大姑那裡，並不是第一次見到她，所以才會毫不猶豫地帶她走？

她回過神，看向穆戎。可他從不曾提過，他本是什麼都不愛說，什麼都放在心裡，她一點也不明白他。

穆戎被她看得皺了皺眉。「怎麼了？」

「沒事。」她暗地裡嘆口氣。

二人上了轎子。那八個轎夫抬得穩穩的，姜蕙坐在轎子裡，才發覺這轎子真的大，竟然真能躺下來。她笑嘻嘻道：「像半大的廂房了，不過轎夫抬得夠沈的。咱們以後出門真坐這個，不曉得多少人看。」

「有些官員的轎子比這還大，沒見識。」穆戎捏捏她鼻子。

姜蕙驚訝。「我確實沒見過呢。」她頓一頓。「那太子殿下有這種轎子嗎？」

假使太子沒有，他有，那不是又得遭來嫉恨？

穆戎道：「自然有了。」他躺下來，伸手拍拍前面的地方。「過來。」

姜蕙臉一紅。「幹什麼，在宮裡呢。」

「叫妳過來就過來。」他語氣沈了沈。

她只得坐過去，他一把摟住她，從頭到腳給摸了一遍，她嚇得一點也不敢發出聲音。穆戎做完刺激的事，也老實了。不老實也不行，一會兒憋死自己。

到了慈心宮，二人去給皇太后請安。皇后也在，見到他們來，笑道：「皇上賞了轎子給你們，坐起來如何？」

「舒服極了，剛才試了一回。」穆戎笑。

皇太后的目光卻沒那麼柔和。她當然知道自己兒子幹什麼了，是要穆戎去戶部協理衙門事務。她這兒子啊，真是不怕天下大亂，一味寵著穆戎，就不怕他的心大了，將來與太子兄弟相殘？

皇太后頭疼，暗地裡揉了揉胸口，與穆戎道：「你跟著秦大人學學也是好事，又是才大婚，便留幾月，到了下半年，還是回衡陽去，那邊無人管著，總不是個事。」

「母后……」皇后一愣。

皇太后不給她說話。「你向來明事理，不必我這做祖母的多說。你父皇也順著你，你要去衡陽，誰也不能攔著。」

那是在暗示穆戎自己提出來去衡陽。姜蕙側頭，瞧了他一眼。難怪後來他還是去衡陽了，看來其中與皇太后的關係很大。

穆戎微微一笑。「皇祖母說得是。」

「離得遠了，誰也捨不得，可民間還有句話說：遠香近臭。孩子們大了，總有自己的家的。」她是對著皇后說的。「只要得空回來聚一聚便是，燁兒不也是嗎？別說國了，家都有家的規矩。」

皇后當著眾人的面，不好反駁皇太后，勉強應了聲是。

皇太后又笑著看看姜蕙。「今日來，正好叫御醫看看，開些方子調養下身體，等去了衡陽，妳也可為戎兒開枝散葉了。」她吩咐宮人去請御醫。

御醫給姜蕙看了看。「王妃娘娘身體甚好，只是有些虛火，吃些養陰清熱的便可。」一邊就開了方子。

姜蕙問起太子妃。

皇后看她很關心，笑道：「上回動了些胎氣，如今已經好了，只常困乏，愛睡得很。」

「那兒媳倒不方便打攪她呢。」

說了幾句，他們便告辭走了。

皇后這才與皇太后道：「戎兒長年不在京城，如今難得回來，兒媳倒是不捨得他又去衡陽。」

「糊塗！」皇太后這回再不能容忍了。「妳也真是糊塗！戎兒這般聰明的人留在京城，將來早晚惹出事端。妳不看看恭帝、惠帝時，龍子相爭，死了多少人？我先前還覺得妳聰敏，可也怎麼向著皇上了，他什麼性子妳不知？妳留了戎兒下來，那炎兒如何？早晚要死一個，妳倒是給我選一個，叫誰去死！」

皇后渾身一震。「母后，他二人兄弟和睦，又不是恭帝時——」

「妳如今頭腦也不清醒，回去好好想想。」皇太后責令。「切莫因疼這孩子，害了他了！」

皇后看皇太后大怒，也不敢說了，站起來告辭。

回去的路上，她暗暗嘆了口氣。

田嬤嬤看她傷神，輕聲勸道：「太后娘娘說了也甚是有理，一山不容二虎啊。」

皇后搖搖頭。「假使炎兒與戎兒和睦，便是住一起也不會有什麼，可若不是，便是戎兒去了衡陽又能如何？剛才母后提起惠帝，那時的常德王便是退居常德，後來還是被惠帝殺了。假使這是命，怎麼也逃不了。」

田嬤嬤怔了怔。她原以為皇后不曾想清楚，原來也不是。

可二人間的敵對越來越強烈，總是不好，田嬤嬤道：「也是常德王先有了奪位的心。」

皇后嘆口氣。「容我再想想。」

卻說穆戎與姜蕙坐了轎子回去，一路上，穆戎沒說什麼話。

姜蕙知道，必是因為皇太后。他這人實在太過顯眼，做事高調，又豈會不惹得皇太后注意？倒不知後來到底是因為何故，他回了京都，還把太子毒死？她想來想去，也尋不到一點記憶。

她知道得太少，如今也幫不了他。

回到王府，穆戎自去書房，她到裡間換了家常衣服，卸去幾件首飾，輕鬆些了才出來。見到桌上放著的綢緞，上頭才繡了一半的魚戲水，她伸手拿了起來。

當她把針線穿過去，忽地想起上輩子，也繡過一個香囊給他。

那時自己尚且心悅他，情竇初開，即便只是個奴婢，還想著與他恩恩愛愛、白頭偕老，所以親手繡了鴛鴦圖，送與他時，滿心的歡喜，也滿是憧憬。

誰料他看了一眼，臉色越來越難看，忽地就扔在地上，冷聲喝令她走。

可憐自己那時哭得傷心，覺得他為此厭惡了自己。

姜蕙想著，嘴角撇了撇。她抽空編個同心結垂在香囊下頭，倒不知這回送給他，他又會怎麼樣了？

她叫銀桂拿紅綢線來。

第四十九章

第二日，穆戎要去戶部，也像個官老爺般早早就起來。

天剛矇矇亮，姜蕙就被他弄醒，抬頭時，他已經穿好衣服了，與她道：「本王要去衙門，妳還不起來伺候？」

姜蕙氣得頭疼，哪有這樣的，又不是她去做事！不過是協理，弄得那麼大動靜，好了不得，還要她伺候吃飯。

見她傻愣著，穆戎更不高興了。

尋常夫妻，相公第一日去衙門，作妻子的不用丈夫說，都高高興興地早些起來，她倒是好，睡得死沈沈死沈的，一點也不擔心自己，可見離他期望的還早呢。

他沈下臉，伸手拽她。「以後每日都陪本王用飯。」

那是一點懶覺都沒有了，姜蕙磨磨蹭蹭地穿衣服。

「照妳這樣，本王得最後一個到衙門。」

「你昨兒又沒說。」姜蕙抱怨。「你昨兒還……」

到底是誰知道要早起還折騰她的？

穆戎道：「那本王怎麼起得來？本王用的力氣，妳能比？」

當著丫鬟的面，姜蕙的臉都臊紅了，一把推開他。「你出去，我很快穿好。」

穆戎大踏步走了。

姜蕙反正不出門，隨便打扮一下，一邊就叫銀桂去廚房，吩咐做些吃食。早上吃得簡單，這樣到了正堂，飯菜也差不多端上來了。

二人坐著，姜蕙道：「祝殿下第一日，順順利利的。」

穆戎笑一笑。「這才像話。」

姜蕙暗地裡白他一眼，等穆戎走了，她又去睡了個回籠覺。

再起來時，金桂手裡拿著一個帖子。「沈夫人使人送來的，請娘娘明兒去作客，聽說也請了姜家女眷。」

「哦？」姜蕙心道：那不是能見到沈寄柔了？

她笑道：「好。」

正好帶寶兒去，到時寶兒就跟著阿娘他們一起回家，這樣還更好。

「妳去庫房拿些小塊的玉石來。」她道。「不知沈姑娘的刻字功夫如何了，我送給她，讓她練練手。」

金桂領命去了。

晚上，穆戎回來，她與他說了，他道：「妳去便是了。另外，皇祖母上回送的人，妳看看怎麼安排。」

他現在也有些事情做，不像往常在家裡，她時間多還可以陪著他。

姜蕙一想也是，當即就把那些丫鬟婆子叫過來。

從中挑了兩個丫鬟，一個叫水芝，一個叫水蓉，還有兩個婆子放在身邊，剩餘的，就做些瑣碎的事情。

共有十五個人，能伺候她的只有四個，其他的未免不樂。幾人告退後，玉湖憤憤不平地道：「關了咱們這些日，最後還是不用，真當咱們什麼了？粗使丫鬟呢？」

也是自己倒楣，被皇太后選中，不然憑她這姿色，早晚被皇上看中的，現在倒好，淪落到王府來，連個貼身丫鬟都當不上。

雪湖看她那輕佻樣，微微笑了笑。「總比關著好，妳叫什麼，沒把妳關到死不錯了。」

玉湖嗤笑一聲。「她可沒那麼大的膽子，小家小戶出來的，懂什麼？」她伸手撩一撩烏髮。「比起太子妃，比起福安王妃，也不知怎麼選上來的。」

說著，她腦中閃過姜蕙的樣子，又笑了笑。是啊，長得美，憑著一張臉坐到了王妃的位置，可見這三殿下並不看重家世。

她嘴角一挑，心情突然又好了，扭著身子往前去了。

沈寄柔坐在鏡子前，手裡拿著玉梳，一下一下地梳著頭髮。

這是姜蕙送給她的，她第一眼見到就很喜歡，想起她說的那句話：「世間只要有人喜歡自己，也得好好活著。」嘴角便露出一抹笑，可笑過之後又覺得滿嘴的苦。

經歷過這些，倒是爹娘還喜歡她，可旁人就難說了，如今還有人願意娶她，多半是看中沈家的背景。

好一些的，又有幾人心甘情願？

母親為她的婚事，頭髮都慢慢白了。前幾日，相中了一個，那公子是個舉人，家世好似也不錯，母親很欣慰，說他品行好，將來定是有大成就。可她去見了一面，他就立在面前，看都不肯看她，對著父母，卻又笑得溫和可親。

自己若嫁給她，能有好日子嗎？可是怕母親傷心，她還不曾說。

想到這些，她又差點落下淚來。

她放下梳子，叫丫鬟給她梳個平髻，一邊幽幽嘆了聲。「這一年也辛苦妳們了，等事情了了，妳們也輕鬆些。」

兩個丫鬟只當她說是等嫁人之後，不由得打趣道：「姑娘以後有姑爺體貼，咱們是輕鬆一點的。」

主子年紀輕輕受了不少苦，如今還能覓得個好夫婿，也是老天保佑。她們見過那公子，彬彬有禮，學識淵博，老爺夫人挑了這許久，總算是如了願。

沈寄柔微微一笑，並不說什麼，又問起沈寄安。「妹妹的病還未好嗎？」

兩個丫鬟互相看了一眼，其中一個道：「不曾呢，這病會過給旁人的，誰也不敢接近，每日只有一個婆子送飯。」

沈寄柔皺了皺眉。「到底是何病，請的名醫竟都看不好？母親也不准我去，也不知她是何樣子了。」

「說是怪病。」丫鬟忙道：「姑娘千萬莫去。」

沈寄柔嘆口氣。「我這樣，妹妹也這樣，真該去廟裡進香了，但願她能快些好起來。」

外頭一個丫鬟稟告。「客人來了。」

自從上回出事，家中很少再請人來，但是她與母親一說請姜家，母親立時答應了。她笑著起身。「走，妳們把我新刻的印章都帶上。」又問：「都來了？」

「只有衡陽王妃與賀夫人、賀姑娘到了。」

沈寄柔點點頭，快步走出去。

姜蕙與寶兒是在路上遇到姜瑜的，三個人一見到，高興得不得了，便一起來了沈家。

姜瑜拉著寶兒的手。「也不是多久沒見，竟然那麼大了，以後定是比阿蕙長得還高。」

小孩子一旦長大，便也沒那麼胖了，寶兒原本娃娃般的臉，下頷也開始有些尖了，眼睛越發的漂亮，亮晶晶的，好像兩顆水晶珠子。

寶兒嘻嘻笑道：「堂姊也不一樣了，胖了呢。」

姜蕙打量姜瑜一眼，果真是，姜瑜以前吃得少，很是苗條，現在真是胖了好一些，臉色也紅潤得很。她目光落在她胸脯，只見那裡好像也比以前鼓了。

被她這麼看著，想到相公昨兒還說，這兒好摸多了，姜瑜的臉就臊紅起來。

別看賀仲清平日好似只知道看書練武，可一到晚上，也不是那麼無趣的人。

姜蕙見狀，壞笑一聲。

賀玉嬌在旁笑道：「都是我娘叫嫂子吃的，說太瘦了對身體不好，如今嫂子的胃口大多了。」

「莫不是有了？」姜蕙聽了眼睛微微睜大。

「還沒呢。」姜瑜忙道，也看她一眼。「倒是妳……」

「我也還不曾，皇祖母說先調養好身子。」

兩個人正說著，沈寄柔來了，笑著行禮道：「見過王妃娘娘，賀夫人。」

時隔多日，一個個都嫁人了。

可原本她該是頭一個的……世事無常，她早前那麼天真，還當有爹娘庇護，一輩子都是無憂無慮的，可現在呢？誰也幫不了她，唯有她自己了。

「今日也是我與娘說，要請妳們聚一聚。以後要再見，也不知是何時了。」聽起來有幾分傷感。

沈寄柔面上閃過一絲黯然，但很快又收斂了，叫丫鬟把印章拿來。「這回可是正式的了，妳們瞧瞧可喜歡？」

姜瑜笑道：「只要妳肯，何時不能見呢？咱們都在京都啊。」

那些印章都是上好的玉，字也刻得漂亮。

姜蕙驚嘆。「都能拿去賣錢了呢！」

正說著，胡氏、梁氏，還有姜瓊、胡如蘭也來了。

兩個姑娘看到印章都喜歡得很，姜瓊笑道：「沈姑娘的功夫一下子提高了呀！」她拿著印章轉來轉去地看。「真有意思，我看學這個比學琴棋書畫有意思多了。」

胡氏瞪她一眼。「又在胡說什麼！」

姜瓊吐吐舌頭。

沈夫人也來了，與胡氏、梁氏互相見過，笑道：「我這女兒就掛念妳們家姑娘呢。」

沈寄柔過來問安，見丫鬟正在上茶，她竟親自端了一盞給梁氏。

胡氏奇怪，瞅了瞅梁氏。

梁氏心裡也有些異樣，便是沈夫人都看了自家女兒一眼。

但沈寄柔並未多話，見過之後便退了下去，與姜蕙她們在一處說笑。

待到臨走時，姜蕙與梁氏道：「寶兒想娘了，今兒正好跟著娘回去，一會兒她所用之物，我使人送過來，平時用不到的便還放在王府，我想她了，還能見一見。」

梁氏笑道：「這自然好。」

寶兒搖著梁氏的胳膊。「阿娘、阿爹、哥哥可想我啦？」

「自然了，妳爹爹每天都要提一提的。」梁氏又看姜蕙。「說不知過得怎麼樣，今日知道姜家請了妳們，早上就與我說，定要好好看看妳，怕妳瘦了、累了。」

姜蕙聽了有些難過，輕聲一笑道：「阿爹總是這樣，不如等過了端午，我請阿娘與阿爹過來玩玩。」

梁氏搖頭。「算了，見到妳就好了。」她伸手拍拍姜蕙的手背。「還是跟以前一樣，咱們又有何擔心？」

恐怕是怕穆戎不喜。

姜蕙道：「殿下昨日去戶部做事了，白日也不在家，我一個人冷清得很。」

「哦？」梁氏驚訝，面上露出些許喜色。「如此說來，你們不去衡陽了？」

原來還擔心這個。

姜蕙也不知怎麼說。「暫時不去。」

梁氏點點頭。

姜蕙又問起旁的人，梁氏道：「妳姑姑恐怕要嫁人了。」

「哦？找的是誰家啊？」姜蕙還真好奇。

胡氏插嘴道：「姓張的一家，早先也是望族，後來家道中落了。如今有個孫子總算有些本事，在京都順天府當差，生得不錯，就是個鰥夫，妻子三年前去世的。」

她說得順溜，因是她找的，老夫人也算滿意。這樁事成了，她也算扔了個包袱。

「聽起來倒也相配。」姜蕙提醒道。「只要人品好，其他的倒沒什麼。」

「那要看妳祖母呢，人品好的千多萬多，旁的可行？」胡氏擺擺手。「我懶得管了，便這麼罷了。」又笑著看姜蕙。「阿蕙，妳如今是娘娘了，定是結識不少皇親國戚吧？」

姜蕙笑笑。「也沒怎麼見。」

胡氏看她對此有些冷淡，暗地裡撇撇嘴，反正她一個女兒、一個兒子現在還小，只道：「我是為阿辭呢，妳作為妹妹，也該留點心。」

姜蕙奇怪，看向梁氏。「還沒有合適的？」

「沒有。」梁氏道。「妳祖父、祖母甚是看重。」

幾人說了幾句，各自回去。

卻說兩個丫鬟原本伺候著沈寄柔，結果沈寄柔送完客人後，說見園子裡花多，看了喜歡，要親自剪一些回去插在花瓶裡。兩個丫鬟看她高興，只在外頭等著，眼見她往裡走了去，花木密密實實的，很快就掩沒了她。

一開始還未在意，等過了一會兒，喊了兩聲，沈寄柔也不答，她們連忙進去尋，卻是人影都沒有了。

兩個丫鬟慌慌張張地稟告沈夫人，沈夫人大驚，使人四處找，發現這園子最深處居然有個不小的狗洞，那是通往外宅一處小巷子的，可見女兒是鑽了狗洞出去了。

沈夫人急得不得了，一邊叮囑他們不要走漏風聲，一邊吩咐出去暗自尋找，務必把沈寄柔找回來。

而此時，沈寄柔已經到翰林院的門口了。

她今日要見一個人，她有好些話要與他說，如果不說出來，她不甘心。

老天爺戲弄她，叫她大好一個姑娘落得如此境地，她哭過、痛苦過，甚至連命都曾拋棄，現在她再也沒有什麼好怕的了，她要為自己勇敢一次。

第五十章

傍晚散班，翰林院的人紛紛出來，只見門口有個姑娘，也不知來尋誰，翹首張望。

有輕佻的想去調戲兩句，可衙門之地不敢忘形；好心的問兩句，她又不說，只是固執地立在那兒，好似等不到便不走。旁人看了一會兒便覺無趣，又不見她容貌，逗留會兒便走了。

眼見好些人從身邊路過，還不見姜辭，沈寄柔有些著急。

莫非他今日沒有來？還是有事情耽擱了回家？

她往後退了幾步，手握在一起。要是再晚些，不知下人可會找來？她的時間不多了，這次不成，以後也不知何時還有機會。

就在她胡思亂想的時候，從門裡走出來一人，穿了身湖色杭綢的夾袍，頭戴同色方巾，走得不急不慢，很是從容。再看他的臉，修眉俊目，英氣中又不失儒雅，她心頭一跳，快步向前。

看到一個姑娘急匆匆地過來，立在他跟前不動了，頭上戴著帷帽，也不知是誰，姜辭怔了怔，正待要開口，卻聽見她嬌俏的聲音。「姜公子，我有話與你說。」

「妳是……」姜辭滿是疑惑。

「我是沈寄柔。」

竟然是她，難怪覺得聲音有些耳熟，好像在哪裡聽過。

他往她身後看一眼。「妳獨自來的？」

大姑娘家都注重規矩，別說沈家這樣的大戶人家了。

沈寄柔道：「是，我獨自來的。」她頓一頓，怕姜辭顧忌，不肯與她單獨說話，開門見山地道：「我今日來，只想告訴姜公子一聲，若這世上還有我想嫁的，必是只有姜公子一人了。」

姜辭大吃一驚，身後兩個小廝也都張大了嘴。

姑娘家竟然敢私自說出嫁人的話，還是當街呢！兩個小廝面面相覷。

姜辭受到了不小的衝擊。眼見門口還有人陸續走出來，他一把抓住她胳膊，往旁邊一處小巷子走去。

四月的天，微微的暖，他手上力道很大，抓得她有點疼。

可沈寄柔嘴角卻彎彎的，笑容好似從心裡釋放出來。

那日，旁的公子眼見她掉進水裡，為避嫌，沒有誰願意救她，只有他願意；在水裡，她不肯活，又是他說，他信她，鼓勵她活下來。便是因此，她才能忘記羞辱，克服了軟弱。此後，她便經常夢見他，一日日，好似對他有了很深的感情。

可偏偏，彼此只見過一面。

她為了這種想法也曾羞愧過，然而，卻又慢慢接受了這樣的自己。

她做得沒錯，為何她不能喜歡他呢？這樣一個坦坦蕩蕩，胸懷磊落的男人，沒有誰會不喜歡。

姜辭走到僻靜處，才放開她。「沈姑娘，剛才的話我當沒有聽見，妳這回私自出來——」

他沒說完，沈寄柔便把頭上帷帽摘掉，看著姜辭道：「外頭曾傳我在中秋節放河燈時被劫匪掠走，清白不保，那日又有人寫詩侮辱我……可這事是假的，劫匪只抓了我而已，不曾碰過我。我當日跳河，也是氣不過，痛恨世人都不信我。如今我已經想明白了，人活在世上，總不是十全十美的。我今年十六歲，從來不曾吃過苦頭，想必這是老天看不過眼，教我受此磨難。」

她說的時候沒有太多恨意，語氣平平。

姜辭卻聽了有些難受，畢竟這樣的事落在一個姑娘身上，殘酷些來說，興許比殺了她還要難受。

「沈姑娘，清者自清，其實妳也不必太過在意，總有人會相信妳的。」他安慰她。

沈寄柔問：「姜公子說過你信我，如今還信嗎？」

傍晚的陽光沿著牆頭灑下來，些許落在她肩頭，她微微側著頭，一雙眼眸大而明淨，好像山間的湖泊，不曾沾了一絲塵埃。

姜辭在裡面，能看到自己的倒影。

他回道：「我信，不只我信，妹妹、堂姊堂妹她們也都信的。」

「是啊，我知道她們都是好人。」沈寄柔笑起來，她直視著姜辭，臉慢慢紅了，好像晚霞一般嬌豔。「你也是好人，所以我、我想嫁給你，不過……」她又低下頭。「我知道這是奢望，故而今日只想說與你聽，興許是我自私了，我只為自己好過，把這些話告訴你。可是，我不說，好像又對不起這些日子所受的痛苦……我也只有這個願望，假使你肯，我定會好好服侍你與你家人的，不會教你後悔。」

她拿出所有的勇氣說完，手心都出了汗。

狹窄的巷子裡靜悄悄的。

姜辭不知道說什麼。他看著沈寄柔，只見她垂著眼簾，長長的睫毛輕輕一顫，眼淚忽地落下來，好像珍珠一般。

她忍不住還是哭了，不知為自己這貪心的祈求，還是為未知的答案。

姜辭心緒也有些煩亂起來。對沈寄柔，他並不了解，可從家人的態度，他覺得她應是個很不錯的姑娘，那日救她也是出於本心，不想眼睜睜看著一個人死在面前，對沈寄柔他有同情，也有憐惜。

可感情，自然是不曾有的。

他忽地問道：「那假使我不願意呢？妳又如何？」

沈寄柔心頭一沈，但這也在她意料之中，姜辭的答案，無非便是肯或者不肯，而且多數都是後者。

她垂著頭，輕聲道：「不肯也罷了。強扭的瓜不甜，我今日與你說過，也無遺憾。」

她嘆出一口氣，慢慢抬起頭，衝他一笑。「你這樣的男人，原本也該配更好的姑娘，今日打攪你了。」

這笑容卻是燦爛得很，好似見不到一絲陰霾。

姜辭看著她。「也無須抱歉。沈姑娘，妳很有勇氣，這些話，便是咱們男兒也未必敢說出口的。」

沈寄柔一笑。「那你是否為此會喜歡我一點呢？」

她露出俏皮之色。

姜辭一怔，臉有些紅。她真的太直接了。

沈寄柔沒有再多說。「姜公子，告辭了。」

她轉過身，慢慢往前而行，眼淚卻控制不住，不停地流下來。

他不肯，她便只能嫁給那公子了。

為了母親不再傷心，為了父親不再擔憂，她只能如此。

即便自己永遠都不能開懷，又能如何？若是可以，她倒想削髮為尼，在山中度過寧靜的一生，可她又割捨不下家人。

沈寄柔用手捂住眼睛，快步跑了出去。

姜辭看著她背影，微微一嘆，吩咐兩個隨從。「此事不得洩漏出去。」

兩個隨從都應了一聲。

他回到家中，向祖父母請安。

梁氏帶了寶兒回來，寶兒也在上房，正跟老太太撒嬌。

「哥哥！」見到他，寶兒跑過去就抱住他的腿。「哥哥可想我了？」

「想，最想寶兒了。」他彎下腰抱起寶兒。「姊姊可好？」

寶兒哼了一聲。「還說最想我呢，明明最想姊姊。」

她吃醋了，從小到大，都是姜蕙最疼她，而哥哥都是最疼姜蕙的。

眾人都笑起來。

姜辭捏捏她鼻子。「鬼丫頭，阿蕙待妳這麼好，我想她怎麼了？妳們兩個，一人有一個疼才公平。妳說說，妳姊夫待阿蕙可好？」

寶兒歪著腦袋想了想。「那倒是。」又告訴他。「姊姊與姊夫常鬧的，不過好得很快。有次在馬車上兩個人吵架，姊夫惹姊姊生氣，後來把門關起來，哄了好久才好，飯都不吃。」

姜辭是大人了，聽了臉發紅，嗯一聲，不予評價。

幾人出去，姜辭問姜瓊她們。「妳們今日去沈家玩什麼了？」

「就是說說話唄。」姜瓊性子活潑，把印章拿給他看。「看沈姑娘刻的字，厲害吧？」

姜辭接過來一看，只見刻得很工整，確實有幾分功夫。他點點頭。

其實尋常時候他不摻和她們姑娘家的事，但今日沈寄柔這麼找來，他總是有些在意，以為沈家是不是出什麼事了，可看她們說的，好像又沒有。他想一想，道：「那沈姑娘還沒嫁人？」

胡如蘭奇怪地看他一眼。

怎麼今日問起這些來？她嘆口氣。「哪有那麼好嫁的。」

姜瓊卻道：「路上，娘說好似要嫁人了，不過娘沒說是哪家的公子，可能還沒定吧？」

胡如蘭驚訝。「是嗎？倒不知是誰肯……」又覺得說漏嘴，同情道：「外頭那些謠言現在還有呢，願意娶她的，定然是肯相信她的了，希望她能嫁個好人家。」

她心思比姜瓊複雜一些。

姜辭沒再問，起身走了。

胡如蘭看著他的背影，很想請他再坐一坐，可是她沒有勇氣開口。

過不了多久，興許娘親也會想法子把她嫁出去了，還不知會嫁給誰，以後要見到他也更難了。

姜辭一晚上沒睡好，夢裡一會兒看到沈寄柔在水裡哭，一會兒又見她對著自己笑，好似多年不曾有的煩惱一下子衝了上來。

可是明明，他與她什麼關係都沒有。

他救過她，便是救過了，她以後過得好不好，他不該管。

眼看端午節就要到了，姜蕙頭一回在夫家過節。也不知王府裡要置辦些什麼，故而今日起來用完早膳，就見了府中大管事和兩位副管事。

聽過之後，才知王府與尋常人家一般，不過包些粽子，節日前後吃吃，再送與些親戚，府中貼些天師符。而端午正宴都不用辦，因是要去宮裡，只有晚上一桌，也是只管她與穆戎的口味。

姜蕙聽完，鬆了口氣，倒是省力氣。

她一併交予管事辦，只是叮囑粽子晚些做，要吃新鮮的，又說了幾樣餡。這東西穆戎不愛吃，她也比較隨意。

上午閒來無事，就把那香囊做好了，又編了個同心結接在下面，垂了兩顆珠子，在金桂身上一比劃，倒是挺好看，等穆戎回來就送給他。

做完這個，她又坐到書案前，讓銀桂磨墨。

金桂給她鋪平宣紙，一邊好奇道：「娘娘要練字不成？」

「園中空落落的，著實是難看，是該要佈置一下了。」她提筆蘸了墨水，寫了幾行字下來。

看來已是想了一陣子，金桂只見她寫了花盆八十八盆，朱蕉、杜鵑、海棠、棕竹、一葉蘭、茉莉、曇花……有十幾樣花；亭子兩座，一是銅亭，一是石亭，荷花池一方，曲水橋一座。

金桂看得津津有味，想想這些都建出來，該有多好看。

誰料到，姜蕙寫到一半不寫了，忽地嘆口氣。

她道：「也不知住多久，花這些工夫，指不定當天又走了，罷了……」她在花盆上圈了一下。「就要這些吧。」鮮花教人看著愉悅，勉強湊合。

「拿去給蔡副管事。」她給銀桂。

銀桂領命，出去時，水蓉正巧進來，二人差點撞上。

金桂皺了皺眉。「有什麼事，急慌慌的？」

水蓉微微一笑，上來道歉。「見過娘娘，是奴婢冒失，不過奴婢有一事稟報。」

姜蕙轉過來看向她。

她垂下頭。「奴婢瞧著玉湖這幾日不安分，總在門口東張西望的，不好好當差不說，今兒早上見到殿下，要不是奴婢攔著，她興許都要撞上去了。娘娘，奴婢看她是心存不軌。」

姜蕙對玉湖這個名字不算陌生，當初剛入王府，張婆子就說她出言不遜，這人麼……她腦中回憶了一下，生得有幾分姿色，看眼神動作，也確實不是個老實本分的人，故而她沒有留在身邊。

「妳下去吧。」她沒有表現出態度，就讓水蓉退下了。

金桂忙道：「今兒早上服侍娘娘，奴婢也不曾發現，還請娘娘恕罪。」

姜蕙淡淡道：「這事早晚都會有。」

穆戎這樣的身分、這樣的容貌，別說還年輕，就算再過十年，往他身上撲的也不會少。再說，人往高處走，像玉湖這樣的人，自然不會甘心做一輩子奴婢。

「可要奴婢派人盯著她？」金桂詢問。

姜蕙微微一笑。「不用。」

金桂奇怪，要是尋常正室，早就死盯著這等不安分的東西了，怎地自家娘娘毫不在意？她不太明白。

後來一想，那玉湖生得如何漂亮，比起娘娘仍是差了一截，除非殿下眼睛瞎了才看得上她。

等到穆戎回來，已是傍晚。

姜蕙迎上去，給他脫外袍。他這人愛乾淨，打從去了衙門後，回來頭一件事總是要清洗，故而一早淨室就備了熱水。

她青蔥十指靈巧地落在腰間，給他解腰帶，一副專心的樣子。穆戎嘴角彎起來，想到在路上，因為馬上能見到她而愉快的心情，果然娶了妻子是不一樣了，突然就多了莫名的牽掛。

他伸手從後面摟住她的腰，湊過去親她。

姜蕙仰著頭，承受他的索取。好一會兒，他才放開她去了淨室。

金桂過來輕聲道：「娘娘，玉湖就在外面呢，瞧那身打扮！」

她雖然不擔心了，可看到玉湖這樣，著實忍不下去，真把王妃當死的？

姜蕙透過窗子往外一瞧，果見玉湖穿得花枝招展，臉上不知花了多少工夫，打扮得極是美豔。她忍不住笑起來。這人倒真是有野心，可也真的不夠聰明。

就這樣的腦子，她更是懶得管了。反正，便是要管，又能攔得住幾個女人？

對穆戎，她總是有幾分了解的。

說實話，他這樣的男人，真想要旁的女人，她攔不住，要她哭著求著讓穆戎只喜歡她一個人，那也不可能。他真的有外心了，只會厭惡她這般的軟弱。

他不是個會可憐女人的男人，他也不是那麼有耐心的男人。

她能做的，只是坐好自己這個位置。

穆戎換好衣服出來，她拿了香囊過去。

「下午才做好的。」她給他瞧。

穆戎很滿意。「挺好看。」又見到下面的結，詢問：「怎麼跟做給寶兒的不一樣？」

她斜睨他一眼。「殿下又不是孩子。」

他喔了一聲。「也罷，看妳一片心意，給本王戴上。」

姜蕙嘴角一挑。死要面子的，還裝呢！她給他掛在腰間，一邊道：「這結是同心結，殿下竟也不識，戴了，便是要與妾身永結同心的。」她說完，心情有些複雜，一時沒抬頭。

只聽穆戎跟著唸了一聲。「同心結？」

「是啊。」她道。

他垂眸看一眼。「難怪有兩顆心的樣子。」

「殿下，喜不喜歡？」她抬起頭看著他，微微露出羞澀的表情。「同心結，還有白頭偕老的意思。前朝成親大禮時，還把同心結置於床底呢，《少年游》中的合卺杯深，少年相睹歡情切，羅帶盤金縷……」

「好個同心結。」他接道，伸手輕撫了一下腰間的花結。「原來阿蕙是有這等心思的。」

突然稱呼她小名，姜蕙怔了怔。

誰料他又說道：「那妳該做兩個，咱們一人戴一個才好。」

語氣如晴天般開朗，一點也不曾露出厭惡的樣子。

姜蕙看著他綻放的笑容，整個人都愣在那裡，想起上輩子的情形，這心情好似一個在地一個在天。

好一會兒，她才道：「那我明兒做。」

「別忘了。」他目中頗有深意。「也記得妳今日說的。」

她前不久還吐露不肯嫁給他，今日弄了個同心結，也不知道是糊弄他，還是真有這樣的想法了。

當然，他希望她是真的。

兩人用完飯，穆戎前去書房。

姜蕙歪在榻上想事情。

金桂過了一會兒前來稟告。「剛才玉湖端了茶水進去。原本該是水芝去，結果水芝在路上崴到腳，她就搶著端了。」

姜蕙冷笑一聲。也不過使些這種手段，接下來難道要投懷送抱？

正想著時，聽到外頭一聲慘叫，金桂急忙跑出去詢問。

銀桂道：「我也還不知。」

兩人往前走去，路上遇到張婆子，哎喲一聲道：「那玉湖沒頭腦的東西，把茶水灑了點在書上，手都被擰斷了，作孽，我還得派人給她去請大夫！」

金桂噗哧一笑。活該，落得這個結果。

她喜氣洋洋地走回去告訴姜蕙，姜蕙也笑起來。

可見穆戎多可怕，一早就說他不懂憐香惜玉的。

「叫大夫好好看著，手斷了，怎麼也得休息兩、三個月吧。」她懶洋洋地道。

誰料穆戎大踏步走進來，厲聲道：「那奴婢也不用管了，妳叫人攆出去了事！」

姜蕙忙道：「我剛聽說這事，殿下被燙著了？」

「把地圖弄濕了！」穆戎越想越生氣，回頭說起姜蕙來。「妳怎麼挑的人，這種東西早該關起來，還放出來伺候人？」

原是為了地圖。上輩子，她偷了他地圖威脅，他也是叫人拿弓箭指著她的，大有要把她殺了的架勢，在他心裡，人命興許是真不如地圖。

姜蕙道：「要攆出去原也無事，但那是皇祖母……」

「那也得趕走。」他道。「下回誰也不准進書房，茶水自有何遠他們來管！」

「我呢？」姜蕙微微睜大眼睛。

穆戎瞅她一眼。「妳以後親自端茶給本王，本王就放妳進來。」

姜蕙嘴角忍不住抽了抽。「好吧，我叫人攆出去，不過皇祖母問起來……」

「這事皇祖母自會知道。」穆戎臉色陰沉了些。「她的人犯了這種蠢事，問都不會問。」

姜蕙點點頭，叫金桂去傳話，把玉湖趕出王府，又傳令下去，以後除了穆戎貼身隨從，誰也不得進書房。

眾人得令，又各自做各自的事去了。

到了端午，舉國都要過節，故而各衙門也都休息一日。

二人早早起來，姜蕙看他穿了一身騎射服，好奇道：「殿下怎麼穿了這個，莫非今日要騎馬？」

「騎馬射柳，父皇最喜歡了，妳稍後看，父皇自己也要玩的。」他戴上紫金冠，顯得英氣勃勃。

她目光落在他腰間，見自己做的香囊還在，不由想到金桂說的，他天天都戴著，每換一件衣服都不忘掛這個，心裡也不知是什麼滋味，好像有些甜，也有些酸。

她把自己新做的香囊拿出來，與穆戎道：「殿下看，與你一樣的。」

他笑起來。「好，戴著。」

她拿給他，撒嬌道：「殿下給我戴，上回那個我給你戴的。」

他皺了皺眉頭，可瞧她一副期盼的樣子，不忍心拒絕，略略彎下腰給她掛上。「看在過節的分上。」

她輕聲一笑。「謝謝殿下。」

他牽了她的手出去。

等到辰時中，一乘奢華大轎從王府中被徐徐抬出來，左右跟了八個護衛，前頭有八個丫鬟，一行人往皇宮而去。

對面牆頭露出兩個腦袋來。

「聽聞衡陽王身手不凡，果然自大得很，護衛也不曾帶幾個。」一個面容俊秀的公子露出嘲諷的笑。「他倒不知上回是他好命，不然早就一命嗚呼了。」

「殿下說得是。」隨從附和。

那公子嘆一聲。「可惜不曾得見王妃的樣貌，只聽說沈魚落雁，若果真如此，倒是便宜他們越國人了。」

隨從笑道：「反正殿下早晚會看到的。」

「也是。」那公子從牆頭落下。「你早些佈置好，莫耽誤了計劃。」

隨從領命。

卻說穆戎與姜蕙到了皇宮，拜見皇太后、皇上等人，皇上急不可耐地就道：「朕已命人在校場插了柳枝，炎兒、戎兒、燁兒，你們快隨朕去，還有好幾位將軍在等著呢！」

射柳，比的是箭術，人越多越精采，拔得頭籌的也就越榮耀。

皇太后看兒子這般著急，叮囑道：「皇帝這年紀了，可不要逞強。」

皇上笑道：「隨便玩玩，母后莫擔心。」

皇后也道：「皇上知道就好了，難道還要跟兒子搶頭名？」

皇上連聲道：「便是要搶，朕又搶得過？」語氣裡竟然有幾分怨氣。

穆戎笑起來。「兒臣這回定然會讓父皇的。」

「不准讓，誰要你讓了？」皇上孩子般叫起來。「走，咱們好好比試比試！」

男兒家腳步大，瞬間就不見人影了。

皇太后伸手捏了捏眉心，半晌道：「咱們也去看看。」

姜蕙慰問太子妃。「先前就想來看妳的，不過聽說妳愛睡得很，倒是怕打攪，今日見到，精神像是很好呢。」

「這兩天是好一些了，太醫說過了這時期，人也會舒服很多。」太子妃笑道：「不過妳應該常來宮裡坐坐，這兒冷清得很，我可不怕被人打攪呢。」

福安王妃聽了，嘴角撇了撇。

太子妃說是這麼說，可真要姜蕙三天兩頭往宮裡跑，說不定怎麼恨呢！

只是她裝得好，皇太后、皇后都挺喜歡她的。

正想著，姜蕙問福安王妃。「二殿下身體好了？竟然也要去射柳？」

不好又能如何？即便賴著，皇上也不讓福安王做事。福安王妃知道，自己這相公是死心了，便是太子倒了，還有穆戎呢，怎麼也不可能輪得到他，何必還留著受氣？不如隔山觀虎鬥，總有一日，那二人中總要倒一個。

她笑了笑。「是啊，差不多痊癒了。」

幾人一邊說一邊去往校場。

姜蕙貼心地扶著太子妃，生怕她有一點閃失。

宮中的校場十分大，皇上常在這兒跑馬、練武，有時禁軍閱兵也在此處進行。

遠遠看去，果然插了一排排的柳枝了。

姜家男人都不怎麼習武，故而不曾見過這種遊戲，倒是有幾分好奇。太子妃與她道：「這柳枝碰容易碰到，但是要把柳枝射斷就難了，故而斷柳的便算贏。」

因柳枝有韌性，騎著馬不是那麼容易射準。

姜蕙點頭。「原來如此。」

「不過妳別擔心，這幾年都是三弟得了頭籌。」太子妃一笑。「三弟射箭很厲害。」

「是嗎？」姜蕙輕笑。「我還不知呢。」

太子妃見她眉目如畫，一笑起來當真勾魂，也笑一笑，問道：「今兒三弟掛的香囊，是妳做的吧？」

「是啊，我自己也有一個。」她拿給太子妃看。

「我就想是妳做的。我記得剛嫁過來時，端午節我便做了好幾個香囊，那回三弟還小，送他一個，他竟說戴了難看，便是母后說了也不肯戴，如今還不是掛著？」她略有幾分羨慕。「妳跟三弟感情真好。」

如今談這個，真早了些，雖然他表現還不錯，可姜蕙並不能確定他到底待自己能有多好，也不知道何時會變。

她笑道：「妳與大哥的感情也很好啊，我看大哥很體貼妳。」

太子妃笑容淡淡，微微撇開頭去。「興許吧。」

姜蕙沒再說話。

她有些奇怪，太子妃今日竟然與她說這麼多話。

不過她打心眼裡是不討厭太子妃，只是理智上，她又知道，她與太子妃永遠也不會成為好友，而且在將來的某一天，她們會避無可避，成為敵對的兩方。

她暗地裡嘆了口氣。

前面，皇上已經叫眾人都上馬了，自己也騎在一匹黑色的高頭大馬上。

姜蕙不由得往前幾步，尋找穆戎的身影。

這些人都穿著騎射服，不是那麼容易找到。

誰料人群中，他突然回過頭，好像耀眼的寶石一樣，散發出讓人難以抵抗的光亮。

她驚喜，朝他揚手，手裡的帕子晃動起來，好似風中的旗子。

他忍不住笑了。

她原來在看著他呢！

第五十一章

他又轉過頭。

這場射柳比賽由禁軍統領指揮，此時一聲令下，眾人都縱馬狂奔起來。待到離柳條差不多遠的時候，一個個都搭起了弓，只聽見風中嗖嗖聲響，細長的箭直飛出去，射向地上的柳條。

第一批，誰也沒有打斷，皇上興奮的聲音響起來。「射柳斷其白者，朕再賜黃金一百兩！」

眾人連聲歡呼。第二輪，統領再次發令，又見天上紛紛飛過弓箭。

這回，有鑼鼓聲猛然一敲，此次射柳結束了。

有禁軍歡喜地過來，叫道：「三殿下射中了！」

見穆戎又得頭籌，皇上感慨。「戎兒，朕是比不過你了。」

穆戎笑道：「託父皇的福，兒臣又有錢花了。」

皇上被逗得一陣大笑。

太子臉色有些陰沈。他箭術不差，但並不想贏皇上，只是穆戎沒有顧忌。他策馬過來，笑著恭喜。「三弟真是厲害，兒臣看以後哪裡有戰事，應該派了三弟去，或可直取敵軍的首級呢！」

「倒是個好法子。」皇上只當作是打趣。「戎兒可聽見了？」

「好啊，兒臣也想去開開眼界，不如下回父皇派兒臣去山西一趟，會會北元敵軍。」穆戎請命。

北元是遊牧民族，除了靠自己養的牛羊過活，便靠劫掠住在邊界的百姓，本是小小民族，但漸漸吞併四處小族，也號稱北元國。

皇上怔了怔，擺手道：「好好的去什麼北元？那裡自有郭將軍坐鎮，用不著你來操心。」他轉移話題，高聲道：「才來兩輪，朕還未盡興呢！這回再射中者，朕賜白銀一百兩。」

雖然比剛才的黃金一百兩稍少，但也是錢，眾人紛紛響應。

穆戎笑道：「得給旁人機會了，兒臣這次不參與。」

太子皮笑肉不笑，瞅他一眼，騎馬走了。

皇上則拍拍他肩膀。「好，你且在旁看著。」

穆戎打馬回去。姜蕙見他過來，迎上去，眉飛色舞地道：「殿下好厲害，聽說每回都得頭籌呢，我也開眼界了！」

她笑顏似花，教人怦然心動，他彎下腰，長手一伸，突然就把她抱上了馬背。

周圍人等都露出驚訝之色。

「阿蕙沒騎過馬，我帶她玩玩。」穆戎笑道。「還請皇祖母、母后贖罪。」

皇太后臉色有些沈。皇后個性和善些，便道：「別嚇著阿蕙了。」

姜蕙臉色慘白，果然是嚇到了。她真沒想到他有這舉動，眼見穆戎拉起韁繩，當真要帶她騎馬，她輕聲道：「殿下別鬧了，在宮裡呢！」

她也沒穿騎射服，橫坐在他身前的馬鞍上，還沒動，臀部都有些疼了，真跑起來，她不得疼死？想到這個，她臉更白了，伸手拽了拽他的腰帶。「我這麼坐不舒服。」

他低頭湊到她耳邊。「這麼多人，也不好坐本王腿上啊。」

姜蕙臉一紅。怎麼突然這麼不正經啊！誰要坐他腿上了？

他輕聲一笑。「就四處走走，不跑。」拉著馬韁，他輕喝一聲，馬兒慢悠悠地往前去了。

皇太后皺了皺眉頭，與皇后道：「戎兒越發放肆了，妳得好好管一管。」

雖說二人已是夫妻，可在眾人面前，成何體統？這點倒真像他父皇了。

皇上年輕時做過的荒唐事，更是數不清，就是現在也常有。上回便聽說帶著麗嬪睡在御花園裡，大白天的搭了個帳篷，仿效北元國，還吃牛乳、喝羊奶。

皇后笑道：「戎兒也是新婚的緣故，我下回見到會提醒他一下的。」

「妻賢夫禍少。」皇太后又道。「阿蕙到底不是大戶人家出來的，妳也要多多教導才行。」

她剛才見到，兩個人都掛著一式的香囊；平常也是，站在一起，小倆口總是靠得很近，背地裡捏手摸背的，一點也不知道顧忌。

穆戎是男人，初次嘗到女色，如此也罷了，可作為妻子，哪能一味順著不勸勸？想想，這點還是衛鈴蘭好太多了，世家千金總是不一樣，只可惜為了衛家，她這做祖母的也不好成全。好好的姑娘還為穆戎受傷，也不知是不是受這刺激，又與太子牽扯起……皇太后嘆口氣。

皇后聽了點點頭，但心裡不以為然。她可是看見姜蕙臉色的，顯然嚇得不輕，要說錯，也是兒子一時興起，她這做婆婆的橫加指責，惹得兩人都不高興，又何苦？再說，總是才成親，正是最歡喜的一段日子，等時間長了，兩個人自然就沒那麼黏了。

穆戎帶著姜蕙繞著校場走了一圈。

她初時有些緊張，可眾目睽睽之下也不好抱著他，只緊緊靠著他胸口。後來走得遠，皇太后等人都看不見了，才鬆口氣，嘴裡有些抱怨。「不知道旁人怎麼想？」

「妳又不是姑娘家，管他們呢。」他語氣灑脫。

姜蕙抬頭看他一眼，見他嘴角噙著笑容，很是高興的樣子，又是奇怪。「怎麼突然要拉我上來？」

「也不知道，就是想了。」他騰出一隻手摟住她腰身。「沒和女人騎過馬。」

姜蕙噗哧笑起來。「這有什麼好玩的，你看我坐了，還不能跑了。」

「跑的時候多，這樣的時候可沒有。」他爽朗一笑。「不過下回妳還是穿騎射服好。」

「下回我自己騎。」她俏皮一笑。「我從小長在鄠縣，家裡不知養了多少牛羊，馬兒也有幾匹，我幼時是騎過一點的，只是不太記得，但要是練練，定然不差。」

「哦？」穆戎驚訝，想一想。「對了，妳家原是地主。」

「是啊。」姜蕙笑道。「幼時玩的東西多，滿山跑呢，現在什麼也沒有了。」

她露出幾分惆悵。

「怎麼沒有，妳如今要什麼不行？」穆戎道。「本王今日才得了百兩黃金，妳拿去買地，還當個大地主。」

姜蕙瞪大了眼睛。「都給我？」

「給妳。本王不缺錢，也不缺地。」他豪爽地道。

她大喜，但同時內心又有些說不出來的滋味。早前自己為開個鋪子，為了掙點錢絞盡腦汁的，如今呢？他隨口一句，她又多了那麼多的銀錢，加上庫房那些，幾輩子都用不完了，人啊，真是不能比。

看她突然又不說話了，穆戎挑眉問：「怎麼，不想要？」

「拿了便欠了殿下好大一份人情了。」

穆戎笑起來。「好說，本王會記在帳上的，妳慢慢還便是。」說著，手就不老實地滑到她衣服裡頭。

姜蕙也明白他是什麼意思了，暗想，真是不拿白不拿，反正晚上天天都得伺候。她從衣服外面握住他的手，正色道：「騎馬就算了，這可不行，被人發現，我以後沒法子見人了。」原先好看的臉透出幾分冷豔來。

穆戎收了手。「回府裡再玩。」

姜蕙暗地裡啐他一口。

他打馬回來，聽說第三輪是吳將軍射斷了柳枝，前往賀喜兩句。

皇上盡興了，也很高興，賜下宴席與那些將軍。

眾人陸續去坤寧宮，皇太后不再湊熱鬧，與小輩們說了幾句便回慈心宮了。太子妃的肚子如今大得很，有些累，也回了東宮，剩下的沒幾個人。

姜蕙便與福安王妃、永寧公主在一處閒談。

穆戎走到外面，看見不遠處，執筆太監張壽正與太子說話，也不知說了什麼，張壽拱手，太子卻搖頭，好似沒有多少耐心，轉身往旁處去了。張壽立在原處，很有些失望的樣子。

他覺得奇怪。

見他立著不動，旁邊一個小黃門叫劉宏福的，想一想，鼓起勇氣上去道：「昨兒張公公的姪兒闖禍被蔣大人抓了，張公公向皇上求情，皇上左右為難，大概張公公也是無可奈何。」

所以想請太子援手？穆戎看劉宏福一眼，年輕人生得眉清目秀，一雙眼眸亮閃閃的，很是機敏。他問道：「他姪兒闖什麼禍事了？」

他沒記錯的話，張壽的姪子在禁軍當差。

「放班的時候喝醉酒打人，不小心把人打死了。」這是要砍頭的。

穆戎唔了一聲，沒再說話。

劉宏福識趣地退到一邊。

這些小黃門在宮中待久了，一個個都有自己的小算盤，別看太子如今是太子，可以後不好說，是以好些人坐在牆頭上，一會兒東晃晃，一會兒西晃晃的，都不是本分的人。

可不本分，對他沒有壞處。

穆戎叫來何遠。「你派人去查查張壽的姪兒打死什麼人了。」

何遠應了一聲，到了下午，他才來與穆戎說。

這會兒都用過午膳，穆戎正跟姜蕙要上轎回王府。他讓姜蕙先上去，與何遠立在旁邊說話。

「也是個無賴，兩人一言不合就打起來，真要論起來，難說對錯。不過蔣大人麼，殿下也知，他女婿前年吃了癟，被張壽擺了一道，被降職了，蔣大人是為女婿出口氣，才抓著這事不放；又是刑部的事情，張壽插不了手，正巧皇上看蔣大人也是老資歷，不肯幫……」何遠頓一頓。「莫非殿下想出手？」

穆戎淡淡道：「蔣原治跟張壽不過是半斤對八兩，蔣原治利用職權犯的事還少？要不是有劉大人護著，早貶官了，父皇還不是看劉大人的臉面？」

當然，他這父皇本來也鮮少管事，都是劉大人在管。

不是說劉大人權傾朝野便無法無天，事實上，越國也多虧得他與其他幾位重臣，才得以繁榮。可劉大人也總是個人，包庇自個兒親信，也是有的，這蔣大人便是其中之一。

如今自己女婿被太監弄倒了，他當然不甘。

何遠詢問：「那殿下的意思是……」

「你去見周知恭，他有辦法把張壽的姪兒弄出來。」

周知恭雖然也是穆戎的隨從，可不像何遠，他經常看不到人，何遠知道他暗地裡定是做了不少事，因王府好些暗衛都歸周知恭管。他神龍見首不見尾，有時遇到，也是神神秘秘的。可不像他，尋常只負責穆戎的安全。

何遠領命，暗道：劉大人今年七十三了，聽說身體也是一年不如一年，又有幾年好活？等他一倒，參天大樹沒了，蔣大人還依靠誰？可張壽還年輕，不只得皇太后的信任，也是伴著皇帝長大的，在朝中也有不少左膀右臂，自家主子是想讓張壽欠個人情。

他明白後，快步走了。

穆戎這才上轎。

姜蕙剛才正貼著窗聽他們說話，幾次聽到張壽，她記起來了，張壽是那個大太監，皇上後來身體不好，事情全是交給他處理。她那時候跟著穆戎來京城，住在宮裡不怎麼出門，也常聽到張大太監的名號，原來穆戎是與他有這份淵源。

看到他上來，她又坐直了身子。

轎子慢慢抬著走了。

到了街上，只聽外頭熱鬧紛紛，今兒是端午節，各家各戶用過飯，好些都出來玩樂。姜蕙忍不住掀開車簾，只見路上有耍雜耍的、有賣粽子的、有賣符文的、有賣水果的，一個個吆喝起來，此起彼伏。

小姑娘們頭上戴了榴花也出來玩，父母走在前面，兄弟圍在左右，她不由得想起以前在鄠縣，每回出門也是這樣。那時他們還不是什麼大戶人家，就跟普通庶民一樣，自由自在的。

她看得入了神，突然一隻手壓在頭頂，把她嚇得渾身一顫。

但一想，自然是穆戎了。

「有什麼好看的？」穆戎道。「有本王在，妳還顧著這些？」

他把她抱到懷裡，上下其手。

姜蕙一會兒就不行了，氣喘吁吁地推著他。「皇上送你轎子，可不是讓你拿來……」見他還不停手，她嬌嗔道：「一會兒動得厲害，轎夫都知道在幹什麼了。」

她怎麼好意思下轎？下面四個轎夫呢。

穆戎一想，收了心，抱著她不動了。

姜蕙鬆口氣。成親也一個多月了，可這人在這方面沒怎麼收斂，還跟以前一樣急吼吼的，見到她，總是忍不住動手動腳、沒個節制，其實這算好事，可有時候她也真覺得羞人。

她摸摸臉頰，有點燙，身上也熱得很。穆戎與她差不多，渾身躁熱，只覺這轎子裡越發悶得慌。他把姜蕙抱在裡面坐好，伸手掀開簾子，立時有微風吹進來，舒服多了。

「可見這轎子有個不足。」他道。「應該做個雕花窗，便是不用簾子，從外面看進來，也看不清人。」

「這主意好啊，雕個芙蓉花的。」

「那麼喜歡芙蓉？」他問。「怎麼不在園子裡種上大片芙蓉花呢？只弄了些花盆，太不像話了，本王要妳好好佈置的，妳又來糊弄？」

「不是，是因為不知住多久呢。」她嘆口氣。「我怕白費力氣啊。」

聽到這句話，穆戎沈默下來。

皇太后的意思是想讓他去衡陽，其實他自己去哪兒都行，可被人逼著去，他不太樂意。但是為此讓父皇為難，與皇太后起衝突，他又覺得不太好。

長久以來，他便是在進與退之間矛盾著。

有時候想要退一步，或許海闊天空，可有時候又明白，這是一個天真的、難以實現的念頭。

他這樣的人，興許生來就只能往前進，哪怕最後粉身碎骨。

看他眉宇間漸漸有了愁，上輩子見到的沈鬱好像又回到了他身上，姜蕙忍不住想要用手去抹掉。

她看向窗外，忽地叫道：「殿下看，有風箏呢！」

他轉過頭，果然看到天上有只風箏，好像是隻燕子，飛得高高的，自由自在，又瞧見她明朗的側臉，他心情好一些了，伸手捏捏她臉頰。「沒出息，都是王妃了，還當自己是個小姑娘？」

「殿下自然不稀罕外面了，你天天都能出去，往常還遊山玩水呢，可妾身就是出去吃頓飯都不行。」姜蕙撇撇嘴，滿臉的委屈。

「什麼大事，一會兒本王請妳去酒樓用晚膳。」

姜蕙高興極了。「不許騙人。」

穆戎看她笑得眉眼彎彎的，淡淡道：「本王只騙豬。」

姜蕙恨得牙癢癢。

回到府裡，穆戎道：「等傍晚，自己好好收拾收拾。」說完就先走了。

姜蕙一開始沒反應過來，後來才知道他剛才不是說假話，當真要請她出去吃飯！她心花怒放，連忙叫兩個丫鬟去挑選裙衫，一邊道：「不要太惹眼的。」既然是去外頭，自然不能招搖了。

兩個丫鬟選衣服，姜蕙把一個個匣子拿出來，各色首飾攤了一桌子，等到傍晚才一樣樣定好。

穆戎自己也換了一套尋常的杭綢夾袍，淡淡的紫色，衣襟與袖口用銀線繡了芙蓉暗紋。這樣的衣服於男人來說太過秀氣，可他穿了卻很合適，芝蘭玉樹般的俊雅。

姜蕙出來，露出驚喜的笑容。「殿下可真好看。」

「妳也不錯。」他微微挺直身子，欣賞地看她。

她穿了件鵝黃色遍地纏枝玉蘭花的襦衣，下頭一條暗銀刺繡的淺藍百褶裙，梳了單螺，只插一支白玉簪子，簡單俐落，收斂了身上的濃豔，清新芬芳，像個還未出嫁的小姑娘。

穆戎牽住她的手。「走吧。」

她歪頭問：「請我去哪兒？」

「去了就知。」

二人這回沒坐奢華的轎子，只乘坐尋常馬車。

到了街口，馬車停下來，姜蕙出來一看，原是京都最豪華的酒樓余香樓，足足有五層。

儘管已是十分收斂，但穆戎渾身貴氣，姜蕙也是今非昔比，一看便是富貴人家出身，夥計忙忙迎上去，何遠道：「要三樓雅間。」

夥計領了他們上去。

只見四處都很熱鬧，今兒客人多，一層一層好些人都在喝酒吃飯，還有請了人來唱小曲的，咿咿呀呀，婉轉動聽。

姜蕙坐下來的時候，滿心高興。

其實吃頓飯沒什麼，在家裡吃也一樣，別說王府的廚子燒得還好呢，也就是貪圖個新鮮勁。

她興奮了會兒，才看向穆戎。

男兒家自由得多，尤其是他，也不知去過多少地方了，所以今日願意陪她來，姜蕙是真的很意外。她笑著道：「今兒兩個丫鬟都說殿下對妾身好呢。」

「早說妳祖墳冒青煙了。」穆戎挑了挑眉。「以後好好報答本王。」

瞧瞧，一誇他，尾巴又翹起來。姜蕙抿嘴輕笑。

飯菜端上來，穆戎不緊不慢倒了盅酒，慢慢飲著。姜蕙想起那日在宋州，他也說要自己報答，她便偷偷去了酒樓，當日還為他想明白而高興，一時喝醉了酒。

不知不覺，竟然過去兩年了，而她嫁給他，出乎意料地順利。

二人吃了會兒，她忍不住問道：「殿下，假使殿下娶了另外一位姑娘，今日還肯不肯帶她來酒樓？」

上輩子，沈寄柔自盡，倒不知他到底是否對她好過？

穆戎奇怪。「怎麼問這個，本王不是娶了妳嗎？」

「我只是好奇。」姜蕙幽幽道。「不知是因我，還是因我是你的妻子。」

穆戎不明白她的意思。「好好的，又在胡說什麼？」

他是不會知道的了，姜蕙展顏一笑。「也沒什麼，是我胡說。難得這麼高興，妾身陪殿下喝酒。」她給自己倒了一盅。

穆戎叮囑。「少喝點。」上次喝得酩酊大醉，還要他灌醒酒湯呢！

姜蕙噗哧笑起來。「知道了，就喝一點。」

二人說說笑笑，用了一陣子的飯才回去。

第五十二章

此時，天已黑了，但今日端午，並不宵禁，晚上舞獅子的、耍雜技的就在街上表演，圍著好些人在看，時不時聽到喝采聲。姜蕙將將從酒樓出來，拉著穆戎也去看，對面走過來一人，借著月光、火光，往姜蕙臉上一瞧，呼吸好似瞬間都停住了。

她一顰一笑，難以用言詞形容，便是用筆，只怕也難以畫出來的。

那是一種少見的神韻，勾魂攝魄，想他楊拓也不是沒有見過美人，可這樣的，此生都不曾遇到。

難怪衡陽王放著那些家世高貴的閨秀不娶，要娶了她。

楊拓回過神，往右退了退，隱在人群中，但眼睛卻不曾離了那二人。

只見穆戎先是不肯，可在她嬌聲軟語中，又帶著她去看。

兩人珠聯璧合，時不時地對看一眼，好像這世間最甜蜜的夫妻。

楊拓臉色越來越冷。要不是越國人，他興許現在也跟穆戎一樣，天生尊貴，衣食無憂，不只有這樣的身分，還有這樣傾國傾城的嬌妻；可是他現在只能裝作尋常的庶民，整日裡擔驚受怕不說，見到官員，為不惹事，還要低聲下氣。

他什麼都沒有，原本擁有的都被越國人奪走了，現在有的只是滿腔的復國心，與對越國人的仇恨！

他轉身走了。

二人看了一會兒，穆戎也不再縱著姜蕙了。「回去了，有什麼好看的？妳要看，下回請了來王府。」

姜蕙今日也很滿足了，乖巧地點頭。「好。」

何遠去吩咐車夫過來，二人沿著街道往空曠一些的地方走。

誰料到才走幾步，也不知出了什麼事，人群忽然散開，姜蕙只覺掉了什麼東西下來，一摸頭，在髮髻上找到一文銅錢，她瞪大了眼睛，拿給穆戎道：「怎麼有錢呢？天上掉錢了？你看。」

穆戎還沒答，人群瘋了一樣地衝過來，有幾人橫穿過他與姜蕙，力道十分大，瞬間把他們隔了開來。等到他推開他們，再往前看時，姜蕙不見了。

只見周圍滿是人，多數都在地上撿銅錢。

他一個個看過去，沒有姜蕙，大聲喊她，也沒有人回答，好像她突然從世上消失了一般。

他低頭看看掌心，可手掌還留著她的餘溫，只是自己不曾握得緊，被人一撞，就分了開來。

他立在那裡，前所未有的恐慌如海浪般襲上了心頭。

直覺告訴他，她定是出事了！

就在他怔忡間，兩名庶民打扮的男人悄悄貼上來，一左一右突然發動攻擊，冰冷的匕首夾帶著寒風，差點碰到他脖頸。

穆戎如閃電般往左一讓，右手已斜劈在另一個手持短刀男人的手臂上。

偷襲的人沒有得逞，互相看一眼，往後急退，可穆戎哪肯讓他們逃脫，疾步追了上去。

街上，百姓們還在撿拾銅錢。

等到何遠領著人來，只見穆戎跟姜蕙都不見了。

他心頭大急，招呼不遠處的侍衛過來，喝道：「人呢？」

「正等著給您通報。」侍衛道。「必是有人圖謀什麼，往地上撒錢，可惜人太多，一時近不得殿下與娘娘的身，只片刻工夫便看不到了，屬下已派人去尋……」

何遠心頭一冷。上回就有人要射殺穆戎，這回該不會又是為此吧？

「把府中侍衛都調出來！」

剛說了一句，穆戎從遠處走來了，正拿帕子擦手。剛才他抓住其中一人，結果那人眼見逃不走，竟然拿匕首自刎，血濺到他手上，鮮紅一片。

幾人忙上去行禮。

穆戎面色肅穆，輕聲道：「娘娘恐被人抓了，你們小心去尋，莫走漏風聲。」

何遠一怔。「不走漏風聲還怎麼尋？殿下——」

他說著頓住，若是大肆搜索，旁人定然會知娘娘被人劫掠，這於娘娘名聲無益，可悄無聲息，又如何找？萬一耽擱時間，只怕走得更遠了，他建議道：「殿下，不若與盧大人說一下。」

他是五城兵馬司指揮使，要找由頭比較容易。

就在這時，一個侍衛忽地指向前面。「殿下，娘娘在那兒！」

穆戎大喜，回頭一看，果見姜蕙從一處小巷子裡走出來。

幾乎是跑著，他瞬間就到她面前，一把將她摟在懷裡。

姜蕙臉貼著他胸口，想到剛才的凶險，心怦怦直跳。

她一開始也以為自己定是完了，被人捂住嘴，還被餵了東西，結果卻不是，事情的發展出乎她意料。至少，她很快就被放了出來，沒有弄得滿城風雨。

頭頂上忽然傳來怒氣沖沖的聲音。「妳到底去哪兒了？再如何糊塗，也不該離了本王！妳是傻子嗎？走那麼遠！」

他尋常聲音很輕，可這回好像炸雷一般，一點也不怕浪費力氣了。

姜蕙忙道：「我剛才被人一推，差點摔倒了，等回過神，只見前面都是人，也看不清路，走錯了方向。」她抬起頭看他。「教殿下擔心了，殿下無事吧？」

「我無事，先回去。」

他拉著她坐上馬車。

姜蕙偷偷攤開手掌，只見掌心有一條紅線隱隱浮現出來。

剛才那人說已令她吞了追魂蠱毒，看來不假，這麼快就有表象了。

穆戎此時道：「有人刺殺本王。」

姜蕙嚇一跳，原來不只抓她。「那殿下……」

「我沒受傷。」穆戎看她一眼，想到那條小巷子，眉頭皺了皺，當時他喊她名字，她一點聲音也沒有，若是尋常情況，該會答一聲吧？她沒有，難不成是沒聽見？且她那麼聰明，豈會往暗處跑？便是不跑，也該留在原處，她不是那麼蠢的人，除非……

他面色一沈。「妳可是有事瞞著本王？」

姜蕙道：「是，剛才不便說。」

她知道穆戎疑心重，便是自己要盡心機隱瞞，早晚有一日他還是會察覺，而且這事不告訴穆戎，對她沒好處，將來跳到黃河都洗不清了。她把手伸到穆戎面前。「有人給我下毒了，你看。」

他抓起她的手，只見上面有條不尋常的顏色。

「誰下的？」他拉開車簾，要讓何遠去請御醫。

不料，她柔軟的手一下覆蓋在他唇上，他放下車簾。

「是蠱毒。我只有三日的命，萬一御醫解不了，我必死無疑；再說，若傳出去，旁人定會追根究柢的。」

丟掉性命的事，她說來卻面色平靜。

穆戎心頭一震。「有人要脅妳？」不然不會下這種毒。

下毒，要麼是為取命，要麼便為威脅。

姜蕙點點頭。「是魏國皇室後人。他要我後日去城中映水亭，也不能透露此事，想必殿下猜得到他用心了。不過他提到我外祖父，沒想到還活著，我想去見一見。」她頓一頓。「殿下不准也罷了，我能活到今日，也不算虧，還做了王妃呢。」

「胡說什麼妳？」穆戎本就難受，眼見她如此，只覺心裡一痛，難以說出話來。

他沈默會兒道：「妳便去見吧，或許能拖一段時間。」他輕撫她手掌。「看來本王也不能圍捕他了，映水亭四處無遮蔽之物，若被發現，恐怕他們會把解藥毀了。」都是死士，無法強迫的。

姜蕙有些詫異，但心頭也一鬆。「還請殿下稍後偷偷把寧大夫領進府。」

「御醫妳都不肯，卻要見他？」穆戎挑起眉。

「寧大夫是神醫，我相信他會有辦法的。」

「死馬當作活馬醫了。」穆戎見她仍很平靜，拉她入懷，柔聲道：「妳當真不怕？尋常女子這會兒得哭了。」

她勉強一笑。「誰說不怕？剛才已經怕過了。」

再說，怕又能解決什麼問題？

她伸手摟住他的腰。「其實這樣也好，我正好去探探他們的底細。上回殿下差點被射中，應是出自他們之手，還不知幕後主謀是誰，興許會告訴我。有句話不是說，不入虎穴焉得虎子？」

他沒說話，眼見她這般堅強，只後悔自己過於自大，沒有想到那些人還在盯著他，甚至會對姜蕙下手！

他生出一股無力感。尋常時候，她的事，他都可以解決，但這次不行，她竟然只能靠自己了……他忍不住嘆了口氣。

姜蕙聽到嘆息聲，詫異地抬起頭。

「殿下莫擔心，我還有外祖父在呢，想必會替我求情的。」她笑一笑。自己也還有利用價值，他們不會殺了她的。

穆戎垂眸道：「誰擔心妳，都是因為妳要看雜耍！妳不去看，會有事？」

本想說活該，可到底沒能說出口。

姜蕙道：「是啊，是怪我，不去吃飯什麼事都沒有了，也連累殿下差點遇險。」

她還有心思安慰他。

穆戎又不說話了。

二人到了府裡，穆戎吩咐何遠去把寧溫帶過來。

「寧大夫，我中毒了。」姜蕙見到他，就把手給他看。「說是蠱毒。」

寧溫吃了一驚，低頭看一眼，道：「是蠱毒，但蠱毒多出自苗疆，娘娘怎會遇到？」他實在無法理解，又觀察姜蕙的臉，叫她把舌頭也伸出來。「看來是才中。」

「真準，確實是。不過說到緣由，我也不知從何說起，還煩勞寧大夫給我治好。」

她與他說起話來無甚規矩。

寧溫道：「我定會盡力的。」

他一邊看姜蕙的手，一邊沈思。

穆戎在旁邊皺了皺眉，眼見寧溫還伸手去摸她手掌，兩人肌膚相親，他少不得想到以前見過的一幕。只是這毒稀有，又不好打攪，便陰沈著臉，在屋裡走來走去。

寧溫終於看完了，正色道：「應是蛇蠱，我且試試能不能解。」

穆戎道：「那你還不開藥？」

「這不是尋常草藥能行的。」寧溫道。「我得去趟海津。」

穆戎面色一沈。那不得好幾日？

寧溫也知道時間不夠，他看向姜蕙，怕她香消玉殞。

姜蕙道：「十天半月無事。」

寧溫鬆口氣，看來必是出了什麼機密事，只是他也不好問。

穆戎卻道：「御醫可治得了？」

寧溫搖搖頭。「不是在下自誇，若不是我自小流浪在外，恐怕都不知如何解，也是機緣巧合才知道蠱毒。此毒講究相剋，若沒有剋的東西，醫術再精湛都沒有用。殿下不信，可去問御醫。」

他站起來。「還煩勞殿下借我兩個人、幾匹快馬。」

他侃侃而談，極是自信，教人不容置疑。穆戎吩咐何遠。「他說什麼，你便給什麼。」

何遠領命。

寧溫看姜蕙一眼，柔聲安慰道：「娘娘莫怕，我會儘快回來。」

姜蕙點點頭。「我知道，你路上小心。」

他轉頭走了。

穆戎叫姜蕙早些休息，稍後把何遠叫到書房。「這些人定是藏在城中，才會提到映水亭，不然進出城門徒增麻煩。你把近幾年魏國餘孽犯的事都找出來，還有京中百姓的戶籍黃冊……算了，本王明日去戶部自己查看黃冊。」

他火氣很大，好像一頭困獸，何遠也不敢插嘴，應一聲就退下去。

隔了一日，兩人一大早就起來了，穆戎要去戶部，姜蕙要去映水亭。

穆戎早膳也沒用幾口，沒心思吃。

明知道自己的妻子要去見餘孽，他卻無所作為，他衡陽王何時有這樣窩囊的時候？可為了保住姜蕙的命，卻也只能如此，等以後抓到他們，看他不把他們碎屍萬段！

穆戎臉色陰沈，好像冬日裡的冰一樣。

姜蕙道：「殿下，該走了，別耽誤了時辰。」她儘量輕鬆些。

穆戎看看她。「妳沒什麼要說的？」

今日一去，太多變數。

姜蕙笑道：「應不會有什麼，我會見機行事。」她頓一頓。「當然，假使我回不來，只求殿下看在我寧死不屈的分上，將來待姜家好一些，我便滿足了。」

這話半是真，半是打趣。

看著她妍麗的臉，那雙明眸在晨光下閃閃爍爍。穆戎徐徐道：「就沒別的與本王說？」

姜蕙一怔。假如她真一去不回，穆戎還是一樣能過得好好的，沒了她，他還是他，還是衡陽王穆戎，也是將來的帝王。

她笑起來。「到時殿下莫記著妾身就是了，多多保重。」

沒有什麼纏綿悱惻的話，還叫他別記著她。穆戎眼眸瞇了瞇，冷聲道：「若本王沒猜錯，他們定是要妳殺了父皇或者本王，妳都答應便是，不會死。」他頓一頓。「暫時都答應了，其他回來再說。」

熬過去這幾日，與許寧溫就能解了她的毒。

姜蕙道：「好。」

穆戎深深看她一眼，轉身走了。

第五十三章

姜蕙確實已經平靜下來。事到臨頭，伸頭一刀，縮頭也是一刀，何不從容些？她歇息會兒，眼看時辰差不多，便起身前往映水亭。

這處亭子位於城西，除了靠牆的一面種了幾棵樹外，周圍什麼都沒有，甚是荒涼，一般也無人去，偶爾會有孩童過來玩耍。

此時，亭子裡正有三人站在那兒，都是穿了尋常的衣服，看起來好像普通百姓。其中一個中年人道：「不知衡陽王妃可會來，屬下……」

「若是聰明，自然會來。」楊拓挑眉道。「除非她不要命了。」

看昨日她的態度，不似旁的女子遇到事情哭哭啼啼，她立在他面前，身姿挺拔，第一句話竟然問他。「你想要什麼，說出來，咱們好好商量商量。」

瞧著那麼嬌美的一個人，竟是這種性子，便是聽到自己服了毒藥，她也沒有太過害怕，待他提起她外祖父，才終於有些動容。

楊拓與身邊的老者道：「梁大人，您這外孫女兒真是不一般呢，與您一樣，膽量過人。」

老者名梁載仕，心情複雜，嘆一聲道：「想必婉兒教得她很好。」

「梁大人也不必難過，等有機會，你自會看到你女兒的。」

正說著，前方有人來了。

遠遠見到一襲綠衣，像是陽光下鮮嫩的葉芽。

楊拓一笑，隨著姜蕙走近，心情更好了。「還真準時。」

他臉上仍戴著面具，一如前日在巷子裡所見。

姜蕙道：「不敢不來，誰讓我的命捏在你手裡呢。」

楊拓笑道：「識時務者為俊傑，看來妳不蠢。」

姜蕙在心裡暗自冷笑了一聲，目光投向梁載仕，只見他年約六十餘歲，容貌清臞，長得頗高，也很瘦，看起來就像一根竹竿，可一雙眼眸卻很清亮，絲毫不顯渾濁。

不等她說話，梁載仕已經激動地道：「妳與婉兒長得真像！妳、妳是叫阿蕙吧？」

難道這是她外祖父？姜蕙皺了皺眉頭。「你與我阿娘長得可不像。」

「婉兒像她母親。」梁載仕上下瞧著姜蕙。「妳也像妳外祖母，可惜我今兒見不到阿辭、寶兒。聽說寶兒都有八歲了？唉，當年我與婉兒失散，不知她——」

「那你為何不回來尋她？」姜蕙問。「你可知她後來做了旁人側室？」

梁載仕露出自責的神情，往後退了退。「當年兵荒馬亂，如何尋得？且我還受傷了，自顧不暇，等到安定下來，也不知她去了何處；便是妳外祖母，我至今還不曾尋到，想必是……」他喃喃道：「她身體原本也不好，只願她今日得見我尋到你們，也能安息。」

他情真意切，姜蕙聽在耳裡，卻沒有半分觸動。

她自小就疑惑自己為何沒有外祖父、外祖母，可後來漸漸習慣了，也不曾再問。只是前日楊拓提起，她竟有幾分意動，想著見到外祖父興許也能解了一些遺憾。誰想到，今日一見，她竟是不曾有任何感覺。

那是個陌生人，即便是她外祖父，她也沒有因他的話而難過。

畢竟不曾一起生活過，假使今日是阿娘來，她定會哭的。

姜蕙微微垂下眼眸，與梁載仕道：「外祖父，你也知我阿娘已經成親，且有了三個孩子，過得很好，那外祖父可曾想過，將來一聚，會給阿娘帶來什麼？」

除了親情，便是麻煩！

梁載仕心頭一震。

楊拓眯起眼睛，橫插在二人之間，聲音好似一條毒蛇。「祖孫見面，本是歡喜事，何必還提從前？」他頭低下來，在姜蕙耳邊道：「妳別忘了，妳的命。」

姜蕙道：「不曾忘，還請……」她看向楊拓。「不知公子大名？」

「本王楊拓。」楊拓沒有隱瞞。

「喔，見過殿下。」姜蕙把手伸給梁載仕看，小嘴一撇。「外祖父，瞧我這手，毒氣都到這兒了，馬上就要一命嗚呼，到時我娘知道，不知得怎麼傷心呢！」

您就這麼待我這外孫女兒？這是她的言下之意。

梁載仕有些尷尬，輕咳一聲道：「殿下也是怕妳不來。」

「如何不來？只要提到外祖父，我自會來見一面的。」姜蕙嘆口氣。「但也罷了，我知咱們魏國人的處境，聽說好些人都被充作奴隸，我也是因阿娘隱瞞身分，才能嫁給三殿下。」她又問：「外祖父，您現在是在做什麼？」

「梁大人是魏國的兵部左侍郎，父皇過兩日打算升他為尚書。」
居然稱呼父皇？還有各類官職，難道他們私下真有一國？
姜蕙露出好奇的樣子。「那外祖父是何時到京城的？又是怎麼發現咱們的啊？」
「三年前了。」梁載仕道。「當時你們在宋州，也不好——」
楊拓打斷他，看向姜蕙。「怎麼妳總是問來問去？」
「第一次見到外祖父，不問才奇怪吧？」她微微一笑。「換作是你，你一句都不問？」
她總是繃著臉，這會兒突然一笑，好似百花盛開般豔麗。
楊拓看得心怦怦直跳，恨不得伸手把她摟進懷裡，強壓下這個念頭，才道：「等妳立了大功，自會給妳機會問。將來姜家也能飛黃騰達，妳父親、哥哥封侯拜相都不在話下。」
姜蕙聽到這話，當真覺得諷刺。難道她不做，她姜家就不行了嗎？
可自己小命要緊，她頷首。「還請殿下明示。」
他從袖中取出一個匣子，打開來，露出兩粒藥丸。「一枚給那越國賊子皇帝，一枚給妳夫君，妳小小女子不易引人注目。」他闔上盒子。「那賊子皇帝不是很喜歡妳夫君嗎？必定對妳也不會防備。」
果然如穆戎所料，他要自己毒死皇帝跟穆戎。
姜蕙奇怪。「便是他二人死了，又於魏國何益？」
楊拓道：「這妳不用管。」他取出一枚解藥給她。「此藥可拖延半月，妳也只有這半個月的時間。」

姜蕙看向梁載仕。

梁載仕到底不忍。「殿下，她總是個女子，哪裡做得好？那賊子皇帝常愛出門，不怕沒有機會。」

「好幾次都不成，他們定是防範了。」楊拓斬釘截鐵。「她是你外孫女，便是咱們魏國人，為魏國出力不是人之常情？梁大人莫忘了，咱們為了復國，死了多少人！他們難道便沒有兄弟姊妹，沒有父母了？咱們一路便是靠著那些人才走到這兒的。等到將來魏國再起，本王自會好好祭奠他們！」

梁載仕無言以對。

他自從魏國覆滅之後便一直跟隨魏國六皇子楊毅，這楊拓乃楊毅的獨子，也是魏國未來的希望，他只能聽從他。

姜蕙瞧見梁載仕的表情，猜測他是不夠堅定的。

畢竟魏國滅國已那麼多年，如今魏地早已被越國侵占，所統領的官員都是越國人，他們皇室拿什麼來復國？只靠一些死士嗎？倒不知這楊拓何來的信心。

她站起來道：「我也只能試試，假使不成，還請外祖父見諒，我定也盡了力，誰不怕死呢？」

梁載仕面露愧色，第一次見外孫女竟然是這個結果。

「殿下……」他又要請求。

楊拓卻道：「梁大人請先走吧，我有話與她單獨說。」

梁載仕無奈，暗想等會兒再行勸一勸，指不定仍有些用。他看姜蕙一眼，道：「阿蕙，妳要保重。」

姜蕙淡淡道：「外祖父也保重，興許這也是咱們最後一次見面。」

梁載仕更覺羞愧，轉身走了。

楊拓見她伶牙俐齒的，甚會挑撥，一等梁載仕走遠，冷聲道：「我見妳並不心甘情願。」

「難道殿下能？」姜蕙幽幽。「誰想毒死自己的相公呢？有道是一夜夫妻百日恩，我是下不了手，若他死了，我成了寡婦不說，這良心也不能安。」

她眉宇間滿是憂愁，看著教人心疼，又讓他嫉妒。

他忽地拿開面具。亭子裡雖然光線不亮，可他天生一張俊臉，像是明珠自會放光。

姜蕙看得愣住了。

瞧見她的驚訝，楊拓得意一笑。「本王自問比起穆戎，並不遜色，假使他死了，本王便娶妳，妳也還是王妃。」

姜蕙微微睜大眼睛。

他走過來，身子前傾，與她距離不過幾寸。「如何？」嘴唇差點要碰到她的臉。

姜蕙倒退幾步，面上已然露出嘲諷之色。「說什麼娶我，殿下只給我半月時間，還不如說等著給我收屍吧。」她轉過身。「便是皇上疼愛夫君，也不是常常見面的，我如何下手？今日一別，便是永訣了。」說完便往前走了。

楊拓一怔，疾步上前拉住她。「本王多給妳半個月。」

姜蕙聽到這話，暗自發笑，轉過頭仔細打量他一眼。

其實也不過是個十八、九歲的年輕公子，對著女人，容易心軟。

她微微一笑。「謝過殿下，不過殿下這樣露出臉，不要緊嗎？上回在宮裡，我夫君差點被毒箭射到，聽說兵馬司派了士兵一家家去找魏國人呢，只是一無所得。」

楊拓露出得意之色。「咱們向來神龍見首不見尾，可不是那麼容易找到的。」

「哦，看來殿下尋常會易容吧？不然咱們白皮臉可難藏得住，尤其是男兒家。」

楊拓笑一笑，並沒有否認，從袖中又取了一顆藥丸給她。「過半個月再服用，不可一起。」

她接過來，道了聲謝，思量一下道：「魏國的復國之路艱辛，只怕單憑殿下幾人，難以成事——」

他打斷她。「這些用不著妳操心，妳只管做好妳的事情！」

提到這個，他倒是守口如瓶。

姜蕙也不再問，行過一禮，轉身走了。

回到王府，她把一粒解藥吃了下去。

府中早有隨從把這事告訴穆戎，聽說她平安，穆戎鬆了口氣，又翻起手頭的戶籍黃冊。

越國每五年調查一次人口，登記戶種入冊，其中每年有遷出遷入人口，也都會寫入其中，穆戎雖然以前沒接觸過，但也知道要造假一份戶種並不難。

因天災人禍，每年都有難民離開原地，零散於越國四處，又有商人入京定居，事實上，越國不知有多少人不曾登記入冊，甚至還有人故意隱瞞家中人口，以此減少稅賦。

不過像魏國餘孽，假使要隱藏在京中，為了避免不可知的麻煩，他們反而需要一個證明，有了堂堂正正的身分，那麼就算有官兵找到家中，他們也是良民。

穆戎一家一戶瞧過去，沒多久就有些頭暈眼花，把黃冊往何遠面前一扔。「你給本王好好看一看，住了五年以下、一年以上的，都找出來，家中有官員的除外。」

對於官員，一般背景調查很嚴苛，魏國人應該還沒有那麼大的本事。

何遠嘴角抽了抽。這要看到何時啊？但主子下令，他哪敢不從，只得接著翻下去，又好奇地詢問：「屬下有一事不明，為何要五年以下、一年以上的？」

「因五年前那些人還在山西鬧騰，後來才沒了動靜。另外，一年時間尚短，他們初來乍到，也要時間適應。」穆戎想了想。「興許還開了鋪子以掩飾？」

不然一家子都無所事事，只怕也會引得旁人懷疑。

「你注意看看家中資產。」他叮囑。

兩個人直翻到傍晚才回來。

穆戎一到王府，就去看姜蕙。

「如何？」他問，目光從頭到腳地審視她一遍。

姜蕙正歪在美人榻上。「不曾有什麼。正如殿下猜的，確實叫我毒殺皇上與殿下。」

穆戎眉頭一皺。「沒有提到大皇兄？」

「沒有。」姜蕙道。「我也奇怪。」

他見她好像有些累，坐在她旁邊問：「可是毒發作了？」

「也不知，吃了藥有些睏。」她笑容慵懶。「那人叫楊拓，自稱親王，給了我兩粒解藥，倒是可以撐一個月。」

「魏國皇家是姓楊。」他輕撫一下她的頭髮。「可見到妳外祖父了？」

「見到了。」她搖搖頭。「還不如不見呢，我這外孫女兒都要被毒死了，他也幫不了。」她有些嘲諷。「什麼復國，我看他們是在作夢，只怕被有心人利用了，自己還不知道，真真可笑。」

想到那楊拓，怕也是自小信了這個復國的夢，懵懵懂懂地活著，也是可憐。

「我看對越國根本也構不成威脅。」她得出這個結論。「對了，他們好像是三年前入京的。」

「哦？」穆戎笑起來。「本王正在看黃冊，有這年限便好找了。」

她點點頭，只覺渾身乏力。

穆戎看她靜臥在自己懷裡，一動也不動，便知她睡著了。垂眸看她，一張臉蛋越發的小，好似還沒他巴掌大，他面上不由露出幾分憐惜，拿起旁邊的薄被。

金桂要過來，他擺擺手。

她好像有些被驚到，睫毛顫動了兩下，身子也微微側了側。

他給她蓋上被子，她卻沒有再動。

穆戎往後靠在榻背上，想起早前見她，她為一個夢就敢闖到行府正堂，後來何夫人連同金荷又要對付她，小小年紀也不知怎的就那麼多的麻煩。

要不是遇到他，還不知會怎麼樣……

不過倒也像她說的，皇室複雜，如果今日她不是王妃，只怕魏國人也不會尋來。這一點，倒是自己連累她了。

他閉起眼睛，不知不覺也睡了過去。

兩個人坐在榻上，倒當成床了。

直到天色全黑，姜蕙才睜開眼睛，朦朧中，只見屋裡都燃了紅燭。她往旁一看，穆戎也睡著，黑眸緊閉，十分安靜，沒有歡喜也沒有憂愁，只有教人看得移不開眼睛的俊俏。

她笑起來。沒想到自己說話時居然就睡著了，定是那解藥的緣故。

她打了個呵欠，悄悄起來。

腰間卻一緊，耳邊聽到他略顯低啞的聲音。「壓得本王腿都麻了，這就要逃走？」

姜蕙驚訝。「腿麻了？」

「嗯。」他一動，眉頭就皺起來。

平生還沒被人在身上睡過，這滋味不好受。

姜蕙忙道：「我給你揉揉。」她伸手就去捏。

穆戎差點跳起來，只覺被她捏過的部位又痛又痠，說不出的難受。他閃電般的抓住她的手，臉一沈道：「別亂捏，妳扶本王起來。」

姜蕙道：「怎麼了？麻了就是要捏一捏才好的啊！」

她用另一隻手又給他捏了一下。這感覺……

穆戎恨得牙癢癢。「妳故意的是吧？」

她從榻上下來，認真道：「捏是要捏，但是也得走一走才好。」

穆戎暗道：妳等著，以後也有妳麻的時候！

他站起來，兩腿又是一陣麻，差點不能走路。

眼見兩個丫鬟就在前面，他喝道：「都出去！」

金桂、銀桂嚇一跳，但他平常動不動就這樣的，也早就習慣了，兩個人兔子一般跑了。

姜蕙扶著他在屋裡走了一會兒，他高大的身子倚著她，一隻手環著她脖子，壓在她肩膀上，姜蕙很快就出了汗，嬌嗔道：「你可真重，我都要扶不動了。」

穆戎道：「扶不動也得扶，誰弄的？」

「我也不是故意的啊，再說我睡著了，殿下也可以走開的。」

穆戎道：「妳重得跟豬一般，本王推不開。」

姜蕙嘴角抽了抽，只覺肩膀越來越重，一下子就軟了下來，差點坐倒在地上。

穆戎哈哈笑了，好像一個惡作劇的孩子。

姜蕙見他立得好好的，便知早就不麻了，撇撇嘴道：「原來在耍著我玩呢。」

她倒是累得慌，眼見旁邊有椅子，立時坐了上去。

穆戎挑眉。「這叫現世報。」

真是個斤斤計較的人，姜蕙道：「吃不吃晚膳？我餓了。」

「傳吧。」穆戎坐到她旁邊。

等到飯菜來了，他也不坐到對面去。
姜蕙有些不習慣，他卻自顧自地吃起來。
轉頭一看，吃得還挺歡。她微微一笑。

第五十四章

稍後，穆戎又去翻黃冊了，找到三年前添加的京都戶種，有三十九家。他一個個看過去，覺得有三、四家都挺可疑的，指給何遠看。「你派人暗中盯著。」

何遠道：「是。不過殿下，萬一發現了，要不要……」

「別動手，等阿蕙的毒解了再說。」他想著頓了頓。「你可知道四年前，大哥去大名府的事情？」

何遠點頭。「自然，那回皇上叫太子殿下跟著周大人去歷練的。」

「是，但是那會兒出了事，原本父皇還要派兵馬去大名府，但是後來好像又解決了。具體何事，本王也不太清楚。」

穆戎依稀知曉，好像他們路上遇到劫匪，可大哥回來後，卻輕描淡寫，沒怎麼提。何遠也不知他為何會說起這個，一頭霧水。穆戎手指在桌面敲擊了兩下，一個念頭慢慢湧上來，他的神情越發複雜了。「你先下去吧。」但他最終什麼也沒有說。

端午過後，天漸漸熱了，蚊蟲也多起來。窗櫺新換了嫩綠色的籠紗，看起來極為雅致，比往常的紅色漂亮。衛鈴蘭半躺在床上，拿著書懶懶地翻幾頁，也沒有心思看。她的手還沒有全好，母親不准她下床。

丫鬟素英突然從外面跑來，眼見素華在，悄聲叫她出去，才走到床邊與衛鈴蘭道：「姑娘，太子殿下使人送來的。」

她取出一個小匣子，打開一看，竟是許多五顏六色的小珠子。「說怕姑娘閒著悶，給姑娘拿了玩的。」

衛鈴蘭瞧一眼，嘴角露出一抹諷笑。前幾日也是偷偷送東西來，她一併退了回去，這回送得更貴重了，這珠子雖小，卻是貨真價實的寶石。

素英笑道：「太子殿下還是很誠心的。」

連她都收買了？衛鈴蘭眉頭挑了挑。這些男人，得不到的東西總是最執著，她豈會不了解？太子雖然與穆戎差了許多，但這方面，卻是很像的，越是要向他們獻媚，越是纏著他們，他們越瞧不起。故而她即便喜歡穆戎，可那幾年，從來都不曾討好過他，總是保持著距離，希望教他自己發現自己的好。

可人算不如天算，最後讓姜蕙搶了先，她一時按捺不住，也招來他的厭煩。如今這太子也一樣，說了多喜歡她，還不是想得到她的人嗎？而且連正室的位置也給不了。她微微吐了口氣。

素英看她面色不好，輕聲道：「難道還是退了？」

「留著吧。」她語氣淡淡。

素英笑道：「那殿下不知得多高興呢。」

衛鈴蘭瞧她一眼，目光冰冷。「妳做事小心些，別讓外人知道。」

素英白了臉，肩膀縮一縮，道：「殿下是收買了門房小廝送來的，旁人都不知，奴婢也是為了姑娘好，如今姑娘這手……外人都知道不太靈便，還說姑娘在宮裡不知怎麼傷到的，猜什麼的都有。」

衛鈴蘭冷笑起來。那些人平日都嫉妒她，如今她還得了縣主的封號，她們心裡更是不高興了，自然會捏造些謠言出來。可她衛鈴蘭還會怕這些？她如今只是猶豫，到底要不要答應太子。答應了，她心裡過不去，雖然太子妃興許是不堪一擊，她早晚會坐上正室的位置，可一開始，她到底也只能做個側室。

可不答應，要她看著姜蕙將來做皇后，她實在難以忍受。那姜蕙也是個狠心的，定會對付衛家，難道她要等著以後一無所有？她越想越恨，若是時光可以倒流，她一開始怎麼也得把姜蕙給除了！

素英不知道她在想什麼，只看她目光很是凶狠，不覺往後退了一步。

衛鈴蘭好一會兒才回過神，拿起匣中珠子把玩。

過幾日，姜蕙用飯時與穆戎道：「我想請家人過來玩。自從嫁給殿下，除了寶兒，他們還沒有來過一次呢！還有賀家、沈姑娘，我也想請，上回不是去沈家作客嘛，禮尚往來。」

穆戎奇怪。「那妳請啊，這都要與本王說？」

姜蕙道：「殿下不是喜歡清靜嗎？」

印象裡，他並不喜歡請人來家中，除了必要的聚會。

那是在遷就自己了，穆戎有幾分高興。「難得請一次也無妨，本王是這麼不講理的人嗎？妳叫廚子多準備些好吃的，便是請人來府中唱戲也沒什麼。」
看起來真是通情達理啊，姜蕙笑著道謝。等到休沐日，她就發了帖子去。
老爺子很高興。「還沒有去過王府，今日可以開開眼界了。」
老太太急著找最漂亮的衣服穿。「你們也都好好打扮打扮，莫失了禮數，可是去王府呢，那是皇子們住的。」
胡氏笑道：「娘，如今是妳孫女婿、孫女兒住的了！」
「是啊、是啊。」老太太笑得合不攏嘴。
梁氏也給寶兒打扮，一邊與姜濟達道：「老是擔心女兒，怕你女婿龍子龍孫對女兒不好，正好去瞧瞧。」
姜濟達嘆口氣。「都不太敢看他，要我說，女婿還是一般的好。」
「嫁都嫁了，這話可不能讓旁人聽見。」梁氏叮囑。
寶兒道：「是啊，阿爹，要是被姊夫聽見，要打的！」
姜濟達嚇一跳。
「姊夫可凶呢。」寶兒常看見穆戎板著一張臉，尋常不露笑，有時候遇到旁人犯錯，要麼打，要麼攆人，她也很害怕穆戎，只有他心情好時，才能說兩句話。
姜濟達忙問：「那妳姊夫到底對阿蕙好不好？」
「有時候好，有時候不好。」寶兒道。「我也不知。」
姜辭在外面聽見，輕咳一聲道：「小姑娘懂什麼，阿蕙這樣的，誰不喜歡？定是對她好的。」

梁氏道：「去了便知了。」

眾人到了門口，卻見賀家使人來傳話，還是賀夫人的心腹張嬤嬤。「唉呀，真是巧了，帖子送到的時候，少夫人正在看大夫呢！有喜了啊，夫人高興得，忙叫老奴來。」

胡氏瞪大了眼睛。「有了？唉呀，那我得去瞧瞧。」

大夥兒都很歡喜。張嬤嬤道：「故而也不好去王府了。」

「沒事，阿瑜跟阿蕙不知道多好呢，一會兒他們去說一聲就是了。」胡氏與老太太道：「娘，那我也不去了，我得去看看阿瑜。這孩子頭一次懷孩子，不知道的多了呢。」

「去吧，去吧。」老太太笑。

胡氏又叮囑兩個兒女。「你們還是去王府看看娘娘，下回再見你們姊姊。」她希望兩個孩子跟姜蕙打好關係。

二人笑著點點頭，她便同張嬤嬤去賀府了。其餘人等去往衡陽王府。

姜蕙早早就派人來迎接他們，聽說姜瑜有喜，也是欣喜萬分。「上回遇到還說起這事，沒想到就有了，真是巧，趕明兒我去她家裡看看她。」

「是啊，頭三個月也不好怎麼出門，要不定然來了。」老太太笑道：「她一向喜歡妳。」

「我知道。」姜蕙笑著請老太太坐。「該早些請你們來玩的。」

「唉，也是才搬到這兒住，你們定是忙得很。」老太太四處瞅一眼，卻見園子裡空落落的，只有一些花盆，倒是奇怪了。「原來還沒有弄好啊。」

姜蕙道：「因為還不知去不去衡陽，倒是不急的。」

老太太恍然大悟。穆戎是衡陽王，是有可能會回去，這麼一想，她開始有些傷感。「去了，可就遠了。」

正說著，穆戎也來了，眾人忙起來行禮。

「都是一家人，不必如此。」穆戎與他們道。「今日請了戲班子來，好好熱鬧熱鬧。」

他笑容一綻放，如同陽光和煦，看著就教人喜歡。

姜濟達輕聲與梁氏道：「殿下親自出來，可見是很看重姜蕙的。」

「都是夫妻了，自然要這般。」梁氏笑。「你別小瞧阿蕙，她多聰明，難道老爺還不知道？」

「這倒是。」姜濟達瞧著梁氏，微微一笑。女兒定也有這個本事，教自家相公死心塌地喜歡她，什麼都不計較的。

姜蕙叫人端上點心瓜果來。這時候，時興的瓜果可多了，櫻桃、李子、西瓜、香瓜、油梨，甚至連荔枝都有，丫鬟都細心切好、剝好了，放在盤子裡，瞧著就很誘人，別說還有些漂亮的點心端上來。

老太太驚訝道：「這大老遠運來的吧，得用多少冰塊啊！」

「父皇賜的。」姜蕙笑道。「咱們可弄不來。」

老太太嘖嘖兩聲，雖然園子不怎麼樣，可這吃的就能看出不同。

戴氏坐在旁邊，眼睛直往姜蕙臉上瞅。一開始當真看不出來這二姑娘能當上王妃，瞧她這家世，比她們如蘭也差不了多少，將來如虎考上舉人，便是一樣的……可現在，姜蕙多高高在上啊！

她跟胡如蘭道：「妳也莫瞧不起自己，看妳阿蕙姊姊就知道了。」

胡如蘭皺眉。「娘胡說什麼呢。」她容貌能比得上姜蕙？

正說著，沈寄柔也來了。聽到她的名字，姜辭心頭一跳，下意識就朝她看過去。

她今兒穿了身蓮紅色繡梨花的裙衫，頭髮梳了個雙丫髻，什麼首飾都沒戴，只在髮髻上纏了兩串嫩綠色的珠子，整個人看起來分外可愛，只是臉有些清瘦，添了些嬌弱。

姜辭想到她與自己說的話，這時還不敢相信真是從這麼一個小姑娘嘴裡說出來的。這麼漂亮的姑娘，又有這樣的家世，原本該是一家有女百家求，可她卻喜歡自己。

二人目光對上，沈寄柔先移開了，朝姜蕙微微一笑。「娘娘，沒想到妳會請我來，可把我高興的。」她從袖中摸出一個貓兒玉雕。「妳上回送了好些玉石，我閒來無事刻了這個，不知道娘娘喜不喜歡？」

黃色的貓兒胖乎乎的，憨態可掬，姜蕙笑道：「真可愛啊，我喜歡。」

姜瓊、胡如蘭、寶兒都圍上來看，沈寄柔很快就被擋住了。等到眾人散開來，她又盈盈立於庭中，可她沒有瞧姜辭一眼。

既然他不願意，她也不好勉強，假使忍不住再去看他，只會讓他厭煩吧？便是他不肯，她也希望他過得好好的，不要為她當時的話而煩惱。

姜辭離她們女眷不遠，只在旁邊與穆戎、姜濟顯、姜照等人說話，故而他什麼神態，都落入胡如蘭的眼中。

胡如蘭對他很熟悉，可頭一次看到他有這樣的眼神，當下心裡頭便是咯噔一聲。

他當然不是在看自己。假使他能這樣看自己，她便是赴湯蹈火，也得去拚一拚——他是在看沈寄柔！

胡如蘭無法理解。沈寄柔再如何生得甜美，也是被人劫掠過了，雖然對外宣稱不曾被玷污，事實上誰知道呢？她同情沈寄柔，也替她可惜，卻不覺得沈寄柔能配得上姜辭。

她憑什麼能吸引他？胡如蘭有些坐不住。想到上回姜辭換了衣服的事情，她心想，是不是因救了沈寄柔，他對她便生了情愫？他怎麼那麼傻？

她滿心憂愁時，耳邊聽到姜蕙問老太太。「小姑可是要嫁人了？定了何時？」

老太太笑咪咪，回道：「正要跟妳說呢，定了下月初八。那張夫人很誠心，來咱們家好幾回了，我瞧那張大人生得不錯，自己也有本事，咱們秀秀嫁過去，定不會受氣的。」

豈止不受氣，只怕還得被供起來。相熟的人都說，那張家是看姜蕙做了王妃，姜濟顯又是青雲直上，有攀高枝的嫌疑。

老太太心裡清楚，張大人要找個清白姑娘不難，要不是有些企圖，當然不會娶姜秀。可那又如何？人活在世上，哪個沒有目的，只要女兒過得好就行了。

姜秀也挺喜歡張大人，張家將來便是有所求，能滿足的她可以滿足，不能滿足的，難道張家還敢欺負姜秀不成？如今姜家要對付那張家可不難。

那確實是已經定了，姜蕙瞧姜秀一眼，一向不知禮數的小姑竟然臉兒發紅，看來對那未來相公很滿意。

自己這小姑也是好命啊，雖然性子不好，可有個那麼疼她的母親，總替她打算著。

她笑道：「那真是大喜事。」

姜秀握住她的手。「那日妳可要來。」

她來了，多大的面子，她的未來婆婆就總愛提到姜蕙，說不曾親眼見過。

姜蕙笑著點點頭。

老太太也很欣慰，這個孫女兒不曾擺架子，雖然貴為王妃了，可對自家人仍是與往常一樣，也不枉她以前疼她，一早就看出這孫女兒聰明，果然是。

這事說完，胡如蘭打趣沈寄柔。「聽說妳也許了人家了？是哪位公子呢？」

她聲音有些高，眾人都瞧過去。

沈寄柔神色一僵，勉強笑道：「我不知，都是娘作主的。」

「這麼害羞，定是許了。」胡如蘭拍拍她的手。「定了日子可要告訴咱們，咱們要準備添妝了，是不是？」她看向姜瓊。「阿瓊，妳得把妳最喜歡的簪子拿出來了。」

姜瓊啐她一口。「我哪有最喜歡的？我都不愛戴，哪個最漂亮的，到時送沈姑娘。」

她們妳一言我一語的，沈寄柔的手慢慢握在一起，可又不能哭，多丟臉！

前幾日，母親是透露要給她訂親了，便是那位公子。母親說了他好些優點，她一點都聽不進，那公子便是再好，厭惡她又有何用呢？指不定很快就會納了側室。

她一言不發。

姜辭起初聽到很驚訝。原來沈寄柔都要訂親了，可她還尋來，想嫁給他，到底怎麼回事？是她不想嫁那人？還是……

他看向她，她微微垂著頭，臉色顯得很白，跟那日一樣，雖然沒掉淚，可不知為何，他覺得她這樣子像是在哭，心莫名地就有些難受，很想安慰她幾句……可是他沒有。他轉過頭。

姜照也知道沈寄柔的事情，好奇地問姜濟顯。「父親可知沈家與哪家訂親了？」

同朝為官，總能聽到些風聲。姜濟顯道：「是宋家。宋老爺在蘇州任知府，那宋公子前年考上舉人，原先好像是在蘇州書院唸書的。」

姜濟達道：「聽起來宋家也不錯，沈姑娘出了這等事，也算是個好歸宿吧？」

自家大哥就是純樸，姜濟顯笑笑。

宋家也算是書香門第，要不是有些什麼，定不會娶沈寄柔。只是其中情況，他也不甚清楚，要麼是宋老爺有什麼官司在身，要麼這宋公子也不是什麼清白人。

只不過世間事便是如此，各取所需，姜濟顯也不予置評了。

第五十五章

過一會兒，姜蕙叫戲班來唱戲。他們園子大，又空落，搭個戲臺是最容易不過的。一時伶人咿咿呀呀，熱鬧得很，眾人也時不時點評兩句。

沈寄柔坐在人群裡，只見他們個個都很歡喜，唯獨自己，好似再熱鬧，也高興不起來，越發覺得孤獨。她聽了兩齣戲，只覺壓抑得很，一個人出來走到僻靜處裡透口氣。

對著高高的圍牆，她抬頭看一眼天上，眼淚差點流下來，不由得拿起帕子擦拭。來旁人家作客，哪能哭呢？只怨自己命不好，過得了這關，又過不了那關。將來也唯有睜隻眼閉隻眼，只求父親母親不擔心，安享晚年便好。

她站了會兒又回去，誰料路上卻碰到姜辭。他還是那樣俊美，看一眼就教人覺得溫暖。可她不敢看，想到自己那點奢望，最後只能化作夜裡的眼淚流下，她就不敢看，匆匆行一禮，連句話都不能說，就要與他擦肩走過去。

豈料胳膊一緊，卻被他抓住了。沈寄柔訝然，低著頭，道：「姜、姜公子……」

「原先那麼有勇氣，如今見到我，話也說不穩了？」姜辭語氣淡淡。

沈寄柔吃了一驚，沒想到他會提起這事，臉忍不住紅了。「一時胡話，還請姜公子別介意。」

姜辭放開她，問道：「妳真已經許了人家？」

「母親是這麼打算的。」她抬起頭四處看一眼，不見有旁人，只有幾個侍衛立在遠處，稍稍鬆了口氣，輕聲道：「上回的事情，姜公子還請忘了吧，都是我的錯，原本也不該說的。」

她一時憑勇氣向他表露喜歡，一時又叫他忘了。姜辭忽地有些惱火。他原本心無塵埃，除了家人，不曾牽掛別的姑娘，可她偏要來惹他，他數次作夢都夢到；今日見到她，原先也不想理，可不知怎的卻是沒有忍住。

現在，她又對自己冷淡起來了。他微微笑一笑，道：「妳是得遇佳婿了，難怪，先前是還未許人吧？」所以才來與他說這些。

沈寄柔忙道：「不、不是。」

「不是？」姜辭道：「那為何不先問問我，那日我還不曾給妳確切的答案。」

沈寄柔一怔。「我只當你……再說，那婚事也是父親母親定下的。」她有千言萬語不知如何說，假使可以，她真想撲到他懷裡哭一哭，說她不願嫁給那公子。

可她這樣，只會引得他同情。她只是單純地喜歡他，並不曾想要他的同情，為救她而娶他。沈寄柔咬了咬嘴唇，道：「我上回說的與這些都無關，姜公子若是肯，我自然高興，若不肯，也不會有任何遺憾。我無旁的乞求，所以這事過去了，咱們就該當什麼都沒有了。」她轉過身，堅定地走了。

姜辭看著她的背影，悵然若失，一時也不知自己到底在想什麼，到底想做什麼。他難得有這樣的迷惘。

等到沈寄柔回去，胡如蘭見她神色奇怪，不由問道：「好好的去哪兒了？我剛才還在尋妳呢。」

「只是坐久了，走一走。」她臉有些紅，異常的紅。

胡如蘭眉頭皺了起來。莫非她剛才是私下去見了姜辭不成？她瞧沈寄柔一眼，手緊緊握住了帕子。

午時，眾人留在王府用膳。這廚子乃是宮裡出來的御廚，手藝自是不凡，老太太吃得連聲稱讚。「唉唷，真是三生有幸能吃到這樣的佳餚，就為這，我老婆子都想多住兩日呢。」

「祖母願意，住多久都行。」姜蕙笑。

老太太道：「以後定會住，只是妳才成親，我這就不打攪了，等過段日子有更大的喜事再來這兒。」

是期盼她生孩子了，姜蕙有些害羞。「還在調養身子呢。」

「宮裡就是講究，其實咱們尋常人家哪個不是就這麼生了，不過妳這樣，對身體定是好的。」她看向梁氏。「等明年肯定就好了，到時妳得來這兒照看阿蕙。」

梁氏眉開眼笑。「自然。」

作母親的，都是一樣的心思，希望孩子們子孫滿堂。

氣氛一直很好，眾人說說笑笑的，待到申時才走。

臨走時，胡如蘭與姜蕙耳語。「娘娘，這沈姑娘奇奇怪怪的，也不知是不是因那件事受了影響，好幾次看表哥呢，也不知道她在想什麼，我與娘娘說一聲。」

姜蕙訝然，只是這時沈寄柔已經告辭走了。

她皺了皺眉，道：「興許是誤會吧。」

胡如蘭道：「我也不知。」

眾人陸續走了。

姜蕙因為這句話，有了些心思，問金桂、銀桂，金桂道：「問問侍衛便知。」

為了安全，穆戎在府中多安置了不少護衛。

後來真有侍衛說見到沈寄柔跟姜辭在路上遇到，還說了話，至於說了什麼，他們不知，只看到姜辭拉了沈寄柔的胳膊。

兩個人果然有什麼！姜蕙大為驚訝。親哥哥竟然瞞著自己，一點也不曾透露……

見她一隻手支著下頷發呆，穆戎過來擁住她，問道：「手裡拿著筆也不寫，在想什麼？」筆上墨汁都滴下來了。

他把筆從她手裡拿了，擱在筆架上。

「為我哥哥。」姜蕙也不隱瞞。「好似與沈姑娘怎麼了，我一點也不知。」她跟他訴苦。「其實上回沈姑娘落水是哥哥救的，他今日來，只與你說話，與我半字沒提，你說我能高興嗎？」

姜辭一直與她很親密，無話不說。

穆戎笑起來。「就為這個不高興？那本王娶妳還瞞著母后好些事呢，怎麼說？」

那倒是，她與穆戎之間的事，也沒告訴姜辭，可見涉及到男女之事，誰都喜歡捂著不說。

她嘆口氣。「不知道哥哥是不是喜歡上沈姑娘了？倒不是說沈姑娘不好，只怕祖父祖母都不同意，再有，沈姑娘好像都要訂親了，那可怎麼辦？」

「訂親算什麼，又不是成親。」穆戎道。「妳哥哥喜歡，妳就給他搶過來。」

姜蕙斜睨他一眼。這確實是他的作風，只不過，事情可沒有那麼簡單。她也不知姜辭怎麼想。

「改日我去問問。」她又拿起筆。

看她寫詩詞，穆戎道：「身子沒有何處不舒服？」

「沒有，不然也不會請他們來作客了，可見解藥還是很有用的。」她抬肘推他。「殿下擋著我的手了。」竟然在趕他走。

穆戎心想，他今兒表現這麼好，不只耐著性子陪她祖父、父親等人說話，連同女眷都禮貌打招呼了，還隨她怎麼安排，請了戲班來府裡，她就這種態度？也不知道誇他兩句？

穆戎氣不順，把她手裡的筆一下子扔了，筆落在地上，砸出好大一個黑點。

兩丫鬟都嚇了一跳。姜蕙也奇怪，皺眉道：「殿下這又是怎麼了？」

「反正妳沒什麼，便好好伺候本王！」他微蹲下身子，攔腰抱起她就往內室去了。

姜蕙睜大了眼睛。突然又急吼吼的，她這幾日因中毒，他沒碰過她，興許終是憋不住了？她輕聲在他耳邊道：「正好小日子裡呢，突然提前了幾日，不好伺候殿下。」

「什麼？」穆戎皺眉。「今兒來的？」他眸中滿是失望，也有些生氣。

對這小日子，他最痛恨不過了，好幾日不給碰，也不知女人怎麼就那麼麻煩！

他把她往旁邊的榻上一放。姜蕙鬆了口氣，幸好還不至於要硬闖。

只是被他放下時，癸水猛地湧出來，她微微擰了擰眉。

穆戎只當她突然不舒服，忙問：「怎麼了？」

「沒事，小日子裡就這樣。」她衝他一笑，輕輕揉著小腹。「說痛也不算痛，說難受也不是特別難受，就是不愛動，人容易懶。」

「這等麻煩，不能叫御醫開個方子吃，縮短幾日？」他脫口而出。

她噗哧笑起來，有幾分取笑的意思。

穆戎挑眉。「本王說錯不成？」

「自然錯了，這癸水就跟人的年紀一樣，難道人老了，還能開方子變得小幾歲不成？管不了它的。倒是聽大夫說過，有這個，女人還能顯年輕，沒了就老了。」

還有這回事？穆戎第一次聽說。

姜蕙又道：「不過，別說殿下不喜，便是我也不喜這個，只是沒法子罷了，誰每個月想受這苦呢？」

「不是年輕嘛，那妳忍著點。」穆戎打趣，說著又忽然打住。

這癸水一事，男人向來忌諱，他居然還能跟她說這麼多！自己怎麼這般婆婆媽媽了？

他輕咳一聲。「妳歇著吧，本王去書房。」

他拔腿走了，姜蕙此時才掩嘴一笑。

真沒想到自己還能跟他提癸水，更稀奇的是，他還聽自己說，不曾露出厭惡的樣子，且今日對她家人也不錯。她想了一想，與金桂道：「挑些做鞋面的緞子來，再量了殿下雙腳大小。」

金桂知道她要給穆戎做鞋子了，笑著應了一聲。

寧溫終於從海津回來了。帶著兩個侍衛，披星戴月，等回到王府時，三個人都顯得很是憔悴。

穆戎問起做了什麼。

侍衛道：「回殿下，屬下隨寧大夫去了海津的岩山洞，白天夜裡地守著，才逮到那東西，寧大夫說是叫金線蝦蟆，有兩個巴掌般大呢。」

穆戎嘴角抽了抽。聽寧溫那會兒一本正經的，還當去做什麼大事，結果竟然是去抓蝦蟆？這蛤蟆難不成能治蠱毒？

「你們下去吧。」穆戎擺擺手。

寧溫在另一間房裡配藥，府中什麼藥材都有。

姜蕙聽說了，前去看他，見到他面白眼青的，嚇一跳。「寧大夫，你還是去歇息一天吧！」

「無事。」寧溫笑笑。「回來路上在車上歇了會兒，妳的毒要緊。這解藥可不是配一次就一定成，有時候或許要幾次。」他頓一頓。「看看反應才知能不能去毒去乾淨了。」

姜蕙打趣。「那我這小命還難說呢。」

「必不會教娘娘有事。」寧溫正色。「我今次抓的金線蝦蟆便是專剋蛇蠱的。」

「寧大夫懂得真多呀，我一早說你會成神醫的。」

寧溫一笑。「神醫不敢當，神棍還行，我旁的不會，就會糊弄一下人。」

姜蕙哈哈笑起來。

穆戎立在窗口，見到二人如此隨意，臉色也越來越沈。

姜蕙走出來，見他在外面。「殿下怎麼也來了？」她一邊吩咐銀桂。「去廚房叫廚子準備些吃食端給寧大夫，路途勞累，別太過油膩了，清淡些。再有，備些熱水，我看他應是許久不曾洗澡。」

話裡話外都很體貼，當他死的？穆戎冷聲道：「本王早吩咐過了，不用妳操心。」

「哦？」姜蕙笑道：「那最好不過了，我是怕寧大夫萬一勞累暈倒了。」

只是為自己的命？

姜蕙見他上下審視自己，眉頭一皺，莫不是這人還會吃味？可寧大夫為救她跋山涉水的，她關心一下也是人之常情，更別說還是她鋪子裡的大夫。

她眼睛一轉。「是了，再給寧大夫準備些衣服。」

穆戎喝道：「他自己不會換？包袱裡定是有的！」

看他這臉色，姜蕙直樂。「萬一沒有呢？寧大夫是客人，備些衣服怎麼了？殿下，你莫這麼小氣。」

小氣？穆戎臉都黑了。「本王會捨不得幾件衣服的錢？」

「那是為何不肯啊？」她問。

穆戎無言以對，拂袖道：「隨妳。」他大踏步走了。

姜蕙輕聲笑起來。

寧溫過兩日才把解藥配好，拿來給姜蕙。

姜蕙正要吃，穆戎先拿過來仔細看了看，又聞了聞，才把藥丸給她。

姜蕙就著水吞服了。

一時也沒有動靜，穆戎問：「這可正常？」

寧溫道：「蠱毒我也沒解過，只見過旁人如何做，尋常人服下去……」正說著，就見姜蕙啊地驚呼，他轉過頭一看，她捂著肚子，臉色慘白，想要說什麼卻說不出，喉頭間吞嚥了兩下，哇地吐出一口血來。

那顏色暗紅，濺在地上，刺激得穆戎一下子跳起來，伸手就揪住寧溫的衣襟。「你到底給她吃什麼了？怎麼會吐血？」

寧溫的臉色也有些白，但尚算鎮定。「這沒什麼。」

「這還沒什麼？」穆戎用力把他推得很遠，幾步走到姜蕙身邊，扶住她道：「阿蕙，到底如何了？」

姜蕙腹中絞痛無比，痛得難以說話，雖然看著穆戎那麼焦急，她也難以回應，只覺眼前一黑，人就昏了過去。穆戎忙把她抱起來放在床上。

寧溫吃了一驚，要過來相看，穆戎攔住他，厲聲喝道：「她要是有個三長兩短，看本王怎麼收拾你！」

寧溫道：「殿下稍安勿躁，再等等。」

穆戎哪裡坐得住，在屋裡走來走去，好似困獸。

他當然一早就知道姜蕙中毒，也想過她毒發的可能，可是當事情真的發生的時候，他無法安靜下來，眼見寧溫卻好像入定和尚一樣看著姜蕙，他一揮手。「你出去，不用你看著她。」

「萬一……」

「她有動靜，本王定會知會你，你也跑不了！」

他對他很不客氣。

寧溫雖然想守著姜蕙，奈何有穆戎在，沒法子，只得行了禮出去。

穆戎從早上到晚上，沒離開過內室，飯也沒吃，直等到姜蕙忽然輕哼一聲，他才急急忙忙走過去，把她摟在懷裡，輕輕拍著她的臉，柔聲道：「阿蕙，妳醒了？」

第五十六章

姜蕙眉頭皺了皺，好一會兒才能睜開眼睛。

「還當妳醒不來了。」穆戎長吁一口氣。「妳昏了五個時辰。」

「這麼久？」姜蕙吃驚，往窗外一看，果然天都黑了。她想起什麼，把手伸出來看，只見掌中紅線已淡了許多，不由驚喜道：「殿下，這藥有效呢！」

他湊過去看，眉眼舒展開來。「寧大夫還是有些本事的。」

「我早說他是神醫了。」因蠱毒有辦法清除，姜蕙心情說不出的好，連聲道：「我可得好好謝謝他。寧大夫人呢？」她說著要下來。

穆戎抓住她。「亂動什麼，繼續躺著，寧大夫那兒，本王去說。」

姜蕙怔了怔，玩味地看他一眼。「可我還餓了。」

除了早膳，一整天都沒進食，穆戎被她一說，自己也餓了，本想傳飯，可忽地想到姜蕙的身體狀況。「這得問問寧大夫，誰知道妳能吃什麼、不能吃什麼。妳且等著。」他大踏步出去了。

姜蕙躺下來，仰頭看著繡芙蓉的鵝黃色幔帳，緩緩吐出一口氣。

總算又逃過一劫，不用再受魏國人的威脅了，只是往後得更小心，怕是出門也不能輕鬆了。

所以說，做這王妃有什麼好？雖然衣食無憂，極盡奢華，可操心的事也不少。

她在床上翻了個身，叫金桂端水來漱口清洗。

金桂倒了溫水，笑道：「娘娘昏睡的時候，殿下一步不離，連飯都沒有吃呢。」

「哦？」姜蕙有些詫異。他居然那麼擔心自己？

「還差點打了寧大夫。」金桂小聲告知。「要是娘娘一直不醒，只怕寧大夫的命都不保了。」

看樣子，寧溫吃了不少罪，真的得好好補償他。姜蕙心想，一邊含了口水。

穆戎走到側廂房，眼見寧溫正坐著，他道：「阿蕙醒了。」

「那太好了。」寧溫大喜，一下站起來，甚至忘了行禮，只問：「她那紅線……」

「已經淡了。」

寧溫皺了皺眉。「沒有完全好啊……」

「可有什麼問題？」穆戎見他露出擔憂的樣子，心頭一沈。「你到底治不治得好？」

「殿下莫急躁。」寧溫忙道。「此毒猛烈，不是一次就能完全清除的，再者，草民也無甚經驗，故而——」

他還未說完，穆戎正色道：「只要你能治好她，本王以白銀千兩酬謝！」

寧溫一怔，暗道便是不給錢，他也會盡力救治姜蕙。一來，那是他東家；二來，他原來也對姜蕙有好感，即便姜蕙給不出一文，他也不會放棄。可轉念一想，她總是嫁人了，穆戎之前對自己所作所為，可見是有些防備自己。

他忙行一禮。「請殿下放心，草民定會治好娘娘的。」

看他有些喜笑顏開的樣子，穆戎眉頭皺了皺，原來也是個貪財的。

他淡淡道：「本王問你，她現在醒了能吃些什麼？」

「最好只吃些稀粥，等到第二日，除了肉腥蛋類，可進些菜蔬。」

穆戎聽了，轉身出去吩咐廚房。

回到內室，姜蕙仍還躺著，見到他來，笑問道：「寧大夫怎麼說？」

「過幾日能治好的。」穆戎道。「本王與他說，給他千兩白銀，當作酬勞，他一味應了。」

姜蕙驚訝。「這麼多！」

「只要能救好妳，這算什麼。」他恩怨分明，之前雖然看寧溫不順眼，可寧溫真能救人，他也不會吝嗇錢財的，別說是白銀千兩了，就是黃金千兩也沒什麼。

姜蕙沒想到他那麼大方。

一千兩銀子，都可以在京都買處宅院了……不過這樣也好，寧溫終於有處屬於自己的地方，不用還租宅子住。

她笑道：「謝謝殿下，讓殿下破費了。」

穆戎笑一笑。「從妳那黃金千兩裡扣。」

姜蕙瞪大了眼睛。「這怎麼成？」

「怎麼不成？是救妳的命，又不是本王的，妳還想本王花錢？」

姜蕙無言以對，氣得背過身不理他。

廚房很快送來稀粥。因穆戎也沒吃，故而除了粥，還有六樣可口的小菜。姜蕙一整天沒吃飯，鼻尖聞到香味，只覺肚皮都要貼在一起了，也不用旁人布菜，拿起筷子就去挾。

豈料中途被穆戎的筷子擋住。「吃什麼？喝妳的粥。」

「吃一點有什麼，光喝粥太淡了。」姜蕙道。「我就吃個蝦肉。」

「不行。」穆戎甩開她的筷子。「寧大夫說不能吃的。」

姜蕙為剛才的銀子惱他，故意與他作對。「我就吃一個。」

「不准。」穆戎沈下臉。

姜蕙不聽，又去挾自己面前的肉丸子。

這下穆戎火了，啪地放下筷子，一把將她抱起來扔在床上，吼道：「叫妳別吃妳聽不懂？幾歲了，還忍不住這個？吃了萬一對身體不好，妳還想不想活了！」

就為這個，他大動肝火，真正教她開了眼界。

她差點笑出聲來，扭了扭身子，道：「不吃也行，那你餵我喝粥。」

「什麼？」穆戎眉頭皺了起來。「妳自己沒長手？」

「那我不吃了，不吃也餓不死，蝦肉不給吃，肉也不給吃，我不吃了。」

說著脫了衣衫，躺在床上。

裡頭的衣服不似外衣寬鬆，勾勒出她一身線條，凸的凸、凹的凹，玲瓏有致。穆戎看了幾眼，目光落在她一對蓮足上，十個趾甲塗了蔻丹，紅的嬌豔，白的似雪，他只覺喉嚨忽地發乾。

正看著時，姜蕙拿起被子把自己裹緊了。「我睡了。」

她閉起眼睛，嘴微微嘟起來。

穆戎哭笑不得，躊躇會兒，走出來與兩個丫鬟道：「妳們出去。」

等到人走了，他才端起粥往裡面去。

「吃了，快起來。」他坐在床邊。

姜蕙悶聲道：「你餵我？」

穆戎淡淡道：「妳不吃的話，指不定晚上怎麼餓，要起來折騰呢。」

意思是他肯餵了。

姜蕙一下爬了起來，張開嘴。

也是奇怪，明明都昏迷了，怎地一張唇仍好像塗了口脂般的鮮豔？穆戎看一眼，只見裡頭露出些許雪白的貝齒，忍不住就想去親她，勉強按捺住，舀了一調羹的粥放她嘴前。

她湊過去一口吃了，笑道：「真好吃。」

「剛才不是不要吃嗎？」穆戎道：「偏生要鬧。」

「那不同，殿下餵的自然好吃了。」她伸出雪藕般的胳膊圍住他脖子。「殿下真好。」

他真的肯餵她，姜蕙少不得有些感動，湊過去親了他的嘴一下。

穆戎一怔。這是她第一次主動親他！

他的心忽地有些麻，連同手，像是一下子拿不動勺子般，微微垂了下來。

姜蕙催道：「才吃了一口呢。」

他卻把碗擱在旁邊的高几上，一把捧住她的臉親吻起來。

姜蕙嚇一跳，伸手推他，只把臉往後仰。

她還在吃飯，指不定嘴裡還有些粥，多難為情啊！再說，誰在吃飯的時候做這個的？她很不好意思，一邊躲著他，一邊嬌嗔道：「殿下，我、我嘴裡……」

「我不嫌棄，別動。」他固定住她的腦袋，深深吻了下去。

姜蕙滿臉通紅。等到再喝粥時，粥都冷了。

過了幾日，在寧溫的細心醫治下，她的毒總算清了，掌中再也沒有紅線。穆戎鬆了口氣，當真送了寧溫一千兩銀子，派人送他回去。當然，也沒有在姜蕙的錢裡面扣。

「把那些人都抓了。」穆戎吩咐何遠。「與盧大人說一聲。」

經過查探發現，那三十九家人裡，有三家都是魏國人，共有二十三人，白日裡裝模作樣出來做生意，可晚上都是換了一副嘴臉的。

何遠領命。

他們突然襲擊，魏國餘孽雖然沒有準備，可他們原就是亡國奴，本就警惕，便是床下都擺了武器的，當下在街上就展開了一場血戰。

魏國餘孽共死了十二人，被生擒的有十一人。

穆戎問：「其中可有一個老者，六十來歲？」

盧南星想了想。「有兩個，不知殿下說的是哪一個？」

「兩個？你查一查，是做侍郎的那個。你把他秘密帶出來，怎麼做，不用本王教你吧？」

人犯都押在他那裡，假稱中途死幾個沒什麼問題。

但是要快，若是轉移到別的衙門，可就難辦了。盧南星連忙應一聲，告退後快步走了。

穆戎捏了捏眉心，與何遠道：「就怕一個都不交代。」

魏國餘孽雖然絕不足以顛覆越國，可四處搗亂，總是件麻煩事，他也相信肯定不止這麼多人，恐怕還有其他蟄伏在別的地方，故而便是清除了這一波，還有下一波。

何遠知道他的意思，可也沒有法子。他想一想，道：「刑部曲大人素有活閻羅之稱，要不派他前去協助？」

審訊是要本事的，並不是說打打板子就一定行，有些人生性堅韌，萬般拷問都未必問得出來。

穆戎沈吟一聲。「本王先去宮中一趟。」

正當邁出書房門時，見姜蕙立在不遠處等候。

她定是知道這件事了。

穆戎道：「妳外祖父，本王已命人秘密帶走，妳莫擔心。」

雖然姜蕙與這梁載仕沒有什麼感情，可總是有血緣關係，他並不想梁載仕被嚴刑拷打。

姜蕙鬆了口氣，誠懇道：「多謝殿下。」

笑容明媚，好似這天氣一般。

穆戎道：「舉手之勞罷了。」

她看他要出去的樣子，詢問道：「殿下要去宮中不成？妾身是不是……」

「妳不用去了，病才好，在府中多歇息會兒。」穆戎摸摸她的臉，覺得她好像因這毒清瘦了一些，也不知是不是最近吃得清淡？瞧著惹人憐愛，等再過幾日，得叫她多吃些葷腥。

他手指微暖，碰觸在她頰上，她望進他眼裡，他眸中有淺淺的溫柔，能融化人的心。

姜蕙忍不住把臉貼著手輕輕磨蹭了一下，貓兒一般依戀。

他笑起來，卻收了手。「本王還得出門。」可不能被她弄得走不得。

姜蕙道：「妾身等著你。」

這聲音聽得旁邊的何遠身子都酥麻了，穆戎輕咳一聲。「好。」

他轉過身，疾步走了。

待到宮裡，穆戎把這事的來龍去脈說了一遍。「兒臣之前就有些懷疑他們潛藏在京城，不然怎那麼清楚，還趁著皇祖母生辰混進宮裡，故而去戶部，兒臣便一直在翻看黃冊，前段時間終於發現端倪，與盧大人提了幾句。」

皇上很高興。「真虧得你了，戎兒，那些大臣們平日一個個才高八斗的樣子，事到臨頭，拿那些餘孽都沒辦法，還是你聰明！這下可好，朕也不用提心弔膽了。」

穆戎正色道：「只是把京都的一網打盡。」

「那也行啊，朕至少出去狩獵沒那麼擔心了。」皇上笑咪咪。「朕派人去好好審查一番，與許能把旁的也抓了。」

太子在旁邊聽著，此時好奇地問穆戎。「怎麼找到的？便是看黃冊，又知是哪一家？」

「都是借用了假戶種，多用各處難民的名義來京定居，故而也不是很難。」穆戎瞧太子一眼。「不過與他們同謀之人一直未曾找到，倒是可惜了。」

太子笑起來。「三弟如此聰慧，定然難不倒你的。如今既然抓到他們，想必問出來也不是難事，現在是還在盧大人那兒？我看得交由大理寺審訊才好。」

誰料皇上擺擺手。「朕決定關他們入天牢，叫錦衣衛接手！」

他也知有內應，誰也信不過。錦衣衛自開創以來，都是皇帝親手提拔。

太子沒再說什麼。

穆戎道：「父皇，曲大人精通審訊之道，兒臣覺得或許有些幫助。」

皇上對穆戎言聽計從。「甚好。」

太子臉色微微一變。父親當真對三弟好得難以形容，打小就是，好像他不是親生的一般……可分明他們是同胞兄弟啊，為何父皇從不考慮他的心情？以為給了他太子的封號，便給了他一切嗎？如果可以，他倒寧願與穆戎換過來！

誰也不知道他在想什麼，皇上笑咪咪與穆戎道：「之前有消息傳來，那寶藏找到了，號稱當年有金山銀山，不過是虛張聲勢，其實才幾樣西域來的珠寶和一些金子。」

穆戎笑道：「便是少一些，總算也有所斬獲，恭喜父皇。」

皇上哈哈笑道：「也是，朕不誆你，到時運過來，分你一半。」

原來二人還有這秘密，太子抬起頭。「父皇有寶藏圖，竟也不與兒臣說？也好讓兒臣出分力啊。」

皇上道：「你平日繁忙，又要唸書又要學治國，還時常去衙門視察，朕怕你累壞了。」

太子無言。

他就不怕穆戎累壞，穆戎背地裡做的事情只怕更多呢！

三人說了幾句，穆戎與太子便告辭走了。

到了殿門外，太子回頭看著穆戎。「盧大人當年是你侍衛，孰料後來官運亨通，竟能坐上指揮使的位置。今次抓到魏國餘孽，又算大功一件了，得升到兵部去了吧？」

穆戎道：「升不升，都是父皇作主。」

他嘴裡都是以皇帝為尊，可事實上，做的哪樣事情不是自己自作主張？這次抓魏國餘孽，也是他一手操辦的。

太子淡淡道：「也是。」又問他。「今兒弟妹沒來？」

「她最近身子不舒服。」

太子喔了一聲。「那是該好好歇息了。」

他轉身走了。

穆戎看著他背影，眉頭皺了皺，有什麼一閃而過，教他心頭一緊。可很快，心情又舒展開。

他前往慈心宮、坤寧宮，去拜見皇太后與皇后，等到下午方才回來。

姜蕙見到他，迎上去道：「我剛剛想了想，假使讓我見見外祖父，或許能教他供出一些事情。」她頓一頓。「但也求殿下一件事，倘若外祖父說了，能不能放他自由？往後讓他隱姓埋名，去別處安享晚年。」

總是自己的外祖父，母親定是惦記的，她不想母親的生活被打攪，外祖父便安安靜靜走吧！走得遠遠的，只當從來不曾尋到他們。

穆戎道：「也可，過段時間。」

如今正在緊要關頭，他不想出什麼差錯；再者，盧南星已把梁載仕轉移到十分隱密的地方，誰也找不著，若是帶姜蕙去，怕中途出意外。他便算有許多暗衛，可旁的人也一樣有。

姜蕙明白，點點頭。

她上前給他脫了外袍，說些瑣事。「沒幾日，我姑姑就要嫁人了，那張家早早送了請帖來，原本我該是在娘家小姑房裡的，可祖母好似也希望我去張家吃喜酒，便是給她面子了，殿下去不去？」

穆戎沒多想。「去吧。」

姜蕙一喜。「真的？」但語調一轉。「便是殿下肯，也只能我去。」

穆戎奇怪。「為何？」

「也不能太給面子，那張家又不是皇親貴族，殿下不必親自去的。」她笑了笑。「我去就行，足夠了。」

雖然穆戎大方，可有些人，只要給他一點顏色就能開染坊的，人的貪心永無止境，她還不肯穆戎前去。

穆戎笑起來。「那妳還問我？」

「想試試殿下。」她俏皮一笑。

穆戎伸手捏捏她的臉。「試出什麼來了？」

「試出……」她湊過去，坐在他懷裡。「妾身覺得，殿下還是挺喜歡妾身的。」

穆戎心裡歡喜，卻道：「誰喜歡呢？真夠不要臉的！不過看妳祖父祖母面子罷了。」

她輕哼一聲，不承認就算了。

待到第二日，姜蕙將將用過早飯，卻聽外頭一陣喧譁，金桂急匆匆地跑進來，面無血色地道：「娘娘，有一隊禁軍來了，說請娘娘即時入宮！」

姜蕙道：「可知何事？」

「不知。」金桂心想，一個個看起來都挺凶的，倒不知誰派來的人。

姜蕙不慌不忙站起來，走到外面。

禁軍頭領道：「還請娘娘贖罪，屬下也是奉命行事。」

「奉誰的命？」姜蕙挑眉。「殿下可知？」

禁軍頭領一抱拳。「與殿下無關，乃太后娘娘下的令。」

姜蕙心想，莫非是關乎魏國餘孽？畢竟是昨兒抓來的，聽穆戎說，已經派人去審訊，難道有人把她招出來不成？

雖然這麼想著，她立得更直，微微一笑道：「既然是皇祖母下令，自當聽從。」

她與金桂道：「把轎夫叫去二門處。」

轎子很快就來了，金桂扶著她上去。

金桂眼見她走遠了，急道：「這如何是好？太后娘娘突然派人來府中，定是出了什麼事，該去告訴殿下才行。」

「早有侍衛去了。」銀桂寬慰她。「太后娘娘可是娘娘的皇祖母啊，便是有什麼，想必也不會怎麼樣的，別說還有殿下在，我看是不是一場誤會？」

也是，自己太過著急了，這府中上下有那麼多侍衛。但願別出什麼事。

行了一會兒，轎子便到慈心宮了。姜蕙下來，慢慢走進去。

剛到殿中，就聽見皇太后的聲音。「……妳膽大包天，竟敢誆哀家了！妳原也是魏國餘孽，還是那什麼梁侍郎的親生外孫女，妳母親乃魏國人，是也不是？」

姜蕙忙跪下去，嘴裡卻道：「不知皇祖母是何意思？孫兒媳身上是流有魏國人的血，可一早孫兒媳便告知皇祖母了。」

騙人就得騙到底，假使怕死說出來，那只是死得更快！

第五十七章

穆戎聽到侍衛來報，急匆匆便往皇宮而去。

路上竟遇到皇帝，穆戎上前行禮。「兒臣聽說皇祖母抓了阿蕙。」

「只是一場誤會！朕也是才知道。」皇帝寬慰他。「母后關注魏國餘孽一事，大清早的派人來問，結果也不知那魏國人為何發瘋，竟說三兒媳與他們勾結，要毒害朕與你！」

「這不可能！」穆戎否認。「定是有人背後唆使，父皇，還請您相信兒臣，阿蕙她不會做出這等蠢事。」

「朕自然相信，不過那魏國餘孽口口聲聲說有證據，是以你皇祖母才會懷疑。」皇帝伸手拍拍他肩膀。「不過阿蕙看起來天真單純，怎麼可能會毒害人呢？你放心，朕這就去慈心宮與你皇祖母說，叫她放了阿蕙。」

穆戎眉頭皺了皺，請求道：「此事臣去便是了，父皇不必如此。」

「為何？」皇帝奇怪。

「兒臣不想父皇因兒臣的事惹得皇祖母不快，只要父皇相信兒臣與阿蕙，兒臣心裡便萬分感激了。」穆戎誠懇道。「再說，清者自清，阿蕙是冤枉的，自然會水落石出。」

皇帝倒是挺感動，兒子怕他與母后鬧矛盾，竟然不要他伸手幫忙。

也確實，他不輕易惹母后，因為他知道，自己這皇帝當得實在不好，他本也愛玩，很多時候都是母后從旁協助，越國才能如此興旺。

「也罷。」他點點頭。「你先自己去，萬一母后不願聽，朕再來。」

穆戎謝過皇帝，往慈心宮去了。

何遠跟在身後，小聲道：「那些人向來守口如瓶，這回倒是輕而易舉就供了娘娘出來，屬下看，必是上回那內應指使的。頭一回針對殿下，這第二回針對娘娘了。不知是誰，竟如此神通廣大，還能去天牢與他們通氣。」

穆戎臉色陰沈。早在昨日，他就有所感覺，這次把魏國餘孽送到皇上手中，興許會出事。沒想到果真如此！

但他相信姜蕙，不至於被皇太后嚇一嚇，就會把來龍去脈說出來。

他吩咐何遠。「叫人去查查昨日有誰去過天牢。」

何遠領命。

他到了慈心宮時，姜蕙仍跪在地上。

皇太后的聲音在整個殿中迴盪。「妳的身世，哀家要查出來不難，縱是巧舌如簧，妳也糊弄不了哀家！」

姜蕙聲音很平靜。「假使皇祖母認定孫兒媳欺騙了您，還請皇祖母讓孫兒媳見一見所謂的外祖父，孫兒媳要與他當面對質，皇祖母總會相信，此事，我是清白的。」

皇太后眼眸瞇了起來，喝道：「來人，去帶梁載仕！」

姜蕙心裡咯噔一聲，暗道：穆戎不是派人把外祖父帶出去了嗎？

立在殿門口的穆戎也奇怪。

他大踏步進來，跪在姜蕙身邊。「孫兒見過皇祖母。」

皇太后臉色如同冰霜。「你可知她要毒害皇上與你？」

「孫兒不信。」穆戎毫不猶豫地道。

皇太后冷笑一聲。「你且等著。」

穆戎朝姜蕙看去，輕聲道：「莫擔心，有本王在，妳不要怕，一會兒梁載仕真出現，妳便與他對質。」

她神情輕鬆了些，微微一笑。

過了一會兒，侍衛押著一人上來。

與梁載仕不一樣，梁載仕是高高瘦瘦的，可這人身材微胖，長得也不高，他見到皇太后並不跪，嘴裡叫囂道：「我乃魏國左侍郎，你們越國人竊取了咱們魏國，乃賊人也！」

兩侍衛看他滿嘴胡言亂語，一人上去搧了一耳光，另一人手壓在他肩膀上，猛地往下一按，他不由自主就跪下了。

皇太后問道：「這殿中，你可認識誰？」

那人四處看一眼，見到姜蕙，明顯地怔了怔，卻不相認，只道：「我不認識誰！」

皇太后自然看出來了，問道：「你可是叫梁載仕？」

那人呸的一聲。「本官不會答妳這賊子任何話的！」

皇太后冷笑道：「你不答，哀家便讓人把梁婉兒抓來，不信嚴刑逼供，她不承認！」她忽地吩咐下去。「來人，把姜家大夫人梁婉兒抓了，若是不開口，便使得她開口！」

姜蕙臉色一變。

那人已大叫道：「別傷我女兒！」

果然骨肉情深。皇太后得意道：「那姜蕙可是你外孫女？」

那人無奈地承認。「是，還請太后娘娘放過她，她——」

正當說著，姜蕙突然站起來，幾步走到他跟前，一巴掌就搧了過去，雙眼噴火地道：「你是何人，竟敢冒充我外祖父？我外祖父一早死了，你到底是誰？」

「阿蕙，我……」那人被她的舉動驚了一下，忙道：「是、是，我不是妳外祖父，梁婉兒也不是我女兒。」

還真會演戲，這般遮遮掩掩、真真假假，比起直接認她為外孫女更教人相信。

姜蕙冷笑一聲。但她有法子，讓他露出真面目來。

她朗聲與皇太后道：「皇祖母，此人一會兒稱是我外祖父，一會兒又稱不是，可見頭腦糊塗，不知皇祖母如何判定，他說的是真是假？」

皇太后卻有些猜測，恐怕是那人擔心梁婉兒，一時心急承認，可細想回來，又覺不妥，故而矢口否認。其實這是人之常情，也更為真實，她淡淡道：「你不肯說實話，便再拖下去叫曲大人審訊，另外梁婉兒也脫不開關係……」

她再次拿梁婉兒來相逼。

那人無可奈何，請求道：「太后娘娘，還請饒過我女兒吧，她什麼事情都沒做過，阿蕙也是一樣的。」

「旁人已招了！」皇太后喝道。「她要毒殺皇上與三殿下。」

那人一下子面如死灰。「阿蕙也是被人相逼。」

皇太后看他全部承認了，看向穆戎。「戎兒，你如今可信了？」

穆戎很鎮定。「阿蕙還未曾對質。」

姜蕙道：「皇祖母，我本無所隱藏，還請容許孫兒媳與他對質，也不至於死不瞑目！」態度坦坦蕩蕩。

皇太后挑眉。「好，哀家便准妳一回。」

姜蕙謝過，站起來詢問那人。「你說你是我外祖父，我問你，你是何時入京的？又是何時知道我母親在京都的？」

「我一直都記掛婉兒，只是不知她在何處，當時兵荒馬亂無處可尋，三年前入京後，偶爾聽說姜家有姑娘生得似魏國人，當下便留了心，使人去查，才知道婉兒也在京都。」

「那你可見過我娘親？」

「不曾！」那人忙道。「我不想連累妳娘親，也不想連累妳，故而他們說要叫妳毒殺皇上與三殿下，我都極力阻止，可他們不聽。阿蕙，真是委屈妳了。」

姜蕙笑了，詢問皇太后。「皇祖母，除了說我與魏國勾結，他們不曾供出別的嗎？」

皇太后一怔，半晌道：「是。」

姜蕙聽了答案更是胸有成竹，看向那人問：「依你猜測，那十人中，會是何人出賣你，供出你是我外祖父？」

「這……」那人猶豫。「我不知。」

「到底是不知，還是不願承認你在說謊？」姜蕙喝道。

那人突然有些心慌。「定是被嚴刑逼供，承受不住才說出來的。」

「哦？是嗎？可我聽說魏國人都極有骨氣，從不出賣同伴，更別說，我還肩負這等毒殺的任務。」她圍著那人走了幾步。「魏國皇室終其一生都想報仇殺了皇上，繼而復國。假使不曾有人揭發我，我也許是能完成這個任務的。」她突然停下來。「可以說，我這個任務極其重要。然而，魏國人可以供出魏國其他餘孽在何處，可以供出上回刺殺三殿下的是何人，也可以供出到底有多少死士，卻偏偏要供出我……你說，到底你們是何意？」

那人面色一變。

皇太后也終於明白過來。假使姜蕙真的要毒殺皇上跟穆戎，那她便是魏國餘孽隱藏的最大利器，可魏國人別的不供，非要把她供出來，這不是陷害是什麼？

皇太后不是笨人，只是因姜蕙原本就與魏國人沾了關係，且對這孫兒媳也有些不滿，故而今日聽說她與魏國餘孽有勾結，當下便把她抓來審問；二來，也是為讓穆戎明白她這個皇祖母在宮中的地位。

便是姜蕙貴為王妃，只要有錯，她便是能處決的，對穆戎也是一樣。

可現在，自己竟被魏國餘孽愚弄了一把！

皇太后震怒，一拍桌子。「把他拉下去！」

那人眼見形勢逆轉，也不再作戲，哈哈笑起來。「便我不是梁載仕又如何，真正的梁載仕早被妳這寶貝孫子放跑了，且妳孫兒媳也確實有外心，不信去瞧瞧她手心，她中了咱們的蠱毒，掌心必有一條紅線。」

皇太后眉頭一皺。

姜蕙主動上來，攤開掌心給皇太后看。「皇祖母您瞧。」

掌心潔白，除了掌紋，哪裡有什麼紅線？

皇太后更是惱火，到這時候還敢愚弄她?!她喝道：「拉下去，立時處斬！」

那人瞪大了眼睛，他沒料到姜蕙的毒竟然沒了。

穆戎此時才站起來。「此人是該處斬，可其餘人等卻更得好好審訊了！皇祖母，他們陷害王妃，差點造成冤案，依孫兒判斷，準是有人背後唆使，孫兒已差人去查，誰人去過天牢。」

皇太后這會兒已有些尷尬了，畢竟是誤會了姜蕙。可她以皇太后之尊，道歉並不可能，只與姜蕙道：「今日委屈妳了。」又看向穆戎。「你說得沒錯，此事便交予你辦，一定要讓那些人吃點苦頭，好好交代！」

穆戎稱了聲是，二人告辭出去。

剛到儀門，他就忍不住把她拉到懷裡。「沒想到妳反應那麼快，三言兩語就讓皇祖母知道真相了！」

「那當然，也不看看我是誰？」姜蕙得意。

「妳還能是誰，自然是本王的女人。」他低下頭，親在她臉頰上。

姜蕙嗔道：「殿下！」

他輕聲一笑，牽起她的手，才發現她的手很涼，不由柔聲道：「還是嚇到了？」

她半邊身子倚著他的肩膀。「是啊，真怕皇祖母對我嚴刑逼供，到時候我可挨不住。」

「怎麼會？皇祖母只是懷疑，還不至於真這麼對付妳。」他心裡卻也有些後怕，假使他沒有把梁載仕移出來，假使姜蕙的毒還沒有解掉，今日可真是凶險了。

這麼一想，他對那背後主凶更是痛恨。

他與姜蕙道：「咱們去乾清宮。」

「去看父皇？」

「嗯，父皇也擔心妳呢。」

二人便去了乾清宮。

皇帝見到他們很是高興，哈哈笑道：「朕就說只是一場誤會，阿蕙怎麼會當刺客呢？手無縛雞之力，便是下個毒只怕也不成的。」

姜蕙上去行禮。「多謝父皇相信，不過那些魏國人誣衊我，恐怕是有目的的。」

「那倒是。」皇帝沈吟一聲。「只朕想不明白，為何要針對妳？」

「是針對殿下。」姜蕙決定給皇帝提個醒。這話穆戎不方便講，可她身為妻子，卻是可以的。「上回就有人用毒箭要殺了殿下，這回又想置兒媳於死地，可見是早有預謀。」

皇帝臉色一變。「豈有此理！到底是誰如此膽大？」

「自然是與殿下有仇怨的，或是嫉妒殿下。」姜蕙嘆一聲。「可惜兒媳也猜不到。」

皇帝眉頭皺了皺。他這三兒子文武全才，長得又像他，俊俏風流，自然有很多人嫉妒……莫非是他兩個哥哥？可大兒子都是太子了，另一個前不久已經回了領地。

皇帝沈思起來。

穆戎朝姜蕙看一眼，她擠了擠眼睛，他忍不住笑了。

皇帝好一會兒才說話。「朕必會叫曲大人好好審訊的。戎兒，阿蕙受到驚嚇想必也累了，你快些送她回去，好好歇一歇。」

穆戎應了一聲。

二人出來坐了轎子。

姜蕙也真累了，剛才皇太后說把梁載仕帶上來時，她當真被嚇了一跳，只當他們發現了穆戎移走梁載仕的事情，那可是跳進黃河也洗不清的，幸好只是冒充。

只是虛驚一場，她仍後怕，坐在轎中，就睡在穆戎懷裡。

他抱著她，一隻手輕輕撫摸她的秀髮。「若是被本王發現是誰主使，定要將他碎屍萬段！」

姜蕙幽幽道：「其實想對付殿下的人並不多，不是嗎？」

她早前一直不明白為何穆戎會毒殺太子，可現在，她突然間已有所頓悟。

這些事，無不關係宮中的內應，可宮裡的人，誰會想對付穆戎？只怕是太子了。只有他，才有這樣的本事，也只有他才有理由，不然誰會這樣與穆戎過不去？

他在京都，能威脅到的人便是太子了。

穆戎的手頓了頓。

他知道姜蕙在說誰，這是一個他無法說出口的人。

姜蕙抱住他胳膊。「要不咱們還是去衡陽？」

去衡陽，離京都遠遠的，至少能暫時遠離危險，過得自由自在，反正穆戎早晚有一日仍會殺了太子，早晚也是皇帝。

穆戎問：「妳捨得妳家人？」

她笑笑。「將我父親母親、寶兒都帶了去。至於哥哥，他是個大人了，總會成家立業，他有了妻子之後，我也不用擔心他。再說，這兒有二叔他們呢。」

這倒是個不錯的主意。穆戎道：「我再想想。」

姜蕙點點頭。

到了府裡，她洗了個澡便去床上歇著了。穆戎現在可沒心思休息，等了好一會兒，何遠終於來稟告。「周知恭說，昨日除了審訊的人，只有一個衙役去過天牢送飯。」他頓了頓。「那衙役剛才被發現懸梁自盡了。」

「真夠周全的。」穆戎語氣冰冷。「那衙役的底細可查了？」

「家中只有一個老娘，一個幼弟，問不出什麼。」

尋常這種都是脅迫家人。穆戎沈默。

何遠道：「只望曲大人能審出什麼。」

穆戎道：「無啥希望，魏國人招不招，都是死路一條，恐怕他們不會開口。」

他所料不錯，便是有曲大人審訊，仍是一無所得。那些人寧願爛在天牢裡，也不願招供。

幸好還有一個梁載仕，穆戎心想，等過段時間讓姜蕙去見見，指不定能問出什麼。

到了初八，姜秀嫁人，姜蕙打扮一番，去張家吃喜酒。

臨走時，見前頭一排的侍衛，不只如此，居然還看到了神龍見首不見尾的周知恭。

比起何遠，周知恭生得更為清秀些，長眉細眼，只是一張臉皮子分外的白，沒有血色一樣，教人看得心裡發寒，一雙眼睛更是黑黝黝的，像是林中野狼。金桂頭一次看到，嚇得差點轉身逃走。

姜蕙不是頭一次見，笑著道：「你是周知恭吧？」

「小人見過娘娘。」周知恭行禮。「為護娘娘安全，殿下派了小人護送。」

「這人會不會有點多？」姜蕙道。「走出去太引人注目了。」

周知恭笑起來。「娘娘放心，只留六個，其他出去就不見人的。」

姜蕙喔了一聲，坐上轎子。兩個丫鬟跟在旁邊。

出了王府大門，金桂、銀桂往四處一看，果然護衛少了許多。

銀桂咋舌。「跟個鬼似的，莫不是都還跟在旁邊？」

「定然是的，所以才叫暗衛啊。」金桂開了眼界。

姜蕙坐在轎子裡。穆戎是怕自己再出事，如今掌中餘毒已消，他也不怕惹人懷疑了，所以才派了那麼多人保護，不過這下也好，她應該能高枕無憂了吧？

轎子慢悠悠地一路行去了張家。

已經有好些客人在了，聽說衡陽王妃前來，人群一下子又歡騰起來，有人已經在恭喜張夫人。「唉呀，夫人好大的面子，連王妃娘娘都前來慶賀，你們這少夫人想必與王妃娘娘感情很好。」

「我那兒媳是娘娘的小姑呀，自然好了。」張夫人笑。

等到姜蕙下來，張夫人親自迎上去。「見過娘娘，咱們家真是蓬華生輝啊，娘娘請這兒來……這裡清靜，專門僻了一處地方讓娘娘休息的。」她偷眼打量姜蕙一眼，只見她一張臉生得極其妍麗，連園中的牡丹花都比不過，也難怪能做王妃，這副容貌便是去做皇帝的寵妃也不遑多讓。她笑道：「得見娘娘，三生有幸呢，不知今兒三殿下可有空前來？」

姜蕙不答話，眼眸微轉，瞧了她一眼。

張夫人立時便不敢問了，忙道：「殿下自是日理萬機的。」

她扶著姜蕙在堂中坐下，又令四個丫鬟過來伺候。

姜蕙只是來過個場，原也不想與張夫人多話。「妳且去忙著吧。」她抬頭看看天色，已近黃昏。「一會兒，我小姑怕是要到了。」

張夫人忙道：「是、是，妾身這就去。」

姜蕙滿是王妃派頭，不容侵犯，張夫人看得出來她有些不耐煩了，絲毫不敢煩她，當下立時就走。

金桂見四個丫鬟杵在那兒，也趕了她們出去。

眼見屋裡清靜了，姜蕙閒著無事可做，手支著下頷發愣。可見去不相熟的人家作客著實沒有意思，要不是看在祖母分上，她才不來呢。

等了一會兒，便聽到鞭炮聲了，嗩吶大鼓，吹吹打打，是新娘迎進門了。姜蕙想到姜秀的樣子，微微笑了笑。也不知這小姑又成了有夫之婦，會是何等樣子。

她聽著外面的熱鬧，想起那日自己也是坐了花轎，被抬進王府的。

不知不覺，也快三個月了。

單獨在此用過飯，她本要走的，誰想到姜秀居然過來看她，頭上的紅蓋頭已經沒了，臉也洗過了，她一來就握住姜蕙的手。「唉呀，沒想到阿蕙妳真的來了，可給足了我面子。」

姜蕙笑笑。「這樣來不合適吧？」

「有什麼？又不是第一次嫁人，相公去前頭敬酒了，不知何時回來，我就想來與妳說兩句。」

姜蕙道：「有什麼好說的，洞房之日還不在房裡待著？」

姜秀道：「一來是為謝謝妳啊，我這樣，便是婆母知道也不會說的；二來，我是要告訴妳阿辭的事情。妳還不知道吧？阿辭要娶沈姑娘啊！前幾日為這事，阿爹大動肝火，差點打阿辭，還是大哥求著才沒打的。要不是要去翰林院，只怕阿爹要禁他足了，我原先就說告訴妳一聲，結果阿爹阿娘都說省得麻煩妳，是阿辭不對。可我想著還是得說一下，正好妳今日來。」

她說了一大通，姜蕙怔住了。

沒想到事情發展得那麼快，到底出了何事，哥哥突然要娶沈寄柔？

第五十八章

從張家出來，她沒回王府，直接去了娘家。

老太太沒想到她會來，驚訝道：「還以為妳在張家呢，怎麼來這兒？」

「去過張家了，張夫人盛情款待。」姜蕙笑了笑。「我是看難得出來一趟，順便過來看看。」

「快去請大老爺、大太太。」老太太忙吩咐下人。

姜蕙笑道：「不用了，祖母，我稍後自己去。」

老太太沒有勉強。

她坐了會兒，與老爺子、老太太閒說幾句，便去了姜濟達和梁氏住的院子。

那二人早聽聞下人提了，正要出來，在門口就遇到了姜蕙。

「阿蕙。」梁氏笑著握住她的手。「那麼晚了，怎麼還來這裡？」一邊迎她進屋，問道：「今兒張家可熱鬧？」

「我單獨一處屋子，張夫人很周到，不過聽下人說很熱鬧，擺了六十桌呢。」姜蕙急著說正事。「阿爹、阿娘，哥哥要娶沈姑娘，你們怎麼不來告訴我一聲？」

兩個人都是一愣，互相看一眼之後，姜濟達苦笑道：「也不是故意瞞著妳，便是妳知道，又能如何？」

「是啊，阿蕙，妳祖父不同意，咱們想著也省得讓妳心煩了。」梁氏嘆口氣，她很擔心姜辭。「只是阿辭很不開懷。他一向懂事，不教咱們操心，如今想娶個自己喜歡的姑娘，咱們卻不能讓他如願。」

聽得出來，梁氏並不反對。

姜蕙問：「阿爹也不反對？」

「那沈姑娘挺可憐的，咱們阿辭願意娶她，只要他高興，我這做爹的也高興；再說，沈家可比咱們家好多了，我還怕阿辭配不上。」他嘆口氣。「誰想到妳祖父很不贊同，差點要打阿辭，說天底下姑娘那麼多，非得要娶那沈姑娘，好似丟了咱們姜家的臉，被別人說乘機高攀了沈家。」

姜蕙笑了笑。「祖父此話可真差矣。若是如此，當初我也不該嫁給三殿下做王妃！什麼高不高攀，只要兩家願意，旁人有什麼可說的？」她皺了皺眉。「我只好奇，哥哥怎麼會想到娶沈姑娘的？」

這事之前可一點端倪也沒有，再說，姜辭救沈寄柔都是好幾個月前的事情了，那日在王府，也不知二人發生了什麼。

正說著，姜辭與寶兒來了。

寶兒撲到姜蕙懷裡。「姊姊，過幾日我還能去王府住嗎？」

梁氏臉一板。「寶兒！」

真把王府當什麼了，這孩子，想去就去的。

寶兒嘴一癟。「阿娘，我想姊姊了。」

「妳是想偷懶。」梁氏道。「最近女夫子教的，妳都不好好學，成天光顧著玩。」她告訴姜蕙。「都是被慣出來的，妳二嬸還成日說阿瓊，我看寶兒比阿瓊還不如。」

姜蕙奇怪，伸手捏寶兒的臉。「妳不是算術學得不錯？有次祖母還賞妳的。」

寶兒眨眨眼睛。「現在姊姊不缺錢了呀，我也不用掙了。」

姜蕙噗哧笑起來。

姜辭也忍不住發笑。「寶兒，學這個能掙什麼錢？學這個是為嫁個好相公的。」

寶兒搖頭。「我不嫁，我就這樣挺好的！」

在她看來，嫁人一點也不好，姜瑜嫁了人離開家，姜蕙也一樣，她一點也不喜歡。

沒長大的孩子都是這樣天真，看她滿臉嚴肅，眾人都在笑。

姜蕙與姜辭道：「哥哥，咱們出去走走？」

姜辭見她目光複雜，道了聲好。

二人走到外面的園子裡，晚風吹來，帶著淡淡的涼意。姜蕙抬頭看去，只見雲把月亮遮掉了一半，只剩下半個彎鈎，夜色也更深濃了，那些樹木假山被籠罩得顯出幾分猙獰。

「幼時我總是怕黑的，尤其是在鄠縣，眾人睡得早，到了晚上，只聽見狗叫聲。」姜蕙的聲音悠遠。

姜辭笑道：「不過夏天妳總愛跟我去撲流螢，我牽著妳，妳就不怕了。」

姜蕙轉過身來。「是啊，哥哥，我還小時，咱們兩個總在一起的，便是你看書，我也搬個凳子坐你旁邊。」

後來她重生了，變得愈加堅強，漸漸地，再也不依賴姜辭，但那樣的時光，她不會忘，姜辭永遠都是她最親的哥哥。

姜辭看著她，目光溫柔。「怎麼突然想到說這些？」

「因為覺得時間過得很快，一轉眼我嫁了人，哥哥也要娶妻了。」姜蕙也抬頭看著他。「我今日去張家，姑姑與我說了你的事，我在想，為何哥哥不願意告訴我，卻要自己一個人承擔？」

姜辭怔了怔，半晌笑道：「原是為這個。」

「哥哥到底為何執意要娶沈姑娘？」姜蕙詢問。

姜辭卻反問道：「莫非妳也不同意？」

「不，當然不是。」姜蕙道。「沈姑娘是什麼人，我不能說十分了解，雖說她也有些傻，可她定是位好姑娘，我只是好奇哥哥的決定。」

姜辭吁了口氣。

祖父祖母不肯，他仍可以堅持，可是姜蕙若也不同意，他只怕會傷心的。

「其實這事說來話長。」姜辭把之前沈寄柔來表白的事情先說了。

姜蕙聽了瞪大眼睛。她沒想到沈寄柔竟然有這樣的勇氣。難怪，不然姜辭情竇還未開，不至於會突然就要娶沈寄柔。

「哥哥後來就上了心？」她打趣。「被如此漂亮的姑娘表心意，我想誰都會忍不住心動的。再說，哥哥還救過她呢，她的命是因你才保住的，這原本就是一段緣分。」

姜辭臉有些紅。確實如此，所以那日之後，他就忘不掉她了。

「後來聽說她要訂親，我心裡很不安寧，有次恰好聽翰林院同袍說起那宋公子，他好似在蘇州有段情緣，我叫下人去查，原來這宋公子也是個傷心人，在蘇州喜歡上一位姑娘，但家境不好，他父母不准他娶那姑娘過門，二人便私下定了終身。只是這事鮮少人知道，我叫人跟蹤宋公子，才知那姑娘如今也在京都，宋公子常去看她。好似他父母後來也知，但不知為何，卻要他娶沈姑娘。」

姜蕙聽了皺起眉。「莫非宋家有什麼需要沈家援助的地方？」

可宋公子既然有心上人，還要娶沈寄柔，可見是他父母逼迫。他或許娶了沈寄柔之後，很快就會納妾的，妾室自是他喜歡的姑娘，那沈寄柔哪裡還有什麼好日子過？

一個人只有一顆真心，給了旁人，她定是分不到了。

姜辭自然也想到這一點。

原先他以為沈寄柔嫁個如意郎君，他興許也能替她高興，可如今這樣，她只怕以後眼淚更多。她本來就該是個被人捧在手心裡疼的姑娘，為何卻要受這份苦？他無法想像她嫁給宋公子，以後面對他納妾、疼愛其他女子而傷心的樣子。

所以，既然要擔心她，不如把她娶了來，也好過以後想起她，總有一些遺憾。

姜蕙低頭沈思了片刻，道：「哥哥，我去跟祖父說！」

姜辭有些高興，又有些擔心。「只怕祖父仍不同意。」

「那我就叫相公來說。」

姜辭笑起來。「如今妳還能差遣三殿下了？」

「是啊。」姜蕙眨眨眼睛。「他還挺疼我的。哥哥，你不要擔心了，這事我會替你辦成的。只願你娶了沈姑娘後好好待她，莫辜負你今日說的話。」

「自然。」姜辭一笑。「阿蕙，謝謝妳。」

姜蕙嗔道：「還同我說謝呢，早些告訴我，也不用煩惱這麼久了吧？」她一拉姜辭。「走，現在就去。」

二人快步往上房走去。

旁邊的假山後面慢慢走出來一個人，正是胡如蘭。她眼裡噙著淚花，雙手握得緊緊的，她沒想到姜蕙竟然會同意姜辭娶沈寄柔！不只她，姜濟達同意，梁氏也同意，甚至姜瓊提到這件事，也說堂哥娶了沈姑娘挺好的啊。

為何？為何他們都要這麼想？

沈寄柔可是沒了清白的人啊，要不是有人看上她的家世，誰會娶她？

胡如蘭蹲在地上，哭得肩膀一抽一抽的。

那個賤人，原來早前竟然跟姜辭說喜歡他！她怎麼敢？便是自己，都不曾敢。

她與姜辭可算是很親近的關係了，每日想見到他，就能見到他，可是她有自知之明，知道自己配不上姜辭，一早就歇了這心思，只願他娶個好姑娘。

然而，他竟然看上了沈寄柔。

胡如蘭淚如泉湧。這輩子，只有此刻，心裡有那麼多的怨恨。

她哭了會兒，站起來，跌跌撞撞地走了。

姜蕙與姜辭去了上房。

不只老爺子、老太太在，胡氏也在。

見到姜蕙，胡氏笑道：「一早知道妳來了，只怕打攪妳見大哥大嫂，便在這兒等著。」

「也只是說說閒話，什麼打攪不打攪的。」姜蕙笑笑。

老爺子看到姜辭，臉色陰沈。

老太太忙道：「阿蕙，如今天都黑了，只怕殿下盼著妳呢。」是催她回去。

姜蕙不急，正色道：「祖父、祖母，我有話與你們說。」

胡氏一看架勢，心知是姜辭的事，當下便先告辭走了。

這件事，她絕不插手。雖然她心裡覺得姜辭娶沈姑娘也沒什麼大不了的，畢竟沈家家世擺在那兒，且姜辭又不是她兒子，便是男女之間吃了點虧，也不關她的事情。

可老爺子愣是不同意，她自然不想站在老爺子的對面，所以，走為上策。

屋裡便只剩下二老與他們兩個了。

姜蕙開門見山。「祖父，我覺得沈姑娘人不錯，倒不知祖父為何不願哥哥娶她？沈姑娘那事是被人誣陷的——」

她還未說完，老爺子已經氣上了，瞪著姜辭道：「好啊，你自己沒法子，竟然喊了阿蕙來幫你，是不是？真當翅膀長硬了，我這做祖父的管不得你了？可就是你老父，什麼也都得我作主！」

他並不針對姜蕙，只罵姜辭。

姜辭跪了下來。「還請祖父成全。」

姜蕙心疼哥哥，忙道：「哥哥沒來找我，是今日我在張家，姑姑告訴我的。」

老爺子面色緩和了些，難怪她今日會來姜家。他淡淡道：「阿蕙，這事妳莫管，沈姑娘人好不好，我不清楚，可她這名聲，京都誰人不知？哪個娶了都要被人笑話！別說她還要訂親了，咱們家還去搶著娶她，不定被人怎麼笑啊！」他頓一頓。「阿蕙，妳是王妃，莫被這事牽連了。」

「祖父，謠言止於智者，外面的人怎麼說，我不管，我只知道沈姑娘是清白的，假使她不清白，沈家也丟不起這個臉讓她嫁人。」姜蕙的語氣有些強硬起來。

她本也不是軟弱的人，可因為長輩，才一直很守禮。

老爺子聽了很不高興。

他對姜辭有著很深的期望，所以當初還挑三揀四的，一直未給他定下人家，如今可好，他竟然想娶沈寄柔。他不希望姜家被人恥笑，以後姜濟顯去朝堂，也被人笑話。

「妳莫說了，阿蕙，這事我不准。」老爺子口氣也很堅決。

老太太看著，左右為難。

若是往常不用說，她定是要幫老爺子的，可現在的姜蕙今非昔比，她不是家裡尋常的孫女兒了，她是衡陽王妃，指不定將來整個姜家都要靠她。便是姜濟顯都隱隱提過，皇上疼愛穆戎，那麼誰知道，哪日會不會讓他做太子呢？

老太太開口了。「我看阿蕙說的也不是沒有道理，這沈姑娘啊，長得甜甜的，也漂亮，遇到這種事是糟心，可也不是她樂意的，說起來也是可憐。沈夫人為她，聽說都白了頭髮，天下父母心，要是咱們家出這種事，也得為兒女打算不是？」

「妳莫烏鴉嘴！」老爺子惱怒。

其實，他已經覺得有些壓力了，只是硬撐著。

老太太又道：「阿辭娶了沈姑娘，說自然是有人會說的，可相公啊，如今咱們家，真有人敢當面說老二、說相公不成？最多就是背地裡講兩句，咱們也聽不到，是不？」

老爺子被她說得笑起來。「妳這是掩耳盜鈴！」

「可不是這個理嗎？」老太太苦口婆心。「阿辭那麼喜歡沈姑娘，你當真捨得他傷心？希望他心裡有怨？」

老爺子怔了怔。

他們家裡的關係很好，從來都不鬧矛盾，可為了這沈姑娘，他差點打了姜辭，假使他真娶不了，豈不是一輩子怨他這個祖父？

正當老爺子躊躇的時候，姜濟顯與胡氏來了。

因胡氏一回去就與他說這個。

誰想到姜濟顯聽完，急匆匆就跑過來，胡氏擔心，生怕他與老爺子起衝突，忙跟過來。

「父親，我看就讓阿辭娶沈姑娘吧！」姜濟顯一來，竟也是勸。

胡氏忙伸手拽了拽他的袖子，可姜濟顯沒理。

他自認為，自己一直欠著姜蕙的人情，沒有她，他沒有今日三品的官位，至少不會那麼早，如今姜蕙為了姜辭親自過來相勸，他自然要幫一把；再說，姜辭也是他疼愛的姪子。

過了這幾日，想必老爺子的怒氣也消去不少了，如今他們幾人一起勸一勸，老爺子總會軟下來的。

他這一出聲，老爺子果然愣住了。

「你竟然也同意？」他的鬍子都差點翹起來。

「是，父親。」姜濟顯正色道：「阿辭是什麼人，想必父親是了解的，他不會無緣無故要娶沈姑娘，他定有自己的理由，那麼父親何不成全他？阿辭這一路都是靠自己的本事考上進士，進而去了翰林院的。這段時間，他也很受大學士的看重，他不用靠沈家，將來也能有所成就。」

不靠沈家，旁人自然無話可說。

老爺子眉頭皺了起來，在屋裡走了幾步。

姜濟顯說的顯然打動了他。

姜蕙打鐵趁熱。「祖父，便是哥哥不娶沈姑娘，祖父又打算替他選個什麼樣的姑娘呢？哥哥心裡有沈姑娘，還能一心一意待她？定會對不住那位姑娘的，祖父難道明知這一點，還非得要哥哥娶嗎？假使那家人知道，以後又如何善了？」

這會兒，姜濟達與梁氏也帶著寶兒來了。

夫妻兩個又是一通勸。

老爺子長嘆一口氣，擺擺手道：「我老頭子老了，管不動你們的事情了！你們想怎麼辦就怎麼辦吧！」

他實在頂不住一個又一個人，內心裡，也不想與家人為了個沈姑娘，當真鬧得四分五裂，故而當年，即便他不想大兒子娶梁氏，可老太太勸了，他還是聽進去。

眾人都鬆了口氣。

老太太笑道：「阿辭，還不起來謝過你祖父。」

姜辭回過神，忙磕頭道謝。

姜濟顯道：「父親也是為阿辭好，咱們誰不知道？只是阿辭年紀還小，正是熱血青春的時候，總有些衝動，倒是像了大哥。」他朝老爺子笑。「父親，大哥如今不也好好的嗎？」

老爺子看著姜濟達，又很欣慰。

當初他不肯，可姜濟達娶了梁氏，夫妻二人恩愛，生的孩子都很優秀，一個是庶起士，一個是王妃，剩下一個寶兒又是冰雪可愛。

這世上的事，真是說不清的。

他點點頭。「罷了罷了，便這樣吧。」他與老太太道：「妳看看，什麼時候去提親，都妳作主了。」

老太太笑道：「這個不忙，還不知道沈家怎麼想呢！」

老爺子眼睛一瞪。「什麼怎麼想？咱們阿辭要娶他們家女兒，他們該感恩戴德，難道還能不同意？」

「是了，是這個理。」老太太忙道。「可也得與沈夫人商量一下啊。」

老爺子唔了一聲。

眾人說了會兒便告辭出來。

梁氏倒還真擔心。「會不會沈夫人不同意？」

「不會。」姜蕙斬釘截鐵。「當然不會了，哥哥那麼好，比那宋公子不知道好上多少倍，怎麼會不同意？」而且，別說還有沈寄柔，她假使知道姜辭願娶她，定然會與沈夫人說的。如此，沈夫人還能不成全？這是一定會成的事情！

姜濟達這時看向姜蕙。「阿蕙，妳該回王府了吧？天已經很晚了，剛才母親也說了，再不回去，萬一殿下擔心可就不好了。」

本是吃個喜酒的，結果耽擱到現在。

姜蕙今兒與家人團聚，又解決了姜辭的事情，心裡高興得很，懶得回去，與金桂道：「妳去與周知恭說一聲，就說我今兒住在這兒了，明兒再回去。」

周知恭知道後，立時派人去王府。

「阿娘，我住的地方可還乾淨？」姜蕙問梁氏。「今兒想在家裡睡一覺。」

寶兒拉著她袖子，叫道：「跟我睡！跟我睡！」

梁氏笑起來。「常叫人打掃的，妳要留在這兒，可一點不麻煩，只是殿下那裡……」她有些擔憂。「會不會有些不好？」

「有什麼啊？我難得回娘家一次，還不能住一晚了？他又不是沒我睡不著的。」

梁氏便沒說了。

只是寶兒一直吵著要跟姜蕙睡。「在王府，姊夫都不准，我本來也想跟姊姊睡呢！」

姜濟達嘴角抽了抽。這孩子，可真什麼都不懂。

姜辭在旁邊笑。

梁氏嘆口氣。「看阿蕙可願意？」

寶兒期待地看著姜蕙。「姊姊，咱們晚上蒙著被子說悄悄話啊！阿瓊都說，大堂姊嫁人去了，她一個人很悶呢，本來都可以跟大堂姊一起睡午覺的。」

看這黏人的樣子，姜蕙揉了揉她臉蛋。「怕了妳了，就跟妳睡。」

寶兒一聲歡呼，拉著她就走了。

姜濟達看著姜辭，這會兒認真道：「我看你也是認真想清楚了，如今作了決定，可沒有回頭路。你娶了沈姑娘，就得一輩子待她好，別往後突然又介意此事，教她傷心。」

當年他也一樣，明知道梁氏有那些過往，他都願意娶她。他給不了什麼，唯一能給的，就是讓梁氏安心。

如今是自己的兒子，他也希望姜辭做到。

姜辭頷首。「孩兒明白。」

姜濟達觀他神情，點了點頭，伸手一拍他肩膀，又笑起來。這兒子是真像他，喜歡上誰，一頭牛拉不回來的。

父子兩個往前去了，梁氏笑著跟在後面。

王府裡，穆戎之前聽說姜蕙去了姜家，心道必是有事，可誰想到又有侍衛來報，竟說她今日不回來了，穆戎心裡咯噔一聲。「出了什麼事不成？」

侍衛道：「娘娘沒說，只說明早回來。」

那應該是沒事了，可誰批准她不回來的？穆戎臉色一沈。

第五十九章

只是姜蕙已經住在娘家，他又不好真派人強令她回來，這樣她面子上過不去。

等明兒，他必得好好教訓她一番！

穆戎眼見天色不早，早早收拾便歇了。

誰想到，到了子時，他一翻身坐起來，穿了袍子就往外走。水芝值夜，睡在外面，看到一個人影閃過，嚇得一個激靈，等到揉了揉眼睛再看，卻好像又沒人了。

她只當是作夢，又躺下來。

何遠的門被敲得砰砰響。

大半夜的也不知道是誰，只是在穆戎身邊當差，他從來不含糊，當即就披了外衣去開門。結果看到穆戎立在門口，他吃驚地瞪大了眼睛，忙道：「殿下，出什麼事了？宮裡有事？」

「你隨本王出去。」

何遠一頭霧水，不過主子發令，他不敢耽誤，忙穿好衣服、拿了東西就跟著出去。

晚上很冷清，多數鋪子早已打烊，唯有風月場所人來人往，極是熱鬧。

穆戎坐了頂轎子，一路直往姜家而去。

眼見要到了，何遠叫轎子停下來，與穆戎道：「殿下，是不是要派人去傳話……」語氣很猶豫。

誰這麼晚去作客呢？一般人早睡著了，難道真要吵醒府裡的老爺子、老太太？何遠是不知道自家主子為何突然來這一齣，便是娘娘今兒不回來，您早些不去接，幹啥弄這麼晚啊？

可他不敢抱怨，頂多在腹中質疑兩句。

穆戎道：「去後面。」

何遠嘴角抽了抽。

很快就到了後門。比起大門，後門就只有兩個護衛在，一個坐在凳子上打盹，恨不得就睡著了，另一個倒是精神，在門前門後溜達，嘴裡還哼著小曲。

「你去找周知恭，叫他把他的人都撤了。」

何遠領命，稍後又過來。

穆戎朝他使了個眼色，何遠輕聲道：「殿下，您真要？」

「快去！」

何遠沒法子，趁著烏雲遮住月亮，悄無聲息逼近到那兩護衛身邊，一人給了一記手刀，他們還沒來得及反應就倒下了。

穆戎搖搖頭，看來姜家得再加強些守衛，真要有高手來，擋個什麼？

轎子停在外面，二人走進去，往前一看，倒是還有來回走動的護衛。

何遠辨認了一下方向，在此觀察了會兒，便知怎麼走安全。問起穆戎，他朝南一指。這地方，早前回門時，曾聽姜蕙提過。

二人一路直往姜蕙原先住的廂房，誰料到院門口就只有一個值夜的婆子。

何遠輕聲道：「娘娘定是沒睡在這兒。」

若是王妃住在這兒，怎麼也不會是這個光景。

穆戎眉頭一皺。難道她不是在娘家留宿，敢騙自己？可不應該啊……他想了又想，往更南邊去了。那裡是寶兒住的地方，小姑娘往常在王府老是纏著要跟姜蕙睡，今日指不定得逞了！

到了那院子，果然人就多了。

「都解決了。」他與何遠道。

何遠愁眉苦臉。十幾個丫鬟婆子，今兒無端端遭毒手啊！

他一路劈過去，偶爾聽到幾聲悶哼。

姜蕙正睡得香，早前寶兒纏著她說話，小傢伙嘀嘀咕咕，不知道怎麼那麼多話講，她中途好幾次睡著，可寶兒央著她不要睡，她勉強撐了會兒。後來寶兒終於累了，她叫金桂伺候著喝了幾口水，躺下一沾到枕頭就沈睡過去。

穆戎進來，她一點也沒發覺。

寶兒屋裡有冰鼎，徐徐散發著涼氣，六月的天也恰如春日一般，不冷也不熱。

兩個人蓋著薄被，寶兒仰面躺著，姜蕙側過身，一隻手伸在外面，搭在寶兒的身上，臉湊過去，緊挨著她的肩膀。

穆戎看了忍不住一笑。她與他睡著，也是這般姿勢，也不知寶兒那麼小，會不會嫌她的手重？

他拿開姜蕙的手。她毫無知覺，翻了個身，臉對著他。

月光下，她神情帶著嬌憨，好似在作一個美夢，教人不忍心叫醒她。可穆戎卻突然伸手彈了一下她的腦門，她眉毛先是微顰，才慢慢睜開眼睛，迷糊中，眼見床邊坐著一個人。

她的心猛地一跳，還沒等辨認出是誰，他已一把捂住她的嘴，告誡道：「別叫，不然我弄死妳。」

姜蕙猝然之間聽到這威脅的話，真真驚嚇，後來發現是穆戎，只覺哭笑不得。

這人傻了啊！大半夜的過來。

穆戎只顧做自己要做的事情，掀開被子，打橫把她抱起來，再拿起高几上一件外衫給她披上。

姜蕙一驚，輕聲道：「殿下要做什麼啊？」

穆戎不答，大踏步就抱著她出去。

一路上，丫鬟婆子東倒西歪地躺在地上，她看得驚心動魄，口吃起來。「你、你、你把她們……」

「沒殺，只暈了。」他又不是瘋子！

可姜蕙看他就是瘋子。

眼見他往後門走，她不幹了。「你要帶我回去？這怎麼行，他們都不知道呢，明兒早上發現我不在……還有你，你瘋了啊！闖到我家裡，他們定是以為入了賊！」

穆戎不理會，仍舊往前走。

她鞋子襪子都沒穿，光著一雙腳在他懷裡扭，不肯聽從。

他一下箍得更緊，手臂好像鐵條似的，教她身子動也不能動。

姜蕙騰出一隻手去扳他，可哪裡扳得動，倒是自己每根手指頭都在發疼。

她氣得直咬牙。「蠻牛、瘋子，看你明兒怎麼處置！」

穆戎慢悠悠與何遠道：「你把金桂、銀桂弄醒了，叫她們把娘娘落在這兒的東西收拾一下，明日再與姜家人說，王府有事，一早接走了。他們要來王府，也隨他們。」

他怕什麼，便是當著他們面把姜蕙這麼抱走，姜家又能怎麼樣？

二人上了轎子。

他還抱著姜蕙，她坐在他腿上，此時也不知是該笑還是該惱。

好好地睡覺，被他突然帶走，可想到他這麼大一個人，沒她就睡不著，她又想笑得不得了。不然還有什麼原因呢？

「咱們殿下還是個孩子啊。」她伸手上下摸他的臉。「沒我在，怕晚上有鬼來抓你啊？」

說完，自己先噗哧一聲。

轎子不像馬車，那聲音可是能傳到外面的，穆戎臉一下子黑了。「妳給我閉嘴！」

姜蕙嚇一跳。

被說中，惱羞成怒了？她哼了一聲，不理他了。

兩個轎夫在下面默默扛著。雖然抬著兩個人很累，可今兒半夜出去一趟不虧。原來三殿下偷偷摸摸出來，是沒了娘娘晚上不能睡，哎喲，以後不巴結殿下也得巴結娘娘！

回到王府，都要寅時了。

兩個人一直人貼人，大熱天的都出了汗。水芝、水蓉方才得知娘娘回了，這心頭滿是驚訝，又聽說他們要洗澡，不敢怠慢，趕緊去準備溫水。

姜蕙坐到床上時，整個人都恍恍惚惚的。

實在太晚了，可穆戎不放過她，不管不顧地壓著她折騰了一回，眼瞅著天都要亮了，姜蕙眼睛都睜不開，推著他道：「你還要去衙門呢！」怎麼一點節制都沒有了。

「下回看妳還敢住娘家不？」他惡狠狠的。「沒本王批准，妳也敢自作主張？」

姜蕙睡眼矇矓，斜睨他一眼。「所以，殿下就睡不著了？」

「誰睡不著了？」穆戎怒道：「妳既然嫁了我，每日便都得盡妻子的本分，不然本王娶妳做甚？」說得好嚴肅。

姜蕙輕笑一聲，伸出玉藕的胳膊抱住他脖子嬌嗔道：「得了吧，我的殿下，如今我回了，咱們好好睡覺，行不？再晚，你怎麼起得來呀，會耽誤公務的。」

穆戎哪裡肯承認，他又要開口，她卻摟得他更緊，呢喃道：「其實跟寶兒睡，我也不習慣。」

聽到這話，他突然一陣安心。

原來她也這樣，不是他一個人而已。

她手臂又慢慢鬆了，他垂眸一看，她睡著了，呼吸輕輕的，拂在他脖頸間，也拂過他的心。

雖然今日是他放縱自己，把她帶了回來，可事實上，自己也真的是習慣她了。

她不在他旁邊睡，他沒有人可抱，沒有睡前的親暱，沒有她柔軟的身體，沒有她溫暖的依偎，好像這床都不是自己的床。

往年，他一個人都好好的，沒有女人，也沒有依戀。然而，現在好像回不到過去了。

只是這感覺也不差，大概這便是家吧？

他已是成人了，離開父親母親，成家立業，這個家，就是他跟她；將來，還有他們的孩子。

第一次，他體會到這些。

可姜家卻遭受到了一次極大的驚嚇。

大深夜的，老爺子還在睡，就聽到外面鬧哄哄的，原是一群下人聚在一起，稱家裡遭賊了，一個個都說自己被賊人打暈，把所有人等都鬧了起來。

唯獨不見姜蕙。

金桂、銀桂硬著頭皮說是王府有事才接走的，她們兩個收拾收拾，也趕緊走人，把其他人弄得一頭霧水。

寶兒醒來看不到姜蕙又哭鬧了，梁氏哄她說有急事，故而才突然走的。

而聰明如姜濟顯也不明白到底發生了何事，只見家裡亂成一團，把前門後門守衛訓了一通，又加派了人手。

不過他們對姜蕙很不放心，老太太派了一個嬤嬤來問。

已經很晚了，姜蕙還沒起來。

嬤嬤等在外面。

銀桂笑道：「娘娘最近都起得晚。」

嬤嬤忙道：「這是有福氣啊！」

銀桂道：「麻煩嬤嬤再等等。」

「自然，自然。」

只是等了半個時辰，姜蕙才從裡面出來。

嬤嬤忙說明來意。這是為穆戎惹下的爛攤子，而且還圓不起來，她只道是穆戎一時起意，教家人擔心，言詞間也不是說得很清楚。不過周嬤嬤這麼大年紀，哪裡聽不出來，當下笑著便告辭走了。

回去與老爺子、老太太一說，兩人也笑。

年輕人麼，總容易做些混帳事，尤其是穆戎這等身分。

但也沒告訴旁人，只說姜蕙沒什麼，其他的都推說是王府的密事，便也無人問。

過了幾日，姜蕙又去看了姜瑜。她婆婆把她養得白白胖胖的，看到姜蕙來，不知道多高興，姜蕙又與她說了姜辭要娶沈寄柔的事情，她一個勁兒地說，那是最好的了！

姜瑜從來都是心地善良的人。

姜家很快也請了沈夫人過來作客，因為沈寄柔很快要訂親，拖不得。

沈夫人聽了老太太的意思，吃驚得不得了，京都誰不知道女兒的事情，除了有些意圖的，鮮少有人會主動提出結親，別說是姜辭這等才俊，年紀這麼輕就入了翰林。

他們沈家老爺提起時，也說後生可畏，比起那宋公子，自然是好多了。

若在往常，她一點都不會猶豫，可如今，內心真是說不出的滋味。

看到沈夫人沒有立刻答應，老太太真有些生氣。沒想到自己隨口一說要商量，沈夫人還真把沈寄柔當寶貝了！

其實沈夫人正是因姜蕙的身分。

從來皇家都影響朝廷，一代帝王更是會決定家族的存亡。

如今穆戎留在京城，便是太子一早封了太子，也有無數動搖的人，沈老爺也說過這件事。如今姜家要與他們結親，除了姜辭看上自己女兒，另外一個原因，很有可能便是因為穆戎了。

沈夫人回去與沈老爺商量，嘆氣道：「我怕是惹怒姜老夫人了，可我真不敢一口答應，想著回來與老爺說一說。雖然咱們寄柔重要，可沈家也一樣。」

這是當之無愧的賢妻，沈老爺感慨。「夫人當真顧全大局。」他撚一撚鬍鬚。「想必姜二老爺是有這個意思，做官的，心裡哪個不是有桿秤呢？咱們與姜家結親，便是站在三殿下一邊了。」

「那老爺覺得……」沈夫人詢問。「咱們沈家與衛家可是世交。」

衛家又是皇太后一系的。

沈老爺好一會兒沒說話，半晌才道：「咱們寄柔出了那事，原是清白的，可京城傳成這樣，太后娘娘可曾表示過什麼？景兒當時還被貶官。」說的是沈家二公子。「還有衛家，」他壓低一些聲音。「上回那衛姑娘不是救了三殿下嗎？可太后娘娘都不肯讓三殿下娶衛姑娘，妳當衛家心裡高興？」

「那老爺的意思是？」

「便叫寄柔嫁過去吧。」沈老爺沒再多說，可不代表他也沒有別的想法。富貴險中求，沈家若按這歷史長久也算是望族了，可偏偏沒有飛黃騰達的時候，總是不上不下的。此次是個機會，不如搏一搏，依他觀察，皇帝改立太子的機會很大，也就只有皇太后一個障礙。

等皇太后百年了，看誰攔得住皇帝？

他這是要選邊站了。

沈夫人心裡有些驚慌，但朝廷風向，她一個婦人委實知道得不多，當下鎮定下來。「一切都聽老爺的。」

沈老爺握住她的手拍了拍。「妳在家裡，我總是放心得很。」

除了有姨娘、有庶女，沈夫人當真對沈老爺也挑不出太大的毛病，故而夫妻兩個在大事上一向是有商有量的。她笑道：「拋開這個，姜公子還救過咱們寄柔的命呢。」

「是啊，也是有緣分。」沈老爺笑起來。「幸好寄柔還不曾訂親，倒是好說。」他又問起沈寄安。「寄安的病越來越嚴重，是怎麼回事？看個大夫都看不好。」

沈夫人嘆口氣。「我也不知。」

沈老爺皺起眉頭。「也是命苦，我上回見她，她話都不能說了，想要抓筆寫什麼，可也寫不起來。」

「我看，是不是送到莊子上去靜養？京都這天氣很不好，不合適養病，大夫都這麼說的。」

沈夫人露出很擔心的樣子。「在莊子上，有姨娘照顧她，她們兩個親近，指不定好些。」

沈老爺沒反對。「也罷，就按妳說的辦吧！」

沈夫人頷首。

沈寄安後知後覺，得了病治不好了，才知道來向她告罪，說那日的詩是她寫的，求沈夫人放過她，哪怕要她回去莊子，也幫她把這怪病治好。可是一切都晚了，她這病自她害了沈寄柔便注定要得了，直到她死。

小丫頭片子，真當她活了一把年紀對付不了一個小姑娘！

沈夫人冷笑起來。

沈寄安很快就被送走了。

隔沒多久，沈家又請姜家來作客，還請了姜蕙。這回沈夫人是下定決心了，倒是當初姜蕙聽了老太太所說，只當沈夫人還在猶豫，這時才想到是因為穆戎。

比起沈夫人這等在官宦世家生活了幾十年的人，姜蕙自然沒那麼快想通，但想到之後，她也就明白了沈家的顧慮。

幸好沈夫人這回表明了態度，眾人都很開懷，姜瓊來了兩次都沒見到沈寄安，倒是好奇，問沈寄柔。「妳那個妹妹呢？病還沒好嗎？」

沈寄柔嘆口氣。「沒好，什麼大夫都治不了，送去莊子了。」

姜蕙吃了一驚。

因她記憶裡，那沈寄安是要做太子側室的，結果病得被送去莊子，而且聽起來好像情況不好，那不是改變了命運？她下意識朝沈夫人看了看，沈夫人嘴角微微挑起來，露出不屑之色。

她突然想起那首詩。

原來如此！那沈寄安看起來就不是省油的燈，沒想到手段如此毒辣，不過遇到沈夫人這樣的，也不夠瞧。

可惜上輩子沈寄柔跟著穆戎回衡陽了，所以才會遭到那樣悲慘的結局吧？不然有個強悍的母親，必不會如此的。

只是衛鈴蘭卻躲過了懲罰，姜蕙想著又有些惱恨，實在太便宜她了！

她像是不經意地問：「說起來，我好似許久不曾見到衛姑娘了，難道傷還沒好？沈姑娘妳可知道？」

「我也不曾見過，差人去問，好像是好很多了。」沈寄柔對著未來相公的妹妹，笑得格外甜。

她是前日才知這件事，母親與她說姜家提親，要把她許給姜蕣。

天知道她有多高興，晚上都不曾睡著，傻乎乎的，只知道笑。

沒想到自己也有這一日，看來老天爺也不是完全不長眼睛的。

她一直恍恍惚惚，經歷了一天才好一些。

可看到姜家人，她臉上彷彿沾了蜜糖。

姜蕙看她笑成那樣，暗道：真是個傻子啊，也不知道嫁給哥哥，會對哥哥怎麼個好法，是不是會寵壞哥哥？

沈寄柔握住她的手。「等衛姑娘好一些了，我與娘娘一起去看看？」

看個鬼啊？姜蕙都要罵人了，可面上淡淡笑了笑，道：「也好啊，不過衛姑娘真是……都不知道如何說，好似有事發生的時候，她總在旁邊。上回在宮裡，也是那麼巧。我看她恐是沾了晦氣，等她痊癒，我得叫她去廟裡進香。」

救了穆戎，居然說沾了晦氣？

沈夫人詫異地看向姜蕙，只聽她又道：「不過殿下也很是感激衛姑娘，常說衛姑娘以前與他也算是青梅竹馬呢。」

像是說者無心，可聽者上心。

沈夫人心頭一震。衛鈴蘭莫非對穆戎有情？

所以那日，沈寄柔放河燈被擄了去，可衛鈴蘭絲毫無損？

是了，原來是她！難怪找不到主謀！

——未完，待續，請看文創風380《不負相思》3（完結篇）

文創風 231-233

嫡女翻身計劃

全套三冊

以她父母雙亡的身分，
要在古代的大家族中生存著實不容易。
但她才不會認輸呢！
看她怎麼一步步扭轉形勢，
從被冷落的江家三姑娘，成為人人羨慕的望族夫人！

大器刻劃朝堂風雲
細膩描繪兒女情長／藍嵐

從備受寵愛的書香世家千金，穿成不受重視的二房嫡女，
生活品質的嚴重落差，江素梅花了不少時間適應，
畢竟要在大家族裡生存，不淡定機靈點怎麼行？
想她一個嫡女卻吃不飽穿不暖，說出去只怕被別人笑！
可她背後沒有靠山，府裡上上下下誰把她當一回事了？
雖有外祖母與小舅疼惜，可這兩人窮得還得靠她接濟，
她的前途可謂一片渺茫啊……
為了能安穩度過這段穿越人生，她得自個兒創造翻身機會。
聽聞祖父最喜書道字畫，正好她的書法還上得了檯面，
靠著一幅賀壽聯，果真踏出了成功的第一步！
有了祖父的關注，原先在府裡像個透明人似的她，
日子總算也風風光光，像個正常的官家小姐了。
可只是個開始，因為在這個女子做不了主的時代，
覓得好夫君，嫁得好人家，才能當上人生勝利組啊！

2016年1月出版

今宵美人嬌

文創風 370～371

純情少年的真心告白：
喂，本人可是第一次主動討好人唷，還不快來領情！
懷春少女的驚人告解：
爹，娘，請原諒女兒，今晚女兒墮落啦～～

若遇情竇雙開綻 最是人生好時節／糖豆

雖說爹娘本是冀望人如其名才喚她湯圓，但她未免太不負厚望了吧，
不僅吃得身材圓滾滾，亦被寵得性子軟趴趴，任人搓圓捏扁，
結果便是慘遭下人嘲笑，還被夫君利用，就連懸樑用的繩子也欺負她胖！
生生從中斷裂，害她自盡都落人笑柄，不得已只好改為割脈了卻一生……
豈料醒來竟重回十歲，雖未釐清狀況，可至少她知道，要拚死減肥，還有——
往後取名絕對得三思！瞧，這世她遇上個叫「元宵」的神秘少年，
按理兩人該是同類呀，可字詞不同他便與她天差地遠，
先別提那張精緻的相貌有多讓人自卑，光論他囂張及毒舌的程度她就望塵莫及。
這人初見面旋即數落她胖，她聽了不爽理他，他竟小肚雞腸地展開報復，
害她在王府聚會上出醜，成了舌戰箭靶，最後甚至遭人推落水池——
好啦這純屬意外與他無關，不過見她如此狼狽也算稱了他的心，
那……為何他會挺身替她出氣，還第一時間下水救她？
如今又趁夜偷偷闖入她房內，笨手笨腳地替她搽藥到底是怎麼回事？
而這不但不尖叫、不抵抗，反倒還有點開心的自己又是怎麼回事？!

2016年1月出版

藥香賢妻

文創風 365～369

易得無價寶，難得有情郎。
榮華富貴她可以不靠男人、自己掙得，
幸福姻緣卻是可遇不可求的，
何況她要的還是在古代女人想都不敢想的「唯一」，
而他，竟願意……

情有靈犀．愛最無價／靈溪

她是現代女軍醫，莫名穿越到大齊王朝一個小吏家中。
生不出兒子的娘備受爹爹冷落，從此小妾當道，親娘纏綿病榻，
她薛無憂是個嫡女，卻淪落成被人嫌棄的賠錢貨。
親娘軟弱，祖母刻薄，爹爹不喜，二娘厭惡，庶妹狠毒，
她更是被認為是一個和傻子差不多的呆子。
被認為呆子也沒什麼不好，正好讓她韜光養晦，把前世的醫術提升精進。
扮男裝溜出去行醫之後，意外地廣結善緣，
之後開藥廠，買農莊，置田舍，鬥二娘，懲庶妹，結權貴……
從此娘親重獲寵愛，祖母、爹爹視她若寶，相府公子、威武大將軍紛紛示愛……
從無人聞問到桃花大開，她要選哪一個啊？她真是頭疼死了……

不負相思 2

國家圖書館出版品預行編目資料

不負相思 / 藍嵐著. --
初版. -- 臺北市 : 狗屋, 2016.02
冊 ; 公分. --（文創風）
ISBN 978-986-328-552-6（第2冊：平裝）. --

857.7　　104027290

著作者	藍嵐
編輯	張蕙芸
校對	黃薇霓　周貝桂
發行所	狗屋出版社有限公司
地址	台北市104中山區龍江路71巷15號1樓
電話	02-2776-5889～0
發行字號	局版台業字845號
法律顧問	蕭雄淋律師
總經銷	知遠文化事業有限公司
電話	02-2664-8800
初版	2016年2月
國際書碼	ISBN-13　978-986-328-552-6
原著書名	**《重生宠后》**，由北京晉江原創網絡科技有限公司授權出版

定價250元
狗屋劃撥帳號：19001626
網址：love.doghouse.com.tw　E-mail：love@doghouse.com.tw